■ 国家社科基金重大项目《美国非裔文学史：翻译与研究》
　（13&ZD127）成果之一

■ 浙江省社科规划课题《表征策略与文学书写：詹姆斯·W.约翰逊研究》
　（20HQZZ03）成果

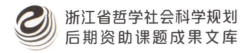

浙江省哲学社会科学规划
后期资助课题成果文库

表征策略与
文学书写

詹姆斯·W.约翰逊研究

李蓓蕾　著

ZHEJIANG UNIVERSITY PRESS
浙江大学出版社

图书在版编目（CIP）数据

表征策略与文学书写:詹姆斯·W.约翰逊研究 / 李蓓蕾著. —杭州：浙江大学出版社，2020.6
ISBN 978-7-308-20220-6

Ⅰ. ①表… Ⅱ. ①李… Ⅲ. ①詹姆斯·W.约翰逊—文学研究 Ⅳ. ①I712.065

中国版本图书馆 CIP 数据核字（2020）第 080473 号

表征策略与文学书写:詹姆斯·W.约翰逊研究

李蓓蕾　著

责任编辑	马一萍
责任校对	陈　翩　万才兰
封面设计	周　灵
出版发行	浙江大学出版社
	（杭州市天目山路 148 号　邮政编码 310007）
	（网址:http://www.zjupress.com）
排　　版	杭州好友排版工作室
印　　刷	广东虎彩云印刷有限公司绍兴分公司
开　　本	710mm×1000mm　1/16
印　　张	18
字　　数	318 千
版 印 次	2020 年 6 月第 1 版　2020 年 6 月第 1 次印刷
书　　号	ISBN 978-7-308-20220-6
定　　价	56.00 元

序

　　李蓓蕾博士对杰出的美国非裔作家和思想家詹姆斯·W.约翰逊所做的这项系统、全面的研究具有重要价值。今天，约翰逊最为人所熟知的身份是黑人民族之歌《放声歌唱》("Lift Every Voice and Sing")的词作者。作曲者是他的弟弟詹姆斯·罗萨蒙德·约翰逊。然而，我们应该注意到，詹姆斯·W.约翰逊用他传奇的一生和卓越的作品详细述说、深刻思考了黑人在面对严峻艰难的逆境、感到沉重的绝望时所遭遇的存在困境和行动挑战。

　　我最初接触到约翰逊的作品并非是通过《放声歌唱》这首著名的黑人民族之歌，而是通过约翰逊于 1912 年出版的小说《一个原有色人的自传》（*The Autobiography of an Ex-Colored Man*）。20 世纪 80 年代初，我在某次文学课上读到了这部小说。它当时的标题很巧妙，叫作《文学的局外人》（*The Outsider in Literature*）。约翰逊的这部小说对一个身处"吉姆·克劳"时期（或称美国公开施行种族隔离的时期）的白肤色的非裔主人公的生活展开了深入、锐利的存在探索，它考察那些被强加在美国非裔身上的谎言和假象的主观性和强迫性。它反映了为了过一种普通人的生活，那些被命名为"黑人"（black people）的人不得不面对种种异常的环境，而白人在他们的日常生活中却不必遇到什么障碍，而且许多人认为这一切理所应当。小说揭示了被强加在黑人生活上的这种日常的双重标准，从众所周知的底层生活到被想象的上层生活。

在历史上,约翰逊尽管身处黑人中产阶级,却非常了解这些双重标准。他的父亲詹姆斯·约翰逊是一个生而自由的黑人,来自弗吉尼亚州;母亲海伦·路易丝·迪耶是一个巴哈马移民,是位音乐家和教师。虽然每一个孩子的诞生都宣告了可能性,但在约翰逊身处的时代,曾被奴役的黑人们正怀着强烈的乐观主义精神和坚毅的勇气面对他们的历史处境。他们经过25年的时间摆脱了合法化的奴隶制,所取得的成就是前所未有的,许许多多的黑人为了让他们的孩子从文盲走向修完大学的各种学位,从在田地里徒手干活走向拥有自己的土地和商业,从贫穷无助走向温饱及少数富裕而艰苦奋斗——这一切就如 W. E. B. 杜波依斯在《黑人重建》(*Black Reconstruction*, 1935)中提醒我们的那样,随着白人大众和管理机构扔掉专制的法律法规带来的各种障碍,偷窃和暴力也就被一同扔掉了。

约翰逊在亚特兰大大学取得学士学位后,回到他的出生地佛罗里达的杰克逊维尔。他在当地的一所黑人公立学校教书,后来担任校长。他的主要贡献是让学校增加了九年级和十年级教育。当时,约翰逊虽然受过高等教育而且工作表现优异,他的工资却仅是他的白人同行的一半,但这一点并没有阻碍他。在那些年月,约翰逊一面创办《美国日报》(*Daily American*),一面准备律师考试。他最终申请了律师考试。当时的三个白人主考官想通过加大考试难度(包括在口试中加长问题)使他不及格。最后,其中的一个考官以拒绝看到一个黑人通过考试为由,走出了考场。1897 约翰逊成为佛罗里达律师界的一员,并由此成为佛罗里达州经法律认证的首位美国非裔执业律师。值得注意的是,这是臭名昭著的普莱西诉弗格森裁定(Plessy v. Ferguson decision)在美国最高法院通过后的第二年,这项裁定支持美国种族隔离的公共体制合宪。在约翰逊的一生中,他始终坚持运用自己的律师身份为黑人争取公民权利。

后来,约翰逊和他的弟弟詹姆斯·罗萨蒙德·约翰逊离开佛罗里达,在纽约市组建创作团队追求他们的音乐事业。他们在纽约为百老汇演出创作了 200 多首歌曲。在那些年里,约翰逊在哥伦比亚大学学习文学,继续发展他的写作事业。与此同时,他在政治上始终坚持抗争。他曾在 1906—1914 年担任美国驻委内瑞拉和尼加拉瓜的外交官,后来又担任美国黑人促进会(NAACP)的行政官。在 1912 年出版的《一个原有色人的自传》中,约翰逊隐匿了他作为该书作者的身份,这表示他也在反思,如果于在拉丁美洲担任外交官的那些朦胧年代回到美国,他会遇到哪些困境和挑战。他署名的第一版《一个原有色人的自传》在 1927 年出版,他当时正在为 NAACP 工作。也是在这一年,约翰逊和他的弟弟创作的《上帝的长号》("God's Trombones")首次被搬上舞台。约翰逊的艺术主张,以及他在诗歌、小说和歌曲方面的创作使他成为哈莱姆文艺复兴的伟大领袖之一。

约翰逊的一生中充满了许许多多的第一。他不仅是菲斯克大学文学创作专业的斯彭斯教授(Spence Chair of Creative Literature),也是纽约大学的第一位美国非裔教授①。遗憾的是,1938 年约翰逊在缅因州的威斯卡西特突遇车祸离世。他在 67 年的人生中取得了卓越非凡的成就。

约翰逊是一位艺术家、社会活动家和思想家。作者在本书的第一部分和第三部分分析了约翰逊作品的内容,在第二部分则考察了他的思想遗产。作者通过聚焦约翰逊的作品,分析这些作品所展现的概念。

我认为,约翰逊思想的存在维度非常重要。毕竟,黑人面对的问题不仅仅是被强加的双重标准,还有种种双重意识。这些双重意识是他们对那些困境和挑战做出的反应。除此之外,黑人还面对着"什么可以被称为黑人精神忧郁症(black melancholia)"的问题。这是由于他生于某个世界,却因此身处在一个充满矛盾,以及可能使他患上神经官能症和充满矛盾冲突的处境中——一种现代欧洲的世界——这个世界拒绝它所产生的那些人。"黑人"毕竟是一个被强加在非洲人身上的身份,并不是非洲人自己所创造的。

---

① 他创办了美国第一份黑人日报,也是自南方重建后第一位取得佛罗里达州律师职业资格的美国非裔。

当我们批评这种强加，批评那些对它的生产发挥作用的社会因素时，双重意识转变为被强化的双重意识（potentiated double consciousness）。正如 W. E. B. 杜波依斯和理查德·赖特后来指出的，这是一种理解的批评立场，黑人并非"问题"。问题是白人和憎恶黑人的社会在黑人身上强加了什么。理解了这一点，我们就会理解黑人是作为人面对着这些问题，而非他们就是这些问题本身。基于此，我们才能理解黑人作为人面对着这些问题意味着什么。

本书的作者探讨了这些关系以及更多的其他议题。其中的一个重要议题便是"表征"的问题。这一问题在涉及种族时极其棘手。种族的缺位使得作家通过探索成为在小说中刻画真实的艺术家，甚至在被似是而非地命名时，也终究是匿名的。在这样的情况下，读者将他自己和世界看作一种力量和体制，在这种力量和体制下，任何人都是或者至少能够是其中的一个成员。然而，种族主义给那种逻辑强加一种种族隔离或种族分离的结构。由此产生了所谓的世界作家的世界和那些特殊的代表种族的作家的世界，这些代表种族的作家是他的种族同胞的代表。这种逻辑损害了黑人作家的交流效力，最终将他们局限在专门的"黑人事物"上。但是，就像反思被强化的双重意识时观察到的，这种被公开宣称的、最初的白人性（whiteness）的普遍性制造了各种虚假的现实。在这些虚假的现实中是一张由关于有色人的种种刻板化形象，以及白人自欺欺人的、自我陶醉的幻觉织成的网。由于虚假的现实把被压迫的人们当作"问题"——因此潜在地对其本身假设的完美和无误特别看重，想要把实际的普遍性作为特殊来隔绝。换而言之，如果诸如约翰逊这样的美国非裔作家写的是真实，那么在那些作品中被交流的东西事实上超越了作品，进入至少普遍化的话语交流领域。如果这是正确的，那么"被表征的"东西便是多面的。

首先，约翰逊的表征既是表征也是伪表征。这涉及他讲述的那些需要被讲述的内容。其次，他的表征立场要求真实性的挑战。问题在于约翰逊作为一位成长于中产阶级家庭背景的、卓越的美国非裔作家,是否代表表现美国非裔经验的真实声音。再次,从语言到文化再到种族和多种族可能性有许多的维度。

第一点很好懂。所有的作家都有责任提供他们对现实的阐释,即使是那些现实存于虚构之处。这不仅涉及虚构中的真实——读者能够反应,"是的,我看见了!"——还有非虚构中的真实。此处,作家的工作就是要探讨真实与事实之间的那些令人遗憾的分裂,因为那些分裂本身可能不足以让真实被看见和理解。因此,作家肩负着一种独特的伦理责任,即在每一次的写作行为中揭示现实的美与丑。尤其在以写作表征社会的时候,作家是社会的一个成员,同时又具有不同于这个社会整体文化的个性和创造力。

我们来看看第二点。真实性的挑战是有问题的。它往往聚焦作家而非写作或作品。它带着刻板化形象的危险。在约翰逊的时代,许多或大多数美国黑人都是工人阶级和下层阶级,他们的故事不仅仅是要被讲述的黑人故事。事实上,他们为黑人中产阶级和富人的表达——正如在佐拉·尼尔·赫斯顿和理查德·赖特(两位作家都是佃农的孩子)的作品中可见的那样——提供了真实,就如杜波依斯和约翰逊的那些表现贫苦黑人的作品一样。人们可以从时间上把这一点再往前推,托尼·莫里森关于黑人的作品描述了她看到的世界、研究过的世界,但不一定是她生活过的世界。对于像约翰逊的《一个原有色人的自传》这样一本小说,我们可以想到内拉·拉森,她是一位丹麦白人母亲和一位加勒比混血儿移民的孩子,后来跟她的丹麦白人继父一起在芝加哥生活,她的这种异常的处境并没有阻碍她表现黑人生活遭遇的存在困境和挑战,特别是她对种族冒充问题的探讨。

第三点以及如何分析约翰逊等作家的作品这个问题,涉及文化、语言、种族、阶级和性别之间复杂的相互影响。另外,还有身份问题与解放问题之间的关系所带来的挑战。这些问题不仅关乎人是什么,而且关乎他想要去往哪里,他想要成为什么样的人,以及他对尊严和自由的追求。约翰逊的社会活动脱离不开他作为艺术家和思想家的创作。可以说，忠于约翰逊的多维度的经验和成就是研究他的一个必要前提。

本书作者为我们提供了一幅宝贵的全景图，不仅描绘了詹姆斯·W.约翰逊这位美国非裔艺术和文学巨匠的人生与创作，而且展现了研究这么一位卓越的作家的方法及过程。对于她完成的这项研究成果，我致以欣赏与感谢。

路易斯·R.戈登

美国康涅狄格大学哲学教授
国际学术研究中心名誉主席
南非罗德斯大学人文学院名誉教授

目　　录

第一部分
约翰逊的作品在种族维度上的表征策略与文学书写

第四部分

约翰逊与美国非裔现代文学

第五部分

表征与书写:约翰逊的种族融合思想及多元文化观

概　论

马丁·路德·金博士的工作尚未完成……我们的工作尚未完成。因此，今天，我们纪念为这个国家做出如此多的贡献的一个人和一场运动，让我们从这些先前的斗争中汲取力量。首先，我们要记住改变从来不会立即到来。变化从来不是简单或不受争议的。改变依靠努力不懈，改变需要坚定的决心。"布朗诉教育委员会"(Brown v. Board of Education)一案所传达的道德指引经历了整整 10 年才转化为《民权法案》(Civil Rights Act)和《选举权法案》(Voting Rights Act)的强制措施。

——奥巴马(《马丁·路德·金纪念碑落成仪式上的讲话》,2011)①

矮化、异化和扭曲每一个美国黑人的影响因素……迫使他不以一个公民或一个人,或人类的观点,而以一个黑人的观点来看待一切事物。

——詹姆斯·W.约翰逊(《一路走来》,1933)

---

① 英文原文参见 Barack H. Obama. October 16，2011. We Will Overcome (Remarks at the Martin Luther King, Jr. Memorial Dedication). Washington, D. C. Accessed 10/08/2016(https://obamawhitehouse. archives. gov/blog/2011/10/16/president-obama-martin-luther-king-jr-memorial-dedication-we-will-overcome)

巴拉克·H.奥巴马曾在他的两次总统竞选中对"希望"和"改变"这两个词语十分强调。然而，跨越应然和如是之间的距离何其艰难？时至21世纪的今天，关于美国的种族暴力、种族偏见事件的报道并未停止，美国非裔争取和维护自身人权和公民权利的行动仍在继续，全世界的非裔对种族平等的呼吁仍未平息。美国内战从法律上赋予了黑人自由和基本的公民权利，但并没有消除存在了四百多年的种族偏见。种族偏见就像一颗"毒瘤"，虽屡屡被人们觉察和打击，却仍然潜伏在美国社会的体内，伺机生长，侵害着它所寄生的身体，噬咬着这副身体的精神。要把这颗毒瘤彻底切除之所以是一场艰苦卓绝的战役，主要因为它远不止是一个国家、一个社会或一种体制的问题，而是关乎人类存在的许多方面，切除这颗毒瘤需要人从自己的偏见的枷锁中解放自我。美国非裔文学表征着种族偏见关乎人类存在的那些方面，它不但反映种族偏见的现实，是美国非裔的自我表达，更是美国非裔对他的生活经验和美国种族现实的思考。20世纪初的美国活跃着一位非裔作家和黑人领袖——詹姆斯·W.约翰逊。他是"一位先锋作家，他是现代美国非裔小说之父。约翰逊通过《一个原有色人的自传》建立无形人的概念。赖特和埃利森正是在那块基石上建造他们的圣堂的"①。约翰逊在面对凶猛的种族隔离和偏见时保持理性，他的作品是研究美国非裔现代文学和传统建构的重要内容，他的思想在世界非裔思想史上意义深远。

第一节　研究背景和意义

詹姆斯·W.约翰逊（James Weldon Johnson，1871—1938）是20世纪最重要的美国非裔作家、评论家、社会历史学家和民权领袖之一。他在哈莱

---

① Richard Kostelanetz, Politics in the African-American Novel. Westport：Greenwood Press, 1991, p. 19. 该评论出自文学研究专家乔·约翰逊(Joe Johnson)给理查德·科斯特拉尼茨的信件。

姆文艺复兴运动、美国非裔文学传统的建构和美国非裔现代文学的发展三个方面发挥过重要作用。2002 年莫莱菲·凯泰·阿善蒂（Molefi Kete Asante）将他列为一百位最伟大的美国非裔之一。[①]约翰逊的作品涉及诗歌、小说、戏剧、自传等体裁，主要包括小说《一个原有色人的自传》（*The Autobiography of an Ex-Colored Man*，1912）；诗集《五十年及其他诗歌》（*Fifty Years and Other Poems*，1917）、《上帝的长号：七种用诗写的黑人布道》（*God's Trombones：Seven Negro Sermons in Verse*，1927）、《诗选》（*Complete Poems*，1930）和《圣彼得讲述耶稣复活日的一件事：诗选》（*Saint Peter Relates an Incident：Selected Poems*，1930），其中最为著名的诗篇有《黑人妈妈》（"The Black Mammy"，1900）、《哦，默默无闻的黑肤色的诗人》（"O Black and Unknown Bards"，1908）、《同胞们——美国戏剧》（"Brothers—American Drama"，1916）、《我的城市》（"My City"，1923）等；创作于文学生涯初期但在世时未发表的两部戏剧《你相信鬼魂吗？一部黑人喜剧》（*Do You Believe in Ghosts? A Darkey Comedy*，2008）和《火车司机：一部独幕剧》（*The Engineer：A Drama in One Act*，2008）；文集《黑人曼哈顿》（*Black Manhattan*，1930）和《美国黑人，现在怎么办？》（*Negro Americans，What Now?*，1934）；自传《一路走来》（*Along This Way*，1933）。另外，他与詹姆斯·罗萨蒙德·约翰逊共同创作了喜歌剧《托洛萨》（*Tolosa*，1899），与罗萨蒙德、鲍勃·科尔共同创作了两幕音乐喜剧《晚餐俱乐部》（*The Supper Club*，？）和戏剧《嘘！飞行兵团》（*The Shoo-Fly Regiment*，1906—1908）；翻译了《戈雅之画》（*Goyescas：An Opera in Three Tableaux*，1915）等西班牙歌剧。约翰逊创作和编纂的许多作品都是具有开创性的。他因《一个原有色人的自传》（以下简称《原有色人》）成为最早在小说中使用第一人称叙事的美国非裔作家之一。这部"虚构的自传"是美国非裔

---

① Molefi Kete Asante，100 Greatest African Americans：A Biographical Encyclopedia，Amherst. New York：Prometheus Books，2002.

文学史上一部里程碑式的作品,由此"混血儿"小说由简单的故事叙述向复杂的心理叙事深化。约翰逊的文集《美国黑人,现在怎么办?》被称为 20 世纪 60 年代黑人革命的蓝图。他编辑出版的《美国黑人诗集》(*The Book of American Negro Poetry*,1922)是美国非裔历史上的第一部民族诗歌集,《美国黑人灵歌集》(*The Book of American Negro Spirituals*,1925—1926)则是发掘美国黑人灵歌的文化艺术价值的重要作品。约翰逊通过作品反映美国种族关系的现实,批判和解构种族偏见的荒谬与非正义性,刻画美国非裔的生活经验,以及表现他们的内心生活和文化艺术。

除了文学创作,约翰逊还涉足社会活动、教育、外交、法律、音乐等领域,拥有多重身份。他于 1895 年创办美国第一份黑人日报《美国日报》(*Daily American*),也曾为《纽约世纪报》《危机》《芝加哥保卫者报》《独立报》等多家报纸撰文,反对种族暴力和支持黑人运动;于 1897 年成为自南方重建后第一位取得佛罗里达州律师资格的美国非裔;他曾任美国驻委内瑞拉卡贝略港和尼加拉瓜领事,也是(美国)全国有色人种协进会(NAACP)的领导人之一,组织反私刑抗议运动和推进反私刑法案的通过;他是纽约大学的第一位美国非裔教授。1914 年,为了保护音乐创作人的权益,他与欧文·柏林、维克多·赫伯特、约翰·苏泽等创立了美国作曲家、作词家及音乐出版商协会(ASCAP)。1976 年国家流行音乐协会(National Academy of Popular Music)将他列入国家歌曲创作名人纪念馆。

约翰逊是美国历史上难得的成果丰硕、思想多面的非裔作家,他的作品反思的不仅是黑人种族的现实,更是人类的现实。1938 年,约翰逊的葬礼在哈莱姆举行,当时的纽约市长菲奥雷洛·拉·瓜迪亚这样称赞约翰逊的人生和贡献,"一个人的伟大是一种超越种族和信仰界限的品质"[①]。然而,这位把美国黑人种族精神诠释得近乎完美的"新黑人"在历史的洪流中却常

---

① John Edgar Wideman, *My Soul Has Grown Deep: Classics of Early African-American Literature*. New York: Ballantine Books, 2002, p. 1028.

常被"忽略和直接的删除所贬低"①,他虽是与布克·T.华盛顿、W.E.B.杜波依斯同时代的政治领袖和作家,其价值和贡献却始终未得到充分的承认和挖掘。出现这一看似偶然的现象自然有时代背景和社会语境方面的原因,但与美国社会的种族话语和非裔思想的发展变化有着更为深层的关联。约翰逊对种族融合的坚定信仰和他的一些文学主张超越了他所处的时代。在种族隔离和种族偏见阴暗地笼罩着美国黑人大众的时代,在美国黑人捍卫自己的公民权利屡屡受挫、感受到他们在美国的生活前景黯淡的时代,在"分离或融合"被作为决定美国非裔走向未来的主要道路的时代,在美国非裔作者仍在迎合白人读者和发出自己真实的声音之间挣扎、竭尽全力成为不受种族局限的美国作家的时代,很少有人能理解约翰逊的深刻思想和良苦用心。然而,约翰逊的作品和思想逐渐体现出它们的前瞻性,为我们在当今的世界语境下继续思考人、种族和文学带来启发。

约翰逊的作品一方面继承了美国非裔文学中的黑人生活主题和奴隶叙事传统,另一方面又反映出诸多的叛逆和改写。约翰逊对美国非裔小说和自传的创新、对美国非裔诗歌语言的探索、对美国非裔文化的考古蕴含着深刻的语言哲学和文化艺术思想,他是美国非裔现代文学的开拓者和黑人文化的重要发掘者。同时,约翰逊的作品和思想对兰斯顿·休斯、克劳德·麦凯、康蒂·卡伦、理查德·赖特、拉尔夫·埃利森等作家产生了重要影响。本书拟结合美国非裔文学和非裔哲学的相关理论,系统研究约翰逊具有重要意义却尚未得到充分考察的作品,解读这些作品在种族、语言和文化三个维度上的表征策略与文学书写,探讨作家的文学、文化思想和创作。

本书的意义主要体现在三个方面。

1. 鉴于詹姆斯·W.约翰逊在美国非裔文学史上的重要地位,以及自20世纪70年代以来国外约翰逊研究的兴盛之势,本书将是一项有价值的

① George Monteiro, "James Weldon Johnson: A Durable Fire," The Sewanee Review, Vol. 115, No. 2, 2007, p. xlvi.

补白。

首先,约翰逊在文学创作理念和文学实践两个方面对美国非裔文学,乃至美国文学都做出了杰出的贡献。其次,他曾对菲莉斯·惠特莉、保罗·邓巴、W.E.B.杜波依斯等著名的美国非裔作家做过深入解读。他的解读不限于个别作家和作品,而常以历时与共时结合的方式观照美国非裔文学的发展脉络。再次,约翰逊的文学作品和思想对美国非裔文学在主题和形式上的发展产生了重要影响。目前,国内学界对约翰逊进行研究的成果非常有限,更缺乏其作品的汉译本。这为本书提供了积极与国际学术接轨的契机。

2. 本书将有助于国内美国非裔文学的研究者及文学爱好者更全面地了解美国非裔文学和文化,以及 19 世纪末至 20 世纪初的美国社会历史。

2008 年,具有肯尼亚血统的巴拉克·H.奥巴马成为美国总统,并于 2012 年赢得连任。奥巴马成为美国总统的事实已是一个创造历史的象征符号,他是继杰西·杰克逊、科林·L.鲍威尔和康多莉扎·赖斯之后深入触及美国政坛的美国非裔。许多杰出的非裔在政治、商业等领域实现"美国梦"的例子激动人心,在一定程度上为美国非裔的政治、经济和文化想象提供了更多的可能。然而,想象的可能毕竟不等同于现实的可能,美国非裔中"十分之一有才能之人"毕竟也不等同于广大的美国非裔。不可忽略的是,美国社会敞开心胸、无条件地接纳非裔的"在场"的时刻还远未到来,美国的种族问题仍未获得解决。作为一个具有特殊历史背景的少数族裔群体,如何在美国这样一个种族偏见根深蒂固的社会里追求自由、平等和幸福,是非裔,特别是非裔知识阶层备受困扰并不懈思考的问题。约翰逊正是对这些问题思考得最为深刻的作家和社会活动家之一。他强调的"人性是普遍的"的观点和消除种族偏见的双向度视角(唤醒黑人和启发白人)至今仍有重要价值。此外,约翰逊的作品具有文化考古的价值。他不仅通过文集《黑人曼哈顿》介绍了 1626 年至 1920 年黑人在曼哈顿的社会文化活动,概述了黑人对美国文化的贡献,而且通过自己的文学作品和文学、文化批评,介绍和解读美国非裔的文化,包括他们的宗教信仰、音乐、舞蹈等。本书通过解读约翰逊的作品的表征策略与文学书写,揭示约翰逊的作品所透视的20世纪初美国种族关系的现实,以及美国非裔文学与文化的样态。

3. 本书结合美国非裔文学理论和哲学理论来对约翰逊做整体研究,这将引发更多学者关注美国非裔人文科学的发展动态,以及美国非裔哲学与美国非裔文学之间的联系与互动。

第二节　国内外研究现状

约翰逊在大学时期(1890—1894)开始创作诗歌,国外文学评论界在两个时期对他的作品较为关注,即1912年《原有色人》初版)至1939年和1970年至2004年。据统计,从1912年至今,国外约有40多部以约翰逊或其作品为主要研究对象的专著,近百篇主要研究和评论、250余篇涉及约翰逊或其作品的期刊文章,10余篇主要研究、70余篇涉及约翰逊或其作品的硕博论文。这些研究大致可分为三个时期:1912年至1969年、1970年至2004年和2004年至今。这些成果从多个角度解读约翰逊的诗歌和小说,为今后的研究奠定了基础,但目前鲜有系统的研究成果,而且约翰逊的戏剧、自传、通俗歌曲的歌词创作和文学文化批评也仅得到零星的关注。国内学界对约翰逊的研究成果不多,单子坚、张德文、黄卫峰、庞好农等几位学者①在回顾哈莱姆文艺复兴运动时提及他,重点在讨论哈莱姆文艺复兴的特征和他在种

---

　　① 　单子坚的文章《哈莱姆文艺复兴文学概述》(《外国文学研究》,1992(3):108-113),张德文的博士论文《种族身份的思考及其复杂心态的书写——哈莱姆文艺复兴时期的越界小说及其传统》(2009)和文章《论〈一个前有色人的自传〉的滑稽模仿技巧》(《英美文学研究论丛》,2011(2):220-229),黄卫峰的著作《哈莱姆文艺复兴》(北京:外语教学与研究出版社,2006)和文章《也谈美国新黑人文化运动》(《美国研究》,2002(2):109-120),庞好农的文章《种族越界与心理流变——评约翰逊〈一个前有色人的自传〉》(《英美文学研究论丛》,2015(1):150-162)

族冒充小说领域的贡献。另有3篇相关的硕博论文①分别讨论了约翰逊对美国黑人作者的困境的论述、约翰逊小说的"种族冒充"主题和对试译约翰逊小说《原有色人》前三章的思考。可见,约翰逊的作品尚有极大的研究空间。

现有的国内外研究呈现四个特点。

1. 聚焦于对约翰逊的小说《原有色人》的多角度阐释。

1912年,小说《原有色人》初版,获得的评论稀少且多属负面。一些美国报纸、杂志谴责这部小说是一个"恶意的欺骗"和由憎恨或其他因素引发的"白日梦"②,或者只是一个"异想天开的产物"③,认为作品的故事不合情理,缺乏可信度。同时,也有一些刊物肯定它是一部"人类记录"④,有着重要的历史和现实价值。《美国纽约人》称赞道,如果一个人想要了解一个身上流着南方白人贵族和非洲黑人的血液的人的悲剧(和胜利),可以在这部作品中发现像罗曼史那样震动人心、像一本心理学论文那样令人深思的历史⑤。杰西·福塞特在《危机》中评价它是"美国种族现实的缩影"⑥;布兰德·马

---

① 张玉红的博士论文《佐拉·尼尔·赫斯顿小说中的民俗文化研究》(2008)、罗佳璐的硕士论文《詹姆斯·韦尔登·约翰逊〈一个前黑人男人的自传〉中的"冒充"研究》(2014)和朱悦的硕士论文《〈一个前有色人的自传〉节选三章翻译的反思性报告》(2014)。

② "The Autobiography of an Ex-Colored Man," in Jacqueline Goldsby (ed.), The Autobiography of an Ex-Colored Man: Authoritative Text, Backgrounds and Sources Criticism. New York and London: W. W. Norton & Company, 2015, p. 285. 原发表于 Nashville Tennessean, June 23, 1912.

③ "An Ex-Colored Man: A Negro Who Passed as White Tells His Life Story," in Jacqueline Goldsby (ed.), The Autobiography of an Ex-Colored Man: Authoritative Text, Backgrounds and Sources Criticism. New York and London: W. W. Norton & Company, 2015, p. 279. 原发表于 New York Times, May 26, 1912.

④ "Crossing the Color Line," in Jacqueline Goldsby (ed.), The Autobiography of an Ex-Colored Man: Authoritative Text, Backgrounds and Sources Criticism. New York and London: W. W. Norton & Company, 2015, p. 291. 原发表于 Portland(ME) Express, September 14, 1912.

⑤ "A Life Story You Will Not Forget," in Jacqueline Goldsby (ed.), The Autobiography of an Ex-Colored Man: Authoritative Text, Backgrounds and Sources Criticism. New York and London: W. W. Norton & Company, 2015, pp. 281-282. 原发表于 New York American, June 8, 1912.

⑥ Jessie Fauset, "What to Read," in Jacqueline Goldsby (ed.), The Autobiography of an Ex-Colored Man: Authoritative Text, Backgrounds and Sources Criticism. New York and London: W. W. Norton & Company, 2015, p. 294. 原发表于 The Crisis, November, 1912(38).

修斯则深刻地指出，这部作品"是对美国生活史的一个贡献，它完全符合泰纳倡导的原则——'一个作家应该是一位心理学家，而不是一位画家或音乐家；他应该是思想和感受的传播者，而不是轰动的传播者'"①。1927年，约翰逊以他的真实姓名署名，重新出版《原有色人》，正逢哈莱姆文艺复兴的鼎盛时期，获得热烈反响。理查德·查奎斯等评论者认为约翰逊在作品中对严峻和令人不安的社会现实处理得客观冷静、真诚朴实。②《纽约阿姆斯特丹新闻报》称赞，"小说是提供了一幅社会现实的全景图的故事，在这个意义上来说，《原有色人》是第一部标准意义上的黑人小说"③。卡尔·范·维克滕认为这部小说"读起来像一部描绘现代美国黑人种族的自传，是一本书写黑人心理的宝贵的奠基之作"④。

作为一部美国文学经典，《原有色人》持续受到学界的关注。一些学者讨论了该小说作为一部自传的真实性与虚构性，以及它表现的种族意识和它的"种族冒充"主题。约瑟夫·斯凯里特（1980）明确界定了小说的虚构性，探讨了作为作者的约翰逊与他的无名的叙述者之间讽刺的分离，把叙述者解读为约翰逊的"反我"或者密友。唐纳德·戈尔尼希特的论文《冒充自

① "American Character in American Fiction," in Jacqueline Goldsby (ed.), The Autobiography of an Ex-Colored Man: Authoritative Text, Backgrounds and Sources Criticism. New York and London: W. W. Norton & Company, 2015, p. 302. 原发表于 Munsey's Magazine 49.5 (August 1913).

② Richard D. Charques, "An Ex-Coloured Man," in Jacqueline Goldsby (ed.), The Autobiography of an Ex-Colored Man: Authoritative Text, Backgrounds and Sources Criticism. New York and London: W. W. Norton & Company, 2015, p. 331. 原发表于 The Times Literary Supplement (London), March 22, 1928.

③ "An Old Book in New Dress," in Jacqueline Goldsby (ed.), The Autobiography of an Ex-Colored Man: Authoritative Text, Backgrounds and Sources Criticism. New York and London: W. W. Norton & Company, 2015, p. 303. 原发表于 The New York Amsterdam News, August 24, 1927.

④ Carl Van Vechten, Introduction to The Autobiography of an Ex-Colored Man (Mr. Knopf's New Edition, 1927), in Jacqueline Goldsby (ed.), The Autobiography of an Ex-Colored Man: Authoritative Text, Backgrounds and Sources Criticism. New York and London: W. W. Norton & Company, 2015, pp. 121-122.

传:詹姆斯·韦尔登·约翰逊的〈原有色人〉》(1996)认为作品的革命性表现为模糊了白人小说和黑人自传的传统分野。尤金·利维则持不同见解,他认为评论者们是在将反讽强加给文本,约翰逊实际意图创作的是一部"虚构的自传"而非"小说",他写《原有色人》的目的一是要表现有文化有修养、值得尊重的黑人,二是要反映美国种族体制导致出现严重不公正的同时,黑人忍受了痛苦而且为美国文化做出了具有独特价值的贡献。他结合第一人称叙事和"混血儿"主题思考在美国的种族制社会中受过教育的黑人的生活困惑。约翰逊的叙述中确实存在反讽,但那是由于他作为美国黑人在思考种族问题时的困惑和不确定。[1]肯尼斯·普赖斯和劳伦斯·奥利弗认为约翰逊在叙述中的反讽戏剧化地演绎了杜波伊斯在《黑人灵魂》中提出的"双重意识"主题[2]。斯蒂芬·H.布龙茨的专著《黑人种族意识之根:1920年代,三位哈莱姆文艺复兴作者》(1964)、玛丽亚·G.法比的专著《冒充与美国非裔小说的上升》(2001),朱迪斯·A.罗森堡、盖尔·沃德、艾琳娜·H.沙诺夫、苏珊·M.马伦、简·金茨、卡莱尔·V.汤普森、吉娜·登特、詹姆斯·戴维斯、伊琳娜·C.内格雷亚、米歇尔·R.拉德等的博士论文[3]和理查德·科斯特拉尼兹的《詹姆斯·韦尔登·约翰逊小说中的冒充的政治》(1969)等文

---

[1] Eugene Levy, James Weldon Johnson, Black Leader, Black Voice. Chicago: University of Chicago Press, 1973, pp. 129, 131-134, 141.

[2] Kenneth M. Price, Lawrence J. Oliver, "Introduction," in Kenneth M. Price, Lawrence J. Oliver (eds.), Critical Essays on James Weldon Johnson. New York: G K Hall & Co, 1997, p. 7.

[3] 朱迪斯·A.罗森堡的《同化与隐喻:伊迪丝·沃顿、詹姆斯·韦尔登·约翰逊和亚伯拉罕·卡汗小说中的美国身份研究》(1992)、盖尔·沃德的《跨越界限:二十世纪美国文学和文化中的种族冒充》(1995)、艾琳娜·H.沙诺夫的《梦想美国梦:世纪初的美国成功叙事》(1995)、苏珊·M.马伦的《冒充美国人:詹姆斯·韦尔登·约翰逊、F.斯科特·菲茨杰拉德、内拉·拉森和格特鲁德·斯坦因作品中的美国人身份建构》(1995)、简·金茨的《制造新黑人:哈莱姆文艺复兴的艺术作品》(1995)、卡莱尔·V.汤普森的《要冒充的"白人":切斯纳特、约翰逊、拉森和福克纳作品中的种族混合、模仿/拟态和伪装》(1997)、吉娜·登特的《花与彩瓶:20世纪美国非裔文学中的文化人类学》(1997)、詹姆斯·戴维斯《种族与反宣传的美国叙事,1890-1930》(2000)、伊琳娜·C.内格雷亚的《这该死的肤色之事:美国非裔小说和回忆录中的冒充》(2005)、米歇尔·R.拉德的《时而一支雪茄:文学与现代性的美国经验》(2007)。

章探讨了《原有色人》的种族意识，种族冒充与人的主体身份建构、个人主义等问题的关系，以及对"作为黑人和美国人意味着什么"这个问题的思考。

另一些学者解读小说表现的"种族身份"问题和小说的叙事特征及人物塑造，如西蒙娜·沃捷的文章《〈原有色人〉中叙事模式的互动》(1973)提到主人公混乱的自我反映出美国社会的内部不协调；约翰·希伊的文章《镜子与帷幕：越界小说与对美国种族身份的追问》(1999)讨论了冒充者本人与自己镜像的冲突标志着模棱两可的美国种族对话在个人身上的体现。其他研究小说所表现的"种族身份问题"的学者还有阿尔泰尼亚·B.米利肯、苏珊娜·博斯特、凯思琳·法伊弗、斯蒂芬·万德勒等[①]。这部小说的人物塑造、叙事的反讽和音乐性特征在艾瑞克·J.森德奎斯特的专著《创世的锤子：现代美国非裔小说中的民间文化》(1992)和克里斯蒂娜·L.罗托洛的专著《听来仿佛真实：音乐性与20世纪初的美国小说》(2013)，以及克里斯蒂娜·L.罗托洛、凯瑟琳·A.伯克曼、塔克·阿米登的博士论文，罗伯特·弗莱明、马文·加勒特、斯蒂芬·罗斯、约瑟夫·T.斯凯里特、罗克珊·皮夏克、尼尔·布鲁克斯等[②]学者的文章中得到分析。还有一些学者把这部小说与理查德·赖特的《黑小子》(1945)、查尔斯·切斯纳特的《雪松后面的房子》(1900)、塞缪尔·奥尼茨的《臀部、肚子和下颌》(1923)、拉尔夫·埃利

---

① 阿尔泰尼亚·B.米利肯的博士论文《詹姆斯·韦尔登·约翰逊：追寻美国黑人文学的非洲中心传统》(1972)、苏珊娜·博斯特的博士论文《表征美洲混杂身份的混血儿们，1850—2000》(2003)、凯思琳·法伊弗的文章《〈一个原有色人的自传〉中的个人主义、成功与美国身份》(1996)、斯蒂芬·万德勒的文章《一个黑人的机会：〈一个原有色人的自传〉中本体论的运气》(2008)。

② 克里斯蒂娜·L.罗托洛的博士论文《回响的小说：美国20世纪初期的音乐、文学和观众》(1997)、凯瑟琳·A.伯克曼的博士论文《人物的问题：科学种族主义和美国小说类型，1892—1912》(1997)和塔克·阿米登的博士论文《"声音传播"和"听见东西"：美国文学中听觉的力量》(2008)，罗伯特·弗莱明的文章《反讽作为詹姆斯·约翰逊〈一个原有色人的自传〉的关键词》(1971)、马文·加勒特的文章《〈一个原有色人的自传〉的早期记忆和结构反讽》(1971)、斯蒂芬·罗斯的文章《〈一个原有色人的自传〉中的观众和反讽》(1974)、约瑟夫·T.斯凯里特的文章《詹姆斯·韦尔登·约翰逊的〈一个原有色人的自传〉中的反讽和象征行动》(1980)、罗克珊·皮夏克的文章《詹姆斯·韦尔登·约翰逊的〈一个原有色人的自传〉中的反讽和颠覆》(1993)、尼尔·布鲁克斯的文章《成为原人类：〈一个原有色人的自传〉中的后现代反讽与确定性的消除》(1995)

森的《无形人》(1952)等其他美国小说做比较研究,如露辛达·马克森的文章《〈黑小子〉和〈原有色人〉:形式和倒置》(1990)、萨利安·H.弗格森的文章《删除黑色:查尔斯·W.切斯纳特和詹姆斯·韦尔登·约翰逊的原有色人们》(1997)和彼得·H.菲德尔的博士论文《W.E.B.杜波依斯的〈黑人的灵魂〉、詹姆斯·韦尔登·约翰逊的〈一个原有色人的自传〉和拉尔夫·埃利森的〈无形人〉中神话般的再铭刻》(1999)等。实际上,这部小说的解读空间非常广阔,现代性、伦理、美国非裔的文化适应等均是可供选择的视角。本书细致梳理这部作品对奴隶叙事、种族冒充小说和黑白混血儿小说的继承与超越,说明它在美国非裔小说史上承前启后的里程碑式的意义和对美国小说传统的创新。

2. 学界肯定约翰逊的诗歌和文学批评的价值,但缺乏系统研究。

约翰逊的诗歌和评论文在不同时期被许多作品集收录,如罗伯特·莫顿等编写的《上升之路》(1920)、本杰明·G.布劳利编写的《美国文学与艺术中的黑人》(1921)、阿兰·洛克编写的《新黑人:一种阐释》(1925)、玛丽·奥文顿编写的《彩色肖像画》(1927)、弗朗西斯·布朗编写的《我们的种族和少数族裔:他们的历史、贡献和现存问题》(1937)、阿纳·邦当编写的《美国黑人诗集》(1963)、亚瑟·P.戴维斯等编写的《系列:1760 至今的美国黑人文学》(1971)、约翰·O.基伦斯等编写的《南方黑人的声音:小说、诗歌、戏剧、非小说及评论文》(1992)、桑德拉·K.威尔逊编写的《寻找民主:詹姆斯·韦尔登·约翰逊、沃尔特·怀特和罗伊·威尔金斯的 NAACP 作品》(1999)、丹尼尔·S.伯特编写的《美国文学年代记:自殖民时期到现代的美国文学成就》(2004)、大卫·莱曼编写的《牛津美国诗歌》(2006)和亨利·路易·盖茨等编写的《诺顿美国非裔文学选集》(1997、2003、2014)等。学界对约翰逊诗歌的关注最早是从他在艺术生涯的早期与弟弟詹姆斯·罗萨蒙德·约翰逊、好友鲍勃·科尔为百老汇音乐剧创作的通俗音乐开始的。约翰逊的诗歌主要以种族问题和黑人文化传统为主题。他在诗歌中对这两个方面的讨论,非但没有损毁其艺术性,反而达到了思想性与艺术性的高度融合。约翰逊原本为斯坦顿学校庆祝林肯诞辰所作的《放声歌唱》("Lift Every Voice and Sing",1900)后来广为流传,被誉为"黑人的民族之歌"。他之后创作的诗集《五十年及其他诗歌》(1917)和《上帝的长号》得到持续关注。约翰逊的这两部诗集获得了威廉·布雷思韦特和本杰明·布劳利等一些著名美国非裔作家和评论家的高度评价,他们称赞约翰逊为继保罗·邓巴之后最重要的美国非裔诗人[①]。许多学者称赞他的诗歌谴责种族偏见、发掘黑人文化,展现了黑人的生活经验和独特民俗,体现出全面的创作技巧。约翰逊的诗歌往往以不同形式表现和思考种族问题,它们的形式非常丰富。理查德·朗指出,这些形式包括"标准英语的抒情诗、方言诗、植根于黑人民俗的自由诗和讽刺长诗"[②]。哈罗德·布鲁姆的专著《美国黑人诗人和剧作家》(1994)和《哈莱姆文艺复兴之前的美国黑人散文作家》(1994)介绍了约翰逊的诗歌、戏剧和评论文成就,米丽亚姆·撒格特的专著《哈莱姆文艺复兴黑人现代主义口头和视觉策略的意象》(2010)分析了约翰逊的方言实验。金伯利·霍金斯的博士论文《"我听见一位天使在歌唱":哈莱姆文艺复兴的美国非裔灵歌》(1997)、斯蒂文·纳迪的博士论文《自动美学:哈莱姆文艺复兴与美国新诗歌中的种族、技术和诗学》(2005)、莉萨·罗斯的硕士论文《摆脱界限的自由:哈莱姆文艺复兴的诗歌和爵士乐中的浪漫声音》(1997)、文德尔·P.惠伦的文章《美国非裔民歌的理论和表演实践》(1971)和理查德·朗的文章《我歌唱的方式:论约翰逊的诗歌》(1971)则关注约翰逊的诗歌与三种哈莱姆文艺复兴诗歌形式的关系、他的诗歌的浪漫主义风格和表现的美国非裔的城市经验等问题。然而,也有另一些学者指出约翰逊的诗歌的不足,如苏珊·科普林斯批评约翰逊的《上帝的长号》对黑人女

---

① William Stanley Braithwaite, "The Poems of James Weldon Johnson," Boston Evening Transcript, 1917, p. 9.

② Richard A. Long, "A Weapon of My Song: The Poetry of James Weldon Johnson," Phylon, Vol. 32, No. 4, 1971, pp. 374-382: 374.

性的描述过于刻板,"他倾向于把女人分为两种极端类型:性诱惑者和圣洁的母亲"①。学界对《五十年及其他诗歌》和《上帝的长号》这两部诗集的评论侧重于约翰逊对美国黑人方言的态度、诗歌展现的丰富的美国非裔民俗和对以往文学中的黑人刻板形象的突破。

约翰逊的社会和文学评论文数量大,主题丰富,仅发表在《纽约世纪报》上的就达 2000 多篇。目前已有少数学者研究他的社会和文学批评,劳伦斯·奥利弗注意到约翰逊的评论文强烈抨击了美国和西欧国家对世界黑肤色的民族施行"现代海盗"和"公路抢劫"的丑行,以及力图要把民主和基督教带给"落后种族"的野蛮行径。奥利弗认为约翰逊跳脱了种族和民族沙文主义的樊笼,形成了一种真正的跨文化的国际视野。② 内勒·A.莫里塞特的博士论文《批判的小说:詹姆斯·韦尔登·约翰逊的散文作品》(2002)、理查德·卡罗尔的文章《黑人种族精神:约翰逊的批评视角分析》(1971)讨论了约翰逊的评论文对种族意识形态的批判。然而,目前虽存在一定数量的关于约翰逊的诗歌和文学批评的研究成果,但缺乏系统的研究。本书基于约翰逊的两部诗集,主要从诗歌的语言创新和民俗、宗教与音乐的多元素融合两个方面探讨他的诗歌的表征策略和文学书写,以及约翰逊对美国非裔现代诗歌的贡献,并结合约翰逊为诗集所作的序言及他的社会、文学评论文分析他的文学和文化思想。

3. 约翰逊的自传、戏剧和通俗歌曲的文学、文化价值丰富,学界目前研究这些作品的成果在数量上非常有限。

---

① Susan J. Koprince, "Femininity and the Harlem Experience: A Note on James Weldon Johnson," in Kenneth M. Price, Lawrence J. Oliver (eds.), Critical Essays on James Weldon Johnson. New York: G. K. Hall & Co, 1997, p. 166. 原发表于 College Language Association Journal 29, No. 1 (1985).

② Lawrence J. Oliver, "'Jim Crowed' in Their Own Countries: James Weldon Johnson's New York Age Essays on Colonialism During the Wilson Years," in Kenneth M. Price, Lawrence J. Oliver (eds.), Critical Essays on James Weldon Johnson. New York: G. K. Hall and Co., 1997, pp. 212, 219.

约翰逊的自传《一路走来》对美国非裔自传传统有所创新，是美国文学史上一部具有转折意义的作品。《一路走来》是《纽约时报》评论的第一部美国非裔自传，它在主题、艺术风格、历史文化价值等很多方面都是杰出的。阿方索·W.霍金斯是少数关注到《一路走来》的学者，他的博士论文《美国非裔自传中肯定文化身份的音乐传统》（1993）和文章《重新定义文本：约翰逊，〈一路走来〉中的灵歌》（1996）分别阐释了《一路走来》中的音乐传统和富于灵歌的音乐性。另外，一些零星的文章评论了约翰逊在"科尔—约翰逊兄弟"三人组[①]音乐剧创作时期的音乐剧和他的通俗歌曲歌词创作，如托马斯·L.里斯的博士论文《纽约的黑人音乐剧：1890—1915》（1981）和凯瑟琳·比尔斯的博士论文《女性的余像：现代主义大众文化的出现》（2002）等。约翰逊的两部独幕剧由鲁道夫·伯德整理出版在《詹姆斯·韦尔登·约翰逊主要作品》（2007）中，尚无研究成果。此外，约翰逊曾为百老汇音乐剧和黑人轻歌舞剧创作了 200 多首歌词，包括《放声歌唱》《竹林下》《没有人在看，除了猫头鹰跟月亮》等。这些歌曲题材丰富，语言活泼，富有感染力，生动地反映了美国非裔的生活经验，其中的一些歌曲已成为经典音乐。除了音乐价值，这些通俗的歌词作为文学文本同样值得研究。

4. 约翰逊研究尚处热潮。

1970 年至 2004 年，美国兴起了"约翰逊研究热"，主要是因为这个时期的美国社会文化界对蓬勃发展中的黑人文化和艺术兴趣浓厚。1971 年《种族》发行一期特刊回顾约翰逊各方面的才能。1995 年桑德拉·K.威尔逊编辑出版约翰逊的社会和文学评论文集（两卷本）[②]，1997 年肯尼斯·M.普

[①]　"科尔—约翰逊兄弟"三人创作团队是 20 世纪初美国流行音乐界的一支顶尖的创作团队。凭借创作的许多受到音乐剧舞台和大众欢迎的通俗歌曲，约翰逊是最早成功进入纽约音乐剧市场的词作者之一。

[②]　James Weldon Johnson, The Selected Writings of James Weldon Johnson: Volume I The New York Age Editorials (1914—1923); Volume II, Social, Political, and Literary Essays. Sondra K. Wilson (ed.). New York and Oxford: Oxford University Press, 1995.

赖斯和劳伦斯·J.奥利弗编辑出版文集《詹姆斯·韦尔登·约翰逊评论文》。此外,学界出现查尔斯·斯克鲁格斯的《H.L.门肯与詹姆斯·韦尔登·约翰逊:促进形成一场文艺复兴的两个人》等梳理约翰逊对哈莱姆文艺复兴的贡献的文章。约翰逊研究的其他主要成果还包括以下专著:尤金·利维的《詹姆斯·韦尔登·约翰逊:黑人领袖,黑人的声音》(1973)、罗伯特·弗莱明的《詹姆斯·韦尔登·约翰逊和阿纳·邦当:参考指南》(1978)和《詹姆斯·韦尔登·约翰逊》(1987)、伯纳德·贝尔的《美国非裔小说及其传统》(1987)、理查德·科斯特拉尼的《美国非裔小说中的政治学:詹姆斯·韦尔登·约翰逊、W.E.B.杜波依斯、理查德·赖特和拉尔夫·埃利森》(1991)、吉尔伯特·乔纳斯的《自由之剑:NAACP与反对美国种族主义的斗争,1909—1969》(2005)、梅拉妮·B.泰勒的《悄悄溜出奴隶制:理查德·赖特、威廉·阿塔韦、詹姆斯·韦尔登·约翰逊和左拉·尼尔·赫斯顿作品中的美国非裔南方人》(2008)、诺艾尔·莫里塞特的《詹姆斯·韦尔登·约翰逊的现代声景》(2013)、莱斯利·拉金的《种族与文学相遇:从詹姆斯·韦尔登·约翰逊到珀西瓦尔·埃弗里特的黑人文学》(2015),阿尔滕·B.米利肯、尤金·利维、朱迪斯·E.哈蒙、J.M.菲弗尔、达芙妮·M.拉莫切和约翰·杜德利等学者的博士论文[①],以及米歇尔·罗琳的《种族文学、现代主义和常态文学:詹姆斯·韦尔登·约翰逊为一场美国非裔文学文艺复兴奠定的基础,1912—1920》(2013)等文章。以上这些成果梳理了约翰逊的生平及创作生涯,补充了大量信息,但仍缺乏对约翰逊的作品的系统研究,对其文学批评和戏剧作品的探讨十分有限。

---

① 阿尔滕·B.米利肯的《詹姆斯·韦尔登·约翰逊:为美国黑人文学寻找一个非洲中心传统》(1972)、尤金·利维的《詹姆斯·韦尔登·约翰逊1871—1938:一本传记》(1970)、朱迪斯·E.哈蒙的《詹姆斯·韦尔登·约翰逊,一个新黑人:他的早期生活和文学生涯研究,1871—1916》(1988)、J.M.菲弗尔的《建造黑人:詹姆斯·韦尔登·约翰逊、吉恩·图默、内拉·拉森和乔治·S.斯凯勒小说中多样化的美国非裔主体地位建构》(1993)、达芙妮·M.拉莫切的《哈莱姆文艺复兴文学中的人种学话语和克利奥意识与文化》(1997)和约翰·杜德利的《男人的艺术?美国文学自然主义中的男性气概与美学》(2000)

2000 年以来,学界出现一些研究约翰逊的新视角,这些新视角更加关注约翰逊对种族问题、种族暴力、笼罩在拉丁美洲和加勒比海地区的帝国主义和殖民主义的观察与抗议,以及他的种族融合思想、他在 NAACP 工作期间为促进黑人争取平等和人权的事业所做的贡献、他的作品的音乐性和他对拉格泰姆等黑人音乐的贡献、他的黑人现代主义诗学和诗歌的方言实验,继续挖掘约翰逊作品的社会和艺术价值。

综观研究现状,国内外学者从不同角度对约翰逊作品的阐释为将来的研究奠定了良好的基础,但学界尚无对约翰逊作品全面系统的研究成果。鉴于约翰逊在美国非裔文学史、美国文学史上的重要地位,他的个人成就的多面性和他的文学、文化思想的复杂性,对其作品的系统研究具有重要的学术和文化价值。对约翰逊作品的研究至少在三个方面仍有探索空间:①相比学界对小说《原有色人》的关注,约翰逊的诗歌、自传、戏剧、通俗歌曲、文学文化批评获得的关注较少,因此对约翰逊的作品的全面梳理仍能有所作为。②约翰逊的文学、文化思想在一定程度上超越了种族与阶级的局限,是他取得政治和艺术成就的源泉,更是美国非裔文学理论和文化思想不可缺少的内容,对约翰逊的文学、文化思想的探讨,并将之与其他同时代作家的思想做比较研究仍有很大空间。③约翰逊作为哈莱姆文艺复兴的思想先驱和文学巨匠,他为推动美国非裔文学、文化的发展,以及美国非裔争取公民权利的斗争做出的杰出贡献尚未得到全面考察,这留下了补白的契机。

鉴于美国非裔文学作品与非裔文学理论、非裔哲学理论互动活跃这一特征,本书将更充分地解读约翰逊作品的表征与反表征策略以及约翰逊的思想,洞察 20 世纪初美国非裔文学的走向和脉动。本书以表征策略和文学书写为切入点来研究约翰逊的作品和思想是具有创新性的。本书使用的"反表征"(counter-representation)不是指反对、排斥或拒绝表征,而是指反抗美国的主导文化和艺术传统对美国非裔的种族化(racialized)的表征。"反表征"指的是对种族化的表征的揭示、质询、批评和对抗。这里的"反"

(counter)有着"翻转"和"对抗"的含义。建构和传播关于表征对象的固定和刻板化形象只是种族化的表征的一种表现,约翰逊的作品的"反表征"并不仅仅是抗议这些刻板化形象,而是对种族化的表征的有力的揭示、质询、批评和修正。

第三节 研究内容和方法

本书共由五部分组成。

第一部分探讨约翰逊的作品在种族维度上的表征策略与文学书写。约翰逊的小说《原有色人》、诗集《同胞们——美国戏剧》和《五十年及其他诗歌》、戏剧《你相信鬼魂吗? 一部黑人喜剧》和自传《一路走来》表现了约翰逊作品在种族维度上的表征策略和文学书写,它们打破美国非裔在传统中的刻板化形象,批判美国非裔被种族偏见"去人性"和"去思想性"的残酷现实。

第二部分探讨约翰逊的作品在语言维度上的表征策略与文学书写,围绕约翰逊对语言与存在的关系的思考、约翰逊在理念和实践上对美国非裔诗歌语言的创新,以及对语言进行积极的主体建构三个方面展开。如何超越符号和文本,以言说者和作者的身份标记自己的存在,这是语言在建构主体性的过程中面对的重要命题。

第三部分探讨约翰逊的作品在文化维度上的表征策略与文学书写。约翰逊透过作品表现美国非裔知识阶层对种族现实的感受和认知,他们经历着复杂的心理冲突和激烈的思想斗争,他们的文化心理往往反映出种族关系最尖锐的方面。约翰逊的作品思考"黑人性",表现黑肤色之美和黑人文化之美,是20世纪60年代兴起的黑人艺术运动的先声。约翰逊对黑肤色之美和黑人文化之美进行肯定,呼吁黑人同胞超越主流种族话语的禁锢,重新认识黑肤色,重新认识黑人自我。

第四部分在前三个部分系统讨论约翰逊作品的表征策略与文学书写的

基础上,梳理约翰逊对美国非裔现代文学的贡献。约翰逊强调美国非裔文学的政治、文化和艺术意义,分析 19 世纪末 20 世纪初美国非裔文学的生态景观,揭示当时美国非裔文学有限的艺术性,呼吁黑人作者发挥文学创作的主体性和创造性。作为哈莱姆文艺复兴的奠基人,他的"以文艺促进种族发展文学"的主张是哈莱姆文艺复兴精神的理论原型。约翰逊积极建构美国非裔文学的传统和促进美国非裔现代文学的发展,哈莱姆文艺复兴运动在其核心精神和艺术实践两个方面对此做出了回应。

第五部分基于约翰逊的作品的表征策略与文学书写所蕴含的对话性,深入解析约翰逊的种族融合思想和多元文化观。

本书主要采用文本分析法,运用美国非裔存在哲学和美国非裔文学批评的相关理论,涉及斯图亚特·霍尔、托尼·莫里森、弗朗兹·法侬、路易斯·戈登等作家、批评家和哲学家关于表征、黑人民俗、种族和文化身份等方面的观点。

美国非裔存在哲学是非洲流散哲学的一个重要组成部分,是非洲流散思想领域中非常活跃的因子。它植根于非洲人和非洲散居族裔所处的社会现实、非洲散居族裔个体和集体的鲜活的社会生活经验,探讨世界上包括历史遗留的和正在发生的有关黑人的诸多问题,观照人的存在,尤其是非洲散居族裔的存在。"'存在'(existence)一词源自拉丁语表达'exsistere',它的字面意思是从不明或无意义中脱出,简单地说即显现。这个词的词源包括生存(to live)和存在(to be)两层内涵。"[①]美国非裔存在哲学延续了"存在"的词源内涵,关注美国非裔的生存环境和他们在世界中的存在情境(existential situation)。学术的美国非裔存在哲学虽在一定程度上对欧美存在主义哲学有所吸收,但有着自己的精神内核、思想价值和日趋完善的理论体系。从人类历史上的种族压迫史实、种族偏见的当代续演和非洲散居族裔

---

① Lewis R. Gordon, An Introduction to Africana Philosophy. Cambridge: Cambridge University Press, 2008, p. 132.

的生活现实来看,非洲散居族裔有充分理由提出和探索有关自由、解放、身份等关于存在的问题。由于特殊的历史背景和真实的生活经验,非洲散居族裔与存在有着非常紧密的联系。非洲流散哲学家和艺术家们要对"存在"这个人类始终在探索的命题发出自己的声音,表达自己的理解。

美国非裔存在哲学将情境作为思考的基础,正如路易斯·R.戈登强调的,"存在哲学本身的一个中心层面是,存在这个问题本身是虚空的。存在哲学因此往往是件关联的或语境化的事情。换言之,它必须有情境"①。美国非裔存在哲学与人的现实经验的密切联系正是它的动力和活力所在。美国非裔存在哲学研究有关黑人的存在的许多问题,它在对西方传统思想的批评中反思知识和理性、逻辑和暴力,探讨种族、性别、自我与他者、诚实与欺骗等问题,思考恐惧和虚无等传统问题在非裔存在现实中的不同表现。非洲流散存在哲学的思想家和理论家包括弗朗兹·法侬、莫里斯·M.蓬蒂、利奥波德·桑戈尔、威廉·R.琼斯、佩吉特·亨利、路易斯·R.戈登、罗伯特·伯特、劳米·扎克等。

美国非裔存在哲学是非洲流散存在哲学的一个分支,与美国非裔文学之间互动紧密。一方面,许多讨论存在问题的美国非裔文学作品和批评揭示现象,提出问题,为哲学对一些有关存在的重要问题的理论反思提供材料。一些美国非裔作家不仅在作品中表现和讨论人的存在问题,也为美国非裔存在哲学提供反思的例子贡献了思想,例如安娜·J.库珀、弗雷德里克·道格拉斯、W.E.B.杜波依斯、理查德·赖特、拉尔夫·埃利森、詹姆斯·鲍德温、托尼·莫里森、康奈尔·韦斯特、阿兰·洛克、左拉·尼尔·赫斯顿等。另一方面,美国非裔存在哲学对美国非裔文学中的个体经验和黑人存在问题进行理论探讨,同时也为美国非裔文学创作和批评提供灵感与视角。

---

① Lewis R. Gordon. "Introduction," Lewis R. Gordon (ed.), Existence in Black: An Anthology of Black Existential Philosophy. New York: Routledge, 1997, p. 4.

第一部分

约翰逊的作品在种族维度上的表征策略与文学书写

亚里士多德认为表征是一种重要的人类活动。他指出，"从孩童时期起，人们就有一种表征的欲望，这也是人不同于其他动物的一个方面，人远比动物更善于模仿，并通过表征事物来开启他的学习。而且人们往往从表征中得到乐趣"①。"在许多哲学家看来，人是'表征的动物'，这种生物的显著特征是创造和运用符号。"②人类主体通过表征理解事物，表现他与这些事物的关系。作为一个概念，表征在社会学、政治学、美学、符号学、艺术等领域中被运用和讨论。无论表征被运用在哪一个具体的领域，根据 W. J. T. 米歇尔的描述，我们可以大体归纳出表征过程涉及的四个因素——施行表征的主体、被表征的对象、表征符号及表征的目标主体③。在存在殖民主义或种族主义、种族偏见的社会语境中，以上四个因素在种族的表征过程中演变出比较复杂的相互关系，而在它们共同的作用下产生的结果又反过来影响这四个因素。在这类社会语境中，美国非裔往往既是被表征的对象又是表征的目标主体之一。他得通过他者（尤其是白人）对他的表征来理解他自己，即被动地透过别人的视角来认识自己。美国非裔在白人主导的种族表征系统中仿佛是一个"抽象的整体"，时常被当成一个无声无息的客观物。在这样的种族表征系统中，美国非裔从他者那里得到的表征自然会包含一些虚假、误解、夸张或歪曲的负面成分。在美国社会中，白人主导的种族表征系统在对美国非裔的表征方面存在的问题尤为突出和严峻。

白人主导的种族表征系统对美国非裔的表征中包含的那些负面成分之

① Aristotle, The Poetics, W. Hamilton Fyfe (trans.). Cambridge: Harvard University Press, 1953, pp. 13-14.

② W. J. T. Mitchell, "Representation," In Frank Lentricchia & Thomas McLaughlin (eds.), Critical Terms for Literary Study. Chicago and London: The University of Chicago Press, 1995, p. 11.

③ W. J. T. Mitchell, "Representation," In Frank Lentricchia & Thomas McLaughlin (eds.), Critical Terms for Literary Study. Chicago and London: The University of Chicago Press, 1995, p. 12.

所以产生,至少有三个原因可以推究——第一,表征系统的秩序失衡。作为主体的人的美国非裔被"抹除"了施行表征的主体身份,从而被固化为主导的种族表征系统中近乎"永恒的"表征对象。第二,美国非裔作为表征的目的主体之一,虽然与施行表征的主体构成交流的主要两方,但并"不被准许"参与交流,交流因此陷入单向的"意义生产与输出"。第三,表征似乎有与生俱来的、悖论的"双重作用:它是交流的媒介也是交流的可能障碍"①。许多被"抹除"了施行表征的主体身份的美国非裔在白人主导的主流种族表征系统里,无奈地选择和扮演某一个或某一些"角色",这种扮演或者使他们最终变成了"角色"本身,或者只是为他们穿上了"伪装",使他们内心的自我保持着与外界的隔绝。自然,也有一些美国非裔(主要是知识阶层)认识到这种表征秩序的霸权,拒绝这种"被分配角色"的处境,他们挣扎地想要站到表征主体的位置,通过积极的自我表征来施行反表征。

一方面,约翰逊的作品批判性地解读主导的种族表征系统,揭示它对表征的创造和操控,拆解它的合理性与意义链;另一方面,它们以"黑人文本"表现美国非裔作者表征主体的姿态,在积极的自我表征中施行反表征,挑战主导的种族表征系统的秩序,打破主导的种族表征系统生产的关于黑人的刻板化形象,重塑真实多面的黑人形象。约翰逊的作品在三个层面上施行种族的表征与反表征——以呈现现实来解构种族偏见;以打破二元对立来修正种族误读;以洞察美国非裔作者的困境来探讨表征自由与意义生产。如果说约翰逊在他的文学作品中创造了许多复杂纷呈的表征域,那么这些作品对文学传统的继承、戏仿和超越同样也是一种表征与反表征行为,其动力源于约翰逊对小说和自传作为美国非裔作者进行种族表征的重要体裁的反思。

---

① W. J. T. Mitchell, "Representation," In Frank Lentricchia & Thomas McLaughlin (eds.), Critical Terms for Literary Study. Chicago and London: The University of Chicago Press, 1995, p. 13.

第一章

呈现现实:约翰逊的作品对种族偏见的解构

　　文学从现实生活中寻找灵感、择取素材,它并非对现实的简单复制,而是经过作家的思想和艺术再创造来表现、理解和思考人和他生活的世界。由于历史的遗留问题和根深蒂固的种族偏见,美国非裔在社会中的边缘处境是长期的现实,他和他的生活往往被抛入"无形性",在公众的视野里常被忽略或漠视。美国非裔的内心生活更像是一个黑人自我的封闭空间。美国非裔文学作品在反映和表现现实的同时,总是包含着强烈的质询和反思,因为在现实面前,作家和许许多多的黑人个体一样深深地为自己和族群的处境感到尴尬和困惑。约翰逊以一种诚实而非欺骗的姿态理解现实,他的作品从社会环境和人的心理两个层面,呈现19世纪末至20世纪初的美国种族现实,解构种族偏见,探讨人的意识"解放"。

　　约翰逊的作品表现的是美国非裔在生活中的典型经验,作品中的人物不是纯粹虚构叙事中的比喻或象征符号,场景也不只是叙事与抒情的布景。约翰逊选择小说、诗歌和戏剧这些媒介来揭示种族偏见的社会现实,在探究美国非裔的内心生活的同时表达美国非裔的诉求。他的小说表现一个黑白混血儿是如何被迫"抹除"他的黑人性,从有色人变成原有色人的,他的戏剧和诗歌则反映美国非裔"在黑色中存在"所遭遇的种种悖论和创伤,表达他们的压抑、恐惧和焦虑。约翰逊的作品对现实的呈现还原美国非裔的真实意象,是对美国非裔在社会公众视野中被"缺席"的挑战和抗议。

第一节 解构种族优越论的合理性

一个存在种族偏见的社会不仅对一切有关黑人的真实缺乏诚实的态度,而且往往陷入自我欺骗的泥潭。约翰逊认为,肤色偏见荒谬且缺乏正义,种族优越论是虚假的。他曾在其社会历史著作《黑人曼哈顿》中批评道,"种族问题是充满悖论的,白人的优越地位并不总是真实的,而是想象的和伪造的,固执和非正义的力量支撑着它"[①]。约翰逊的作品对种族优越论的合理性的解构主要表现在,首先,他的小说《原有色人》讲述了一个无名无姓的原有色人为寻求物质成功而冒充白人的故事,他对社会施行了一场"恶作剧"。故事的主线基于美国社会中的种族冒充的真实现象,小说主人公成功的种族冒充是对种族优越论的反讽。《原有色人》是对种族偏见的一个恶作剧。其次,人性是普遍的,人的主体在对物质、心理和文化生活有基本需求的同时,在理性和道德方面存在弱点。约翰逊在他的作品中呈现人性的现实,即它的普遍性和局限,意图打破种族优越论的神话。

评论者们对《原有色人》的体裁的界定曾在很长一段时期里存在争议,约翰逊曾在他写给 1912 年出版这部作品的谢尔曼弗伦奇公司的信件中表示:

> 我在写这本书时并没有想把它写成小说。虽然不能说主人公的故事是某个人的真实故事,但是在重要的事实和细节上,它的确源于我认识的几个人的真实经历,以及我的个人经历和我观察到的一些事件;因此,在每个关键的细节上,这本传记是事实而非虚构。在推广这本书

[①] Sondra K. Wilson. "Introduction," James Weldon Johnson, Black Manhattan. New York: Da Capo Press, Inc., 1991, p. viii.

时，我们不能说它是真实的人类记录，我也想避免它给人以小说的印象。我写它的目的不是要为黑人做一个特殊的抗辩，而是要以一种同情冷静的方式呈现今天确实存在的种族关系的图景。写这本书的另一个动机是想反映在机遇开放的纽约等大城市，对黑人的偏见正在施加一种压力，实际上在不断地迫使许多白肤色的黑人变成白种人。①

《原有色人》不是某一个个体的自传，更不是一本纯粹虚构的小说。这部作品的真实性在于它基于一些真人真事，既源于生活又高于生活。我们或许可以这样理解，《原有色人》是一本基于某一些人的现实的传记或小说。约翰逊把这样的一本传记或小说伪装成了自传，更多是出于想要呈现现实的强烈意图。从 20 世纪初到 20 世纪 30 年代之间（1927 年约翰逊实名出版该书时已向读者清楚表示它不是他的自传），评论界对"它应该被归为自传还是小说"这一问题进行了热烈的讨论，这在一定程度上说明约翰逊对现实的艺术表现非常逼真和成功，他的意图得到了实现。

《原有色人》源于黑人生活，具有典型性。它所刻画的冒充白人的混血儿是黑人的一个典型的社会角色，白肤色的混血儿冒充白人是一个真实的社会现象，而种族冒充行为给冒充者带来的认同危机是美国非裔在存在中面对的一个典型悖论。在原有色人和他的富有的白人恩主的人物塑造上，约翰逊的灵感来自他生活中的好友 J. 道格拉斯·韦特莫尔和白人外科医生托纳斯·奥斯蒙德·萨默斯。②小说的主人公原有色人是一个压抑自我、渴望行动的人物形象，他凭借自己的白肤色自由地滑行在肤色界限的两边，

---

① James Weldon Johnson's Letter to Sherman, French & Company (February 17, 1912), in Jacqueline Goldsby (ed.), The Autobiography of an Ex-Colored Man: Authoritative Text, Backgrounds and Sources Criticism. New York and London: W. W. Norton & Company, 2015, pp. 222-223.

② Jacqueline Goldsby, "Introduction," in Jacqueline Goldsby (ed.), The Autobiography of an Ex-Colored Man: Authoritative Text, Backgrounds and Sources Criticism. New York, London: W. W. Norton & Company, 2015, p. xli.

悄无声息地对持种族偏见的社会体制施行一个辛辣的恶作剧。他对白人性的表演和戏仿是争取自由的行动，他被迫隐匿黑人性则象征他在社会文化生活中得不到归属与认同的悲剧。约翰逊自始至终没有告诉读者原有色人和他的父母的姓名，匿名的主人公更像是一个集体符号，象征许许多多的原有色人，象征跨种族爱情之树结出的苦果和悲剧。

　　小说的第一章便开启故事，作家没有抒情地描述故事场景，也没有以自己的声音叙述某一个事件，而是让原有色人这个虚构的人物直接表露他讲述故事的恶作剧意图——他不仅要泄露自己多年来小心保守的秘密，而且"产生了一个猛烈和残酷的欲望，要收集自己生活中的各种悲剧，并把它们变成一个对社会实施的恶作剧"①。这里的恶作剧是双重的——首先，原有色人为追求物质进行的种族冒充是成功的，他跨越了肤色界限，也发现了种族优越论的虚假性，他被迫的"欺骗"无意中变成了对肤色界限和种族偏见的恶作剧；其次，原有色人在反思自己成功的种族冒充之后，决定不再继续让这个恶作剧"隐形"，他要揭示他的混血儿身份和黑人性，以"胜利者"的姿态宣告他在这场恶作剧中的主体地位。此时，叙述作为一种意愿明确的行动弥补了他在种族冒充中感慨自己无法像一些黑人领袖那样为种族直接效力的遗憾，这可谓是第二重恶作剧。原有色人不但表明了叙述意图，而且冷静地向故事的听众暗示，他作为主体操控着关于这个恶作剧的一切表征。

　　原有色人生活的年代是美国内战结束至20世纪初。内战结束后，美国非裔虽取得法律上的自由，却仍受到种族歧视和暴力对待。白人社会希望与之共存的是像内战前的南方种植园里温顺服从、安于现状的"黑鬼"，而不是主体意识日渐觉醒、争取平等和公民权利的黑人。内战结束不久，原有色人在佐治亚州出生。他的父亲是一位年轻的南方贵族白人，母亲是一位美丽的浅肤色黑人女子。这位白人男子因为即将迎娶一位贵族白人女子，就

---

　　① James Weldon Johnson, The Autobiography of an Ex-Colored Man. Boston：Sherman, French & Company, 1912, p. 1.

把自己的黑人情妇和刚出生的孩子送到北方的康涅狄格。肤色白皙的主人公在孩童时期就已开始冒充白人，只不过他对自己的出身和种族身份一无所知，因此他这个时候的种族冒充主要是无意识的。在学校里，他甚至和白人学生一样认为黑人学生处于劣等地位。但是，正是在他的童年时期，在经历过一次无意识的冒充的失败之后，一切都变了。约翰逊连续用了三个"其他人"（others）来描述原有色人的这次失败的冒充，意指黑人作为"他者"的边缘处境：

> 第二学期期末的一天，校长走进我们的教室，他跟老师谈话后不知为何突然命令道："我想让所有的白人学生起立一下。"于是，我跟其他学生一块儿站起来。老师看着我，点我的名字说道："你暂时先坐下，然后再跟其他同学一同起立。"我不是很明白她的话，问道："老师？"她语气更温柔地重复了一遍："你现在坐下，然后再跟其他同学一同起立。"我不知所措地坐下，什么都听不见，什么都看不见。当其他学生被要求起立时，我也没有注意到。放学后，我昏昏沉沉地走出教室。几个白人男孩嘲笑我："你也是个黑鬼。"我听到一些黑人孩子在说："我们知道他是黑人。"①

此后，在康涅狄格生活的原有色人虽然逐渐成熟，但总是保持缄默克制和自我孤立，将大部分时间花在书本与音乐上，对平常受到的差别待遇也越发敏感。母亲死后，他的白人父亲对他不闻不问，近乎抛弃，于是他决定到亚特兰大大学求学，却因学费在旅馆被盗放弃了学习的梦想，开始了流浪的生活。他在杰克逊维尔的烟厂剥过烟草叶，当过讲读者，在纽约的闹市区当过赌棍和拉格泰姆钢琴手。后来，他在跟随一位愤世嫉俗的白人恩主游历欧洲一段时间后，最终厌倦了这种自我放逐的生活方式，离开白人恩主回到

---

① James Weldon Johnson, The Autobiography of an Ex-Colored Man. Boston: Sherman, French & Company, 1912, p. 14.

南方寻找他的音乐梦想。他计划在南方对黑人音乐进行第一手研究，以创作出优秀的古典音乐。他感受到了南方黑人的民俗，更了解到他们恶劣的生活环境和落后的文化水平。在目睹小镇上白人暴徒施私刑将一名黑人活活烧死后，他带着强烈的耻辱感逃回了北方。在那里，他继续冒充白人，投身地产业，取得物质上的成功和一定的社会地位，并娶了一位白人女歌手为妻，育有一对混血儿孩子，却始终没有公开坦承自己的黑人血统。

原有色人的恶作剧首先是揭开"种族冒充"作为一个合法命题的假面。原有色人选择了白人身份，却没有彻底"成为"白人；他放弃了黑人身份，却没有完全抹除自己的黑人性。这是原有色人在建构和实现跨种族身份时面对的一个矛盾，它辩证地揭示了"种族冒充"作为一个命题的虚假性。作为混血儿的原有色人身上流淌着黑种人和白种人的血液，他的种族冒充实际上并非"冒充"，而是对他的跨种族身份构图中的白人部分的完型。"一滴血"的种族划分原则仅承认原有色人的黑人血统，而否定他的白人血统，象征性地切割了他的身份构图。原有色人的种族冒充的行为其实是他在他的存在的情境下做的有意义的行动，而他面对的身份悖论恰好说明了他的"冒充"行动的合情合理。"种族冒充"让他认识到种族问题是一个"暴力和可悲的矛盾"[①]，是原始的和缺乏理性的。在南方目睹一个黑人被私刑处死的悲剧之后，他甚至愤怒地表达了他要自我命名的决心，"我既不否认黑人种族，也不归属白人种族；只是改名换姓，蓄起胡须，随便世界把我当作什么；我没有必要走到哪儿都在额头上贴着一张写着低劣的标签"[②]。冒充让他有一种满足感，"我的违反常规的社会地位常常让我感到幽默……我不止一次地想大声宣告'我是黑人'，我难道反对只要'身上有一滴黑人的血液，这个人便不适于社会'的理论吗？许多的夜里，我在度过了愉快的夜晚之后回到房

---

① James Weldon Johnson, The Autobiography of an Ex-Colored Man. Boston：Sherman, French & Company, 1912, p. 74.

② James Weldon Johnson, The Autobiography of an Ex-Colored Man. Boston：Sherman, French & Company, 1912, p. 187.

间,想到自己正在开的这个大玩笑不由得哈哈大笑"①。原有色人想在白人面前宣告他的黑人身份,这是在对他的跨种族身份构图中的黑人部分做象征性的完型。原有色人一面平静地叙述着自己冒充白人的经历,一面又像一个局外人那样批判地审视着自己的经历。他以叙述故事的方式进行的恶作剧揭开了"种族冒充"作为一个合法命题的假面,他的"种族冒充"实质上并不成立,他的"冒充"是他的跨种族身份的构图完型。

原有色人的恶作剧的另一个方面是对白人性的表演与戏仿。原有色人选择白人身份标志着他向种族偏见的强大压力和生存便利的诱惑妥协,他的生活受到美国个人主义价值观和"美国梦"的支配。他戴着他的白人父亲亲手为他做的那条象征物质财富的金币项链,在表面上浸入那个压迫他的主导文化的生活当中,将美国社会金钱至上、弱肉强食的物质生活方式,以及中产阶级放荡不羁的文化品位演绎得淋漓尽致。原有色人在对个人生活的叙述中讽刺白人社会在生产意义过程中的"去差异化"。他在烟厂以剥烟草叶谋生时,体会到香烟制作的每个环节都要求"去差异",包括香烟的大小、形状和重量。与香烟制作严格要求"去差异"相似,美国社会高扬民主的旗帜,实际上却充满矛盾地维护中心主义和霸权秩序。如同原有色人描述的黑人家庭的白色家用物品一样,这种"去差异化"和中心主义渗透到人们的日常生活中,令人压抑。此外,原有色人对白人恩主超乎常人的"耐力"惊叹不已,"奴隶制"幽灵般的存在让他战栗:

> 这个人聆听的耐力常常超过我表演的耐力——但我不确定他是否一直在听。有时,因为疲惫和困倦我变得极其压抑,需要付出非常人的力气才能继续往下弹;实际上我有时候一边打盹,一边弹。在那些时候,这个人就坐在那儿,静得出奇,几乎是隐藏在香味很浓的烟雾后面,

---

① James Weldon Johnson, The Autobiography of an Ex-Colored Man. Boston: Sherman, French & Company, 1912, p. 193.

使我感到可怕的恐惧。他有些阴冷、沉默寡言,是个残忍的暴君,他用一种超自然的力量控制着我,无情地把我弄得筋疲力尽。但这种感觉很少有;而且,他付给我的酬劳如此慷慨,所以我能忘记很多。①

原有色人尽管融入了白人的生活,却仍为自己没有与黑人同胞认同、没有参与黑人事业而遗憾和痛苦。他一直在用自己对妻子和孩子们的爱来麻痹他被压抑的愿望,让自己安于现状。然而,每当想到自己为了追求物质生活所付出的代价,想到他逃避族群责任的自私和渺小,他都是懊悔的。因此,在这场冒充的戏剧中,他表演了"一个白人",却终究无法完完全全地成为一个白人。

原有色人对白人性的滑稽表演如果深化,便是辛辣的戏仿。白人男性伦理责任的缺失是原有色人戏仿的一个重要方面。他不但恶作剧地取消了他的白人父亲的"父亲"身份,称呼他为"先生",而且戏剧性地描述他们之间缺乏正常的家庭伦理关系,转而用"主—奴"的身份等级和一方在物质上依赖另一方的异化关系来形容。由于种族偏见规定的关于黑白性联系的禁忌,白人父亲在原有色人的生活中几乎完全缺席,原有色人曾无数次地询问自己的母亲"谁是我的父亲? 我的父亲在哪儿?",而她长期的讳莫如深更加深了他对"父亲"的怀疑和困惑。在他孩童时期的记忆中,父亲每次来家里时,"我被指定的任务就是给他拿一双拖鞋,并把(他的)锃亮的皮鞋放在特定的一角。他常常给我一枚闪亮的硬币作为这项服务的回报,母亲教我立马就把它丢进一个小锡罐里",而"他用一枚价值十美元的金币给我串成的一条'项链',我在人生的大部分时间里一直戴着它"②。"硬币"和父亲后来送给他的钢琴象征的物质关系似乎是父亲留给原有色人的唯一印象。原有

---

① James Weldon Johnson, The Autobiography of an Ex-Colored Man. Boston: Sherman, French & Company, 1912, p. 118.

② James Weldon Johnson, The Autobiography of an Ex-Colored Man. Boston: Sherman, French & Company, 1912, p. 4.

色人 12 岁时，父亲来探望他和他的母亲，他却因长期缺乏父爱无法"完成这一戏剧，或者更像是传奇剧的高潮"①——激动地喊着"爸爸"，然后扑到他的怀里。尴尬之下，原有色人转而以"先生"称呼他的父亲并和他握手，这近乎礼节的称呼和生硬的肢体语言表现了他们之间悲剧性的疏离。父亲在原有色人的心里究竟象征着什么？"主—奴"的身份等级还是物质生活的依靠？多年以后，原有色人在巴黎的一家剧院偶遇父亲和自己同父异母的妹妹，原有色人情绪激动，感到快要窒息——"我几乎无法控制自己的冲动，想站起来冲着观众尖叫，'这儿，就在你们的中间，有一个悲剧，一个真真实实的悲剧！'，这个冲动那么的强烈，连我都害怕我自己，趁着有一幕灯光昏暗，我跌跌撞撞地冲出了剧院。我茫然地走了一个多小时，想哭又想咒骂"②。

这一戏剧性的场面凝缩了白人男性因缺乏伦理责任所造成的人类悲剧。原有色人以语言的多样性戏仿英语的霸权。他热切地学习和运用英语、法语、西班牙语、拉丁语等多种语言，这不仅是一种主动认知他人和世界的姿态，而且以语言的多样性戏仿英语象征的语言霸权。而且，原有色人在叙述中的匿名反讽了黑人在社会生活中的无形性，同时戏仿了美国社会以"白人视角"为黑人命名的社会规范。著名的非裔哲学家弗朗兹·法侬观察到，"每个黑人都是无名无姓的，这带有一种反讽意味，因为他们被命名为'黑人'……黑人发现他们自己并非被结构化地视为人类，即从本体论上被视为人类。他们是有问题的存在，被封闭在他称为的'非存在（non-being）的地带'中"③。原有色人的叙述有意模仿和反讽这种"被匿名"，意图将黑人从"非存在的地带"中移出。

---

① James Weldon Johnson, The Autobiography of an Ex-Colored Man. Boston: Sherman, French & Company, 1912, p. 31.

② James Weldon Johnson, The Autobiography of an Ex-Colored Man. Boston: Sherman, French & Company, 1912, pp. 131-132.

③ Lewis Gordon, What Fanon Said: A Philosophical Introduction to His Life and Thought. New York: Fordham University Press, 2015, p. 22.

在原有色人的叙述中，原有色人、他的父母及他的朋友"闪亮"、被施私刑的黑人青年等主要人物都是匿名的，原有色人拒绝给这些人物命名，而是以他们身上比较突出的特点来称呼他们。"闪亮"有着黑得发亮的皮肤、闪亮的眼睛和牙齿；"红头"脸上有雀斑，顶着一头红发；被原有色人称为"我的'百万富翁'朋友"的白人恩主是富有的社会上流人士。《原有色人》的匿名性无疑拓展了文本表征的外延，这种看似漫不经心的风格背后隐藏着对美国社会以白人规范来命名黑人的戏仿和抗议。1912年，约翰逊以匿名的形式出版这部小说，刻意含混作品的体裁，可以说他选择了叙事这一行动而非姓名来表征他作为黑人作者的主体意识。原有色人仿佛非洲神话故事里的恶作剧精灵，借着"肤色魔法"在种族冒充的行为中施行颠覆种族偏见的狂欢仪式；他就像美国非裔民间故事中的"兔兄"，纵然力量薄弱却以自己的方式超越逆境。

内战前的奴隶叙事大多侧重于表现痛苦的黑肤色身体，而约翰逊作品的视角则表现出一种明显的内转，它关注黑人隐秘的内心生活，侧重描写痛苦的黑人灵魂和打破黑人"空心人"的刻板化形象。种族偏见的意识形态把黑人过度对象化为去主体性的黑肤色身体，把黑肤色身体作为表征黑人的符号，而约翰逊的作品对黑肤色身体的有意规避表现了他对这一表征的修正。《原有色人》中为数不多的几处对黑人身体的轻描淡写——原有色人发现自己的黑人身份时对母亲样貌的凝视、他对朋友"闪亮"的观察和他对私刑的受害者黑人青年的描写，重在表现原有色人对"黑肤色"的认知和揭露种族暴行的反人性。约翰逊的文学作品的这种视角内转把黑人的文化处境从被凝视的对象向凝视他人和自我凝视的主体转移。例如，不同于传统奴隶叙事一般采用第一人称叙述视角，种族小说偏爱全知的第三人称叙述视角，《原有色人》选择全知的第一人称叙述视角来反映人物的内心生活，原有色人同时充当了局内人和全知观察者的双重角色。约翰逊对叙述视角的选择是他对表征自由的捍卫，为他表现人性的普遍性提供了更加广阔的空间。

约翰逊的作品主要从两个方面来表现人性的普遍性——一是批判种族偏见的去人性；二是反映美国非裔真实的人性。

当目睹自己的黑人同胞被否定了人性、被任意地施私刑杀害时，一贯硬朗克制的原有色人沉痛不已，他背负着一种深切的羞耻感，"一直以来我都清楚，让我想要逃离黑人民族的不是沮丧、恐惧或是对更广阔的机遇和行动领域的寻找，而是羞耻感，无法忍受的羞耻感。跟一个别人可以那样恶劣地对待却免受任何惩罚的，境遇甚至还不如动物的民族联系在一起，我感到耻辱。因为法律一定会制止和惩罚恶意活活烧死动物"①。原有色人曾将南方白人比作血腥残暴的海盗，谴责他们的思想倒退到了一个世纪。② 原有色人的羞耻感甚至导致他与黑人同胞的疏离。美国非裔生活在追求同化和文明的社会大环境中却遭受排斥、歧视和暴力，原有色人因此恐惧自己与黑人同胞之间的联系。他弄不清自己从欧洲回到美国的动机，"我想回美国，是为了帮助我的同胞，还是为了将自己与他们区别开，哪一个占的成分更多呢？这是一个我始终无法明确回答的问题"③。他"有时觉得自己似乎从未是个真正的黑人，只是一个对他们的内心生活颇有特权的观察者；有时又感到自己是一个懦夫、一个弃儿，一种对母亲民族的奇异的向往占据着内心"④。他为黑人同胞被否定了人性和尊严的处境感到羞耻，为白人原始野蛮的种族暴行感到羞耻，也为他隐藏自己的黑人血统和逃避族群责任的行为感到羞耻。个人和族群的处境使原有色人的黑人自我不断地与白人自我搏斗，造成了他几乎无法忍受的精神焦虑。

---

① James Weldon Johnson, The Autobiography of an Ex-Colored Man. Boston：Sherman，French & Company，1912，p. 187.

② James Weldon Johnson, The Autobiography of an Ex-Colored Man. Boston：Sherman，French & Company，1912，p. 186.

③ James Weldon Johnson, The Autobiography of an Ex-Colored Man. Boston：Sherman，French & Company，1912，p. 144.

④ James Weldon Johnson, The Autobiography of an Ex-Colored Man. Boston：Sherman，French & Company，1912，p. 206.

在故事的结尾,原有色人借助一段百感交集的内心独白表达了他对自己不得已出卖"与生俱来的权利"的伤痛——"我有时打开那个仍然保存着那些几乎发黄了的乐稿的小盒子时,感到它们是一个已然消逝的梦想、一个悄然死去的理想,是白白浪费的音乐才能唯一实存的残留物。我压抑不了内心的想法,毕竟,我选择了生活中较轻的部分,而把自己与生俱来的权利出卖给了物质上的蝇头小利"[1]。这里的"与生俱来的权利"指的是什么?是美国独立宣言坚决捍卫的平等、生命、自由和追求幸福的权利,还是人在生活中为自己做选择的权利?无论它的具体所指是什么,都脱离不开作为一个主体的人拥有的基本权利,正是这些基本权利构成了人的尊严。原有色人观察到处于社会最底层的黑人同胞常常被白人疏远,因为后者还"无法理解这类黑人之所以改善物质和社会条件,争取经济和知识水平的进步仅仅是遵从了人类共有的愿望",更时常把黑人改善自己社会地位的努力贬低为一种对"白人文明的'滑稽模仿'"[2]。隔在两个种族之间的这道沟通的屏障源于种族偏见者为了维护种族优越论的合法性,导致的对黑人人性的否定和贬低。原有色人与他的生活原型 J.D.韦特莫尔不同,他的跨种族身份中的黑人身份并没有得到实际的完型。J.D.韦特莫尔虽没有公开自己的黑人血统,但并不逃避责任,始终参与黑人种族的斗争;而原有色人的身份构图是有缺憾的,这种缺憾更加突出了种族偏见对美国非裔的去人性。

另一方面,约翰逊的作品总是反映黑人真实的人性、性情和日常生活,以表现人性是共通的。读过《原有色人》的人一定被主人公对大自然的热爱和对爱情的真挚追求打动过,也不会忘记他与好友"闪亮"、两位普尔曼列车员等黑人同胞之间淳朴的情谊。原有色人的妻子是一位美丽的白人音乐

---

[1] James Weldon Johnson, The Autobiography of an Ex-Colored Man. Boston: Sherman, French & Company, 1912, p. 207.

[2] James Weldon Johnson, The Autobiography of an Ex-Colored Man. Boston: Sherman, French & Company, 1912, pp. 77-78, 165.

家,是他见过的"最耀眼的白色事物"①,然而让他们相识相恋的更重要的原因是音乐和精神的契合而非白肤色身体的吸引。除此之外,约翰逊创作的大量通俗歌曲中还有许多表现普遍人性及黑人的真情实感和高贵品质的佳例。例如,《每个女人的眼睛》("Ev'ry Woman's Eyes",1912)赞美每一个女人的眼睛都会说话、会舞蹈,有着令人着迷的魅力。歌词的第二段将这一没有肤色界限的女性之美表现得十分动人:

> 每个女人的眼睛里
>
> 有着不可思议的秘密
>
> 无论它们是什么颜色
>
> 黑色、棕色或蓝色
>
> 每个瞬间都表明
>
> 每个女人都知道
>
> 每个女人的眼睛里
>
> 都有令人着迷的魅力②

《苏醒》("The Awakening",1913)和《假如海沙是珍珠》("If the Sands of the Seas Were Pearls",1904)分别表达了两种爱情状态。前者是一首浪漫的爱情歌曲,歌颂爱情降临的美好。抒情的"我"向偶然邂逅的恋人"你"倾诉衷肠,"我"梦见自己是路边的一株玫瑰,而"你"是一只蜜蜂。"我"并不知晓自己为何在那里等待和生长,直到"你"飞过绿篱来到我身边,轻轻吻过我的花瓣,"我"突然苏醒,原来"我"一直在为"你"等待,幸福地将心中珍藏的芳香向你托付。如果《苏醒》浅浅吟诵的爱情邂逅让心灵悸动,那么《假如海沙是珍珠》对纯粹爱情的追求则传递了一种崇高的爱情观:

---

① James Weldon Johnson, The Autobiography of an Ex-Colored Man. Boston: Sherman, French & Company, 1912, p. 194.

② James Weldon Johnson (lyrics), "The Awakening," Don Cusic, James Weldon Johnson: Songwriter. Nashville: Brackish Publishing, 2013, p. 83.

> 假如所有海沙都是上等的珍珠
>
> 假如所有的山岩都是纯金
>
> 假如它们只属于我
>
> 我可以说
>
> 海洋和地上的珍宝都是我的
>
> 假如拥有这些数不清的财富会让我
>
> 永远失去你对我的爱
>
> 我的心爱之人啊，我会觉得这些财富都太少了
>
> 我会放弃所有，只为拥有你①

美国非裔在日常生活中的点滴感受往往蕴含着他们乐观幽默的生活哲学。《人人都想看这个小宝贝》（"Everybody Wants to See the Baby"，1903)描绘的是随着生命的不断延续，父母照顾孩子变成了家庭生活中一个循环往复的情景。约翰逊以幽默的笔调勾勒了几个有趣的画面——还没长出头发和牙齿的小宝贝躺在摇篮里，人们纷纷赶来看望，妈妈带小宝贝去独唱会，以及爸爸不肯抱小宝贝，描述了父母在为照顾孩子付出辛劳的同时，也收获了许多乐趣。例如，爸爸不肯抱小宝贝的画面就让人忍俊不禁：

> 爸爸爱这个宝贝吗？（当然!）
>
> 那他为何总不表现出来
>
> （问得多妙!）
>
> 因为爸爸似乎经常（嗯?）
>
> 宁愿他从未见过这个小宝贝（从未见过他）
>
> 宁愿他从未见过这个小宝贝
>
> 因为当和男孩们散步时，他总是跌跌撞撞

---

① James Weldon Johnson (lyrics), "The Awakening," Don Cusic, James Weldon Johnson: Songwriter. Nashville: Brackish Publishing, 2013, p. 105.

他刚躺上床，宝贝便开始咆哮

妈妈说："约翰，你抱着他走动走动。"

爸爸不想抱宝贝

（爸爸不想抱宝贝）①

约翰逊认为"黑人对于白人而言或多或少像一个斯芬克斯之谜"②。持种族优越论的白人往往否定黑人的人性，因而拒绝认识真实的黑人；而"黑人的思想受到那么多复杂微妙的因素影响，他很难向敌对他的另一个种族坦白和解释他的想法。这赋予每一个黑人一种双重人格"③。黑人在黑人同胞中间时表现的是一面，在白人面前时则表现出黑人歌舞滑稽剧中的"无知"的黑人形象。关于美国非裔的刻板化形象源于人们关于他们的普遍的和标记性的观点，他们认为黑人懒惰、无能、不可靠；是个不负责任的孩子，可怜的好脾气的傻瓜，对文明人的滑稽模仿；无意识的小偷，他不能在精神和道德上进步，是一个残暴和堕落的罪犯④。这些刻板化形象阻碍了白人以严肃的态度对待黑人。在美国社会，关于黑人的刻板化形象的背后是刻板化的思想观念，而约翰逊以文学表现人性的普遍性，是拉开隔离黑人和白人两个种族的心灵的帷幕，打破跨种族沟通的那道屏障的积极尝试。

---

①　James Weldon Johnson (lyrics)，"Everybody Wants to See the Baby," Don Cusic，James Weldon Johnson：Songwriter. Nashville：Brackish Publishing，2013，p. 86.

②　James Weldon. Johnson，"Preface," James Weldon Johnson，The Autobiography of an Ex-Colored Man. Boston：Sherman，French & Company，1912. 这篇以出版社的口吻写的序言实际上出自约翰逊的手笔，约翰逊可能刻意以此强化这部作品作为"一部自传"的真实性。

③　James Weldon Johnson，The Autobiography of an Ex-Colored Man. Boston：Sherman，French & Company，1912，p. 19.

④　James Weldon Johnson，"Stereotype，Art，and Money," James Weldon Johnson，The Selected Writings of James W. Johnson：Volume II Social，Political，and Literary Essays，Sondra Kathryn Wilson (ed.). New York and Oxford：Oxford University Press，1995，p. 172.

第二节　解构种族偏见的正义性

　　除了否定美国非裔的人性和歪曲他的社会文化形象,种族偏见还引发赤裸裸的种族暴力,导致美国非裔的心理创伤。种族优越论把白种人界定为理性、文明和民主的"优选人类",约翰逊的作品却揭示那些持种族偏见的"优选人类"暴力、非理性和道德堕落的一面。暴力的行为是可怕的,但更可怕的是暴力背后的逻辑——往往毁损人的身体、生命和精神。正如贝尔·胡克斯的发现,"私刑在历史上的影响不是杀害了个体的人,而是要让每个人知道'这也可能发生在你身上'",而且,"当暴力是例外的和反常的时候,它很容易遭到谴责,但常态化的暴力表现出一种更加可怕的挑战,需要更加精密和智慧的反应"[①]。约翰逊的作品呈现种族暴力的现实和美国非裔的心理创伤,解构种族偏见的正义性,打破关于美国非裔的"野兽""罪犯""性放荡者""没有理性的暴徒"等刻板化形象,反映美国非裔作为偏见的牺牲品、暴力的受害者的真实遭遇,展现他是能够思考自身处境的、有理性的人。约翰逊的诗歌《五十年》和《同胞——美国戏剧》是对种族暴力的批判。

　　关于艺术的真实性,约翰逊曾在《艺术》一文中谈道,"艺术不是也不应该是生活,但它应该很像生活,从而激发好奇、赞叹和愉悦,以它的真实性激发更深层次的情感……艺术存在的目的是愉悦,这种愉悦的本质是惊叹艺术能够创造出一个如此像生活的事物,同时不会让人怀疑这个创造是艺术品而非生活"[②]。约翰逊认为艺术要像生活,同时需要和生活之间保持一定

---

　　① Brad Evans, Henry A. Giroux, "Preface," Disposable Futures: The Seduction of Violence in the Age of Spectacle. San Francisco: City Lights Books, 2015, pp. 126-127.

　　② James Weldon. Johnson. "Art," Jacqueline Goldsby (ed.), The Autobiography of an Ex-Colored Man: Authoritative Text, Backgrounds and Sources Criticism. New York and London: W. W. Norton & Company, 2015, p. 253.

的、恰到好处的距离。他的诗歌《五十年》("Fifty Years"，1913)和《同胞——美国戏剧》("Brothers — American Drama"，1916)保持着艺术与生活之间的恰到好处的距离,在对种族暴力的批判中揭示种族偏见的非正义。

　　《五十年》是约翰逊为纪念林肯签订美国解放宣言(1862年9月22日)五十周年而作,于1913年发表在《纽约时报》。这首具有史诗气魄的叙事长诗时空跨度大,回顾了1863年至1913年美国非裔争取自由与权利的奋斗历程,诗歌的内容由多个表现不同历史时期的画面构成,结构紧凑、气势恢宏。诗人首先感慨,回望美国非裔抗争与奋斗的历史,他已经走了很长的一段路,回忆起三个世纪前第一批黑人被掳掠到新大陆后的悲惨命运和孤立无援。诗人没有在这一幕悲伤的画面上停留,而是突转语调,欣慰地描述起美国非裔从奴隶到美国公民的社会身份的转变和他今天所面对的创造历史的机遇。诗人为美国非裔所取得的成就感恩上帝的仁慈,并祈祷上帝赐予黑人大众新的热情、勇气和力量,促进他继续成长。诗人劝诫黑人同胞不要自暴自弃,而应该认识到他们已经用辛劳和热血"买下"了在这片土地上生活的合法身份;他呼吁同胞不要畏缩,要敢于争取自己应有的权利。严肃的劝解之后,诗人开始安抚疲惫悲伤的黑人同胞,他理解他们长期受到残暴和邪恶势力的奴役、桎梏和伤害,经历过等待、挫折、打击和绝望,他鼓励他们相信自己是"上帝的宏大计划中的一部分",不让加里森、约翰·布朗、林肯等先驱白白牺牲,美国非裔的事业尚未完成,黑人同胞应该继承已取得的成就继续战斗,因为上帝绝不会让这一切归零。《五十年》虽以庆祝和激励为基调,但它仍将批判种族暴力置于中心地位,具体体现在诗的第3~4节和第20~23节:

> 再往前回顾！三个世纪以前！
> 回到赤裸和颤抖的二十个人,
> 被从他们海外的生息地掳掠,
> 睁大眼睛,站在弗吉尼亚的海岸上。

我们一路跋涉了很远,很远,

从奴隶和异教徒,

到获得自由的奴隶、自由民和上帝之子,

再到美国人和公民。

……

然而,我的同胞们,我明白

被缚住的双脚,被绑住的翅膀,

精神在打击下卑躬,

心灵在伤口和剧痛中怯懦;

残暴势力的惊人力量,

打得我们目瞪口呆、头昏眼花;

夜里漫长徒劳的等待

只为倾听正义之声高昂。

我完全了解那一刻,当希望

破灭,我们的四周

笼罩着令人窒息的黑暗,我们摸索着

在绝望中伸出手。①

这几个诗节意指的奴隶贸易的罪恶和掠夺、奴隶制的奴役与压迫、宗教对人的精神的奴役和异化、种族隔离带来的排斥和侮辱、种族冲突造成的伤害和屠杀等,都是种族暴力的表现形式。同时,诗人在诗中痛心地揭示了这

---

① James Weldon Johnson, Fifty Years and Other Poems. Boston: Cornhill Company, 1917, pp. 1, 4-5.

样一个悖论——为美国的建国和发展做出许多贡献的非裔,得到的回报却是暴力和不公正的对待。美国非裔每个阶段的抗争都包含与种族暴力的艰苦较量。正是在与种族暴力的艰苦较量中,美国非裔的灵魂被锻造得更加坚韧和广阔。这首诗原本有41节,但约翰逊为了统一诗的主题、目的和整体效果删去了最后16个诗节,那些被删掉的诗节语调痛苦和绝望,反映了当时严峻的社会现实。① 可见,约翰逊对当时的种族问题和美国非裔的命运并不乐观。他写这首诗时正担任美国驻尼加拉瓜的领事,而美国当时刚开始军事占领尼加拉瓜。国内严酷的种族暴力和美国在中美洲的帝国主义扩张使约翰逊为黑人种族的命运深感忧虑,他在这首诗中以黑人领袖的身份劝诫黑人同胞要坚定地捍卫自己的"合法身份",继续完成未完成的事业。

约翰逊是早期黑人民权运动的领袖之一,他积极推动全国反私刑运动和促进《戴尔反私刑法案》②的通过,组织了1917年的纽约反私刑游行。与《五十年》对种族暴力象征性的鞭挞不同,约翰逊的另一首诗歌《同胞——美国戏剧》采用直接呈现的方式,叙述一个黑人青年被种族主义暴徒施私刑杀害的事件。故事在黑人受害者和种族主义暴徒之间的对话中展开,对话中的问答和辩论使诗歌氛围异常紧张。

诗人让施私刑的暴徒和黑人受害者自行对话,并对施私刑的暴徒的语言进行编码。暴徒的语言表现出种族偏见对黑人的降格。在他们的凝视中,黑人受害者是"落入猎人陷阱的野兽",有着人的皮囊但却没有人性。接着,诗人转换到黑人的视角,将黑人脑海中关于两个种族交往的历史的记忆

---

　　① James Weldon Johnson, Complete Poems. New York: Penguin Books, 2000, p. 117.

　　② 《戴尔反私刑法案》(Dyer Anti-Lynching Bill):1921年来自圣路易斯的国会议员L. C. 戴尔写信给约翰逊,提出要在国会重新提出反私刑的法案。约翰逊1922年到华盛顿为这项法案的通过奔走游说。这项法案在众议院通过,但在参议院被否决。约翰逊后来回忆,"这项法案虽然没有变成法律,但它使国会的议员席成为一个论坛,让美国人了解那些他们之前从不知道的事实"(ATW,2000:373)。1930年代,约翰逊的继任者沃尔特·华特在约翰逊等NAACP领袖和成员奠定的基础之上继续推动,一项反私刑的联邦法案(科斯蒂根·瓦格纳法案)终获通过。

植入暴徒的意识,体现在后者的一连串反问中。这一连串反问是在谴责持种族偏见的暴徒们,"难道你们不认识那个忠诚善良、悉心照顾过你们的家人的种族了吗?"而黑人受害者的回答"我是,也不是"表明他拒绝被暴徒界定,因为后者并不真正地了解他。他继续谴责种族主义的邪恶势力造成的种种恶果,表达抗争到底的决心。他的愤怒越来越强烈,他把自己塑造成一个黑人的集体意象,象征着美国非裔受到的种种侮辱和折磨,以及他们内心的痛苦和仇恨。黑人受害者绝望地宣称他不属于任何种族,也没有种族认领他。这是一种绝望的抗议。他甚至不愿归属黑人种族,因为"黑人"同样是一个带有种族偏见的名字。暴徒厌烦了黑人受害者的控诉,开始施私刑,残忍地将他活活烧死。他们像狂暴的野兽一样折磨着眼前的"猎物",甚至享受看他痛苦的挣扎,这与黑人受害者在烈火中绝望无助的扭动和呻吟形成强烈反差。最后,暴徒们瓜分黑人受害者被烧焦的骸骨的情景令人震惊。人群散去,这场反人性的悲剧结束了,但黑人受害者的那句呢喃——"精神上的同胞们,我们真的是同胞吗?"却久久回荡。私刑是种族暴力最为极端的形式之一,它对人性的冲击是巨大的,"消除私刑能够挽救美国黑人的身体、拯救美国白人的灵魂"①。《同胞——美国戏剧》并不是约翰逊谴责私刑的唯一作品,他在小说《原有色人》中也有一段关于私刑的描写,那是原有色人在佐治亚州目睹的一场惨案:

> 人群中很快清出一片空地;不知道从哪儿冒出这个建议,"烧死他!"这个建议顿时像通了电流一样。你见过人变成野兽的样子吗?没有什么比这更恐怖了。一根铁路轨枕被埋到地里,(这个可怜人身上的)绳子被解开,一根铁链被拿来把受害者和柱子缠在一起。
>
> 他站在那里,只在外形和身材上像个人。每一个堕落的标记都在

---

① Sondra K. Wilson, "Introduction," James Weldon Johnson, Along This Way: The Autobiography of James Weldon Johnson. Boulder: Da Capo Press, 2000, p. XVII.

他的脸上印着。他的眼睛灰暗空洞,没有一点思考的痕迹。显然,他的可怕的命运夺走了一切他曾有过的推理能力,他被吓得目瞪口呆,甚至不能颤抖。燃料被从各处取来,汽油、火把;火焰像在积蓄力量,一瞬间收紧了,接着突然蹿到受害者的头那么高。他扭动、翻腾,挣脱着身上的铁链,然后哭喊着、痛苦地呻吟着,这些声音后来总是回荡在我的耳边。火焰和烟雾终止他的哭喊和呻吟;但是他的双眼从眼窝中鼓出来,从一边滚到另一边,徒劳地求助。人群中有一些人叫喊、欢呼,其他人似乎被他们做的事惊吓到了,还有一些人因为对眼前的情景感到恶心而转身走了。我站在原地不能动弹,无助地把我的视线从我不愿看到的东西上移开……我还没有说服自己相信我看到的事情真的在发生,就看到一根烧焦的柱子、一堆闷烧着的火和被熏黑的骨头、烧焦的碎片从铁链的空隙中散落下来,烧焦的躯体——人的躯体的气味往我的鼻孔里钻。[1]

这段描写大量使用动词,调动了人的视觉、听觉、嗅觉和触觉,如同一副剪影画,勾勒出最突出的细节。残忍和恐怖的画面可能给读者的心理造成不适,相信当他们读到这段描写时只想啪地合上书,不愿"目睹"这骇人的一幕。目睹如此震撼的暴行之后,原有色人坐着静默了很久,他感到自己就像一个失血的人一样虚弱,几乎无法站立。与小说中被动的受害者不同,《同胞——美国戏剧》中的黑人是一个抗争的英雄,诗人赋予他发声的权利,让他当面控诉种族暴徒,让他为自己辩护,让他清醒地认识到那个关于"同胞"的悖论。种族暴力的可怕之处在于它的非理性。约翰逊本人就曾险些成为私刑的受害者,1901 年他在杰克逊维尔的那次经历是他人生中的一个重要转折点。

---

① James Weldon Johnson, The Autobiography of an Ex-Colored Man. Boston: Sherman, French & Company, 1912, pp. 183-184.

　　那是一个酷热的下午,他与一位来自纽约的女性(皮肤白皙的混血儿)在公园里讨论她写的一篇关于当时杰克逊维尔发生的一场火灾的报道。"有轨电车的售票员和司机看到我下了车,然后和这个女人一起走进了公园;他们于是带着一个令人气恼的故事(一个黑人和一个白人女人在树林相会)冲进市里;于是民兵就派了一个分队来抓我……这伙人抓住了我,擦伤了我的身体。事实很清楚;但没有机会解释;也不会有人相信。人群冲了过来,喊叫、咒骂,我感到死亡降临了。"①尽管约翰逊镇静机智,巧用白人的习俗和法律化解了危机,幸运地避免了直接冲突,但这件事却给他留下了严重的心理创伤。这件事困扰了他很长一段时间,甚至让他夜里都无法安睡。"想到那些恐怖的时刻,我常常在夜里惊醒,做噩梦让我筋疲力尽,我在梦里跟一群凶狠嗜血的人搏斗,他们穿着卡其布制服、手里拿着上了膛的步枪和刺刀。直到 20 年后,我才彻底地把自己从这种恐怖情结中解放出来。"②约翰逊在这次事件中深深地感受到在美国非裔的生活中,人往往被命运的突转支配着,非理性的种族暴力加剧了美国非裔对难以掌控自身命运的恐惧。说私刑等种族暴力是非理性的,那是因为它在许多情况下以黑人种族的低劣性作为不公正和暴力的借口,主要由暴民情绪引发,甚至都没有使用"强奸"等惯用罪名指控那些受害者。约翰逊曾在他的 NAACP 工作报告和一些评论文中提到被私刑处死的黑人受害者中被控强奸的人数比例并不高。约翰逊对种族偏见者为了维护白人优越性而进行的暴力行为感到困惑,"无疑,有的人会觉得难以理解,一种我们听说了这么多的至上性,一种宣称基于先天的优越性的至上性,竟会需要如此极端的保护方法"③。

---

① James Weldon Johnson, Along This Way. Boulder: Da Capo Press, 2000, pp. 166-167.

② James Weldon Johnson, Along This Way. Boulder: Da Capo Press, 2000, p. 170.

③ James Weldon Johnson, "Anglo-Saxon Supremacy in Mississippi" (1914), James Weldon Johnson, The Selected Writings of James W. Johnson: Volume I The New York Age Editorials (1914—1923). Sondra K. Wilson (ed.). New York and Oxford: Oxford University Press, 1995, p. 57.

私刑是"美国的国家耻辱",它"不仅被当成一个恐吓黑人、组织他们选举和让他们在'劣等'的位置上安分的工具;它还变成了经济剥削、在种植棉花的地区强化劳役偿债制的工具,它使许多地区的黑人连争取基本的公正都无望,许多有名的南方白人都公开承认这一事实"①。偏见是"潜在的非理性的"②,私刑作为一种非理性的暴力仪式是对人的生命和尊严的践踏,许多私刑的围观者中常常有妇女和孩子,这种公开的极端暴力挑战的是人性的极限。

心理创伤是非裔文学的一个重要主题,马提尼克的非裔作家和哲学家弗朗兹·法侬,以及 W. E. B. 杜波依斯、理查德·赖特、托尼·莫里森、左拉·尼尔·赫斯顿、康奈尔·韦斯特等美国非裔作家在他们的文学作品中反映和探讨殖民主义、种族主义和种族偏见给非裔造成的精神分裂、双重意识和心理创伤。大量的美国非裔文学作品揭露和分析种族主义和种族偏见给非裔造成的精神和心理伤害。约翰逊在他的小说和诗歌中反映种族偏见给人造成的双重人格和异化,如原有色人为了寻求政治和社会安稳而放弃了许多东西——放弃音乐理想,放弃公开自己的黑人血统,放弃公开为黑人事业斗争,放弃公开抗议种族偏见,他在这种被迫的"放弃"中感受到沉重的压抑。此外,约翰逊在他的戏剧作品中通过象征揭示种族偏见给美国非裔留下的心理创伤。

约翰逊的戏剧《你相信鬼魂吗?一部黑人喜剧》(*Do You Believe in Ghosts? A Darkey Comedy*)很可能是约翰逊 1894 年从亚特兰大大学毕业后回到家乡杰克逊维尔时创作的③,戏剧共 28 场,强调故事情节,人物对话

---

① James Weldon Johnson, "Lynching—America's National Disgrace," James Weldon Johnson, The Selected Writings of James W. Johnson: Volume II Social, Political, and Literary Essays, Sondra K. Wilson (ed.). New York and Oxford: Oxford University Press, 1995, p. 73.

② 夸梅·安东尼·阿皮亚:《认同伦理学》,张容南译,南京:译林出版社,2013 年,第 85 页。

③ James Weldon Johnson. The Essential Writings of James Weldon Johnson, Rudolph P. Byrd (ed.). New York: The Modern Library, 2008, p. 3.

较少,给予演员丰富的表演空间。它讲述砖瓦匠布朗(Brickyard Brown)、粉刷匠琼斯(Whitewash Jones)和假腿李(Pegleg Lee)三人遇鬼的故事。一天夜里,砖瓦匠布朗和粉刷匠琼斯离开俱乐部前往电影院,途经一片墓地,粉刷匠琼斯突然看到有个鬼魂在靠近正在点香烟的砖瓦匠布朗,于是一边逃跑,一边幸灾乐祸地大笑。当鬼魂和砖瓦匠布朗紧靠在一起时,砖瓦匠布朗这时才从眼角瞥见一样东西,但不确定看到了什么,他的表情戏剧性地从好奇变为惊恐。他想偷偷逃跑时,鬼魂滑稽地模仿起他的动作来。这下砖瓦匠布朗总算看清楚了那样东西——太恐怖了! 他抓着帽子拔腿就跑,鬼魂在后面追他。砖瓦匠跑得太快——鬼魂落在了后面。这时,假腿李还在俱乐部里研究棋盘,砖瓦匠布朗突然闯进来,告诉大家他遇到鬼魂的事,所有人都很震惊,除了假腿李。他对鬼魂是否真的存在表示怀疑,与砖瓦匠布朗拿出 5 美元打赌。假腿李的腿脚不灵,于是砖瓦匠布朗把他背到了十字路口,前方的路标上有两个箭头,分别指向两个相反的方向,一个是"离城五英里",另一个是"离城二十五英里"。砖瓦匠布朗看见鬼魂正向他们靠近,他吓得扔下假腿李朝离城五英里的方向逃跑,假腿李从地上爬起来,跑向离城二十五英里的方向,鬼魂跟在他身后。假腿李单脚跳着,鬼魂越来越累。假腿李继续跳着,气喘吁吁,他摘下帽子扇着凉快。俱乐部里的其他人还在讨论,眼见假腿李情绪激动地冲了进来。粉刷匠琼斯随后也飞跑而来。鬼魂真的存在,砖瓦匠赢了。保管赌注的人把钱给了砖瓦匠,他又把钱递给假腿李,认为是假腿李应得的。他俩正友好地握手时,粉刷匠琼斯伸着舌头,上气不接下气地进来了。其实,假腿李和粉刷匠琼斯逃跑的很可能都是离城二十五英里的那条路,只不过因为粉刷匠琼斯的身上全是白色的石灰水,假腿李误把他当成了鬼魂。因此,假腿李、粉刷匠琼斯和砖瓦匠布朗三人实际上进行了一场滑稽的"鬼魂追逐赛"。

这个戏剧表面上是一个关于黑人民间迷信的喜剧,实际上是在黑色幽默的基调中讽喻"白人性"对黑人造成的心理创伤。"白人性"就像鬼魂一样让黑人恐惧和逃离,连瘸腿的假腿李都害怕到跑得飞快。种族偏见在美国社会文化中根深蒂固,而"白人性"在社会公众生活中的支配地位让黑人感到压抑。约翰逊在作品中不仅描写"白人性"给黑人带来的恐惧,而且辛辣地戏仿它。粉刷匠被误认为鬼魂,这个"鬼魂"的身体虽然是白色的,脸却是黑色的。这是约翰逊对"白人性"的滑稽戏仿——美国社会既没有纯白色,也没有纯黑色,白人性的优越性和纯洁性是虚构的"神话"。白人性是"白人种族主义者试图掩盖美国融合事实的假象。对美国人来说,文化融合在美国生活中已成了心照不宣和不得不接受的现实"①。然而,很多人视种族混合为"一种违背自然的罪过"②,它"似乎比天花、麻风和瘟疫更让人害怕"③,人们似乎还没有真正地准备好接受种族混合的现实。

《你相信鬼魂吗? 一部黑人喜剧》通过重塑黑人的两个刻板化形象——迷信者和恐惧的逃跑者颠覆这些形象。"传统建构得很慢,但要破坏它就更慢。一些很早之前便被建立的传统尽管已被事实证明了它们的虚假,却仍然持续着。有好几个这样的传统(即使早就被打破了,却仍然)缠着黑人。其中一个传统是,黑人比这个国家的其他人有更多的迷信的恐惧;黑人极其害怕墓地、鬼魂和一切其他的超自然现象。黑人自己也有帮助形成和支持这种传统。黑人有许多最好的故事和一些歌曲都是关于墓地里毛骨悚然的轶事和逃离鬼魂的。"④这个独幕剧继承黑人对鬼魂等超自然因素的想象,让三个黑人扮演"恐惧的逃离者"的黑人刻板化形象表演了一场"末路狂

---

① 谭惠娟,等:《论拉尔夫·埃利森的文化批评思想》,《文艺研究》2014年第1期,第56页。

② James Weldon Johnson, "A Crime Against Nature" (1921), James Weldon Johnson, The Selected Writings of James Weldon Johnson: Volume I The New York Age Editorials (1914—1923), Sondra K. Wilson (ed.). New York and Oxford: Oxford University Press, 1995, p. 129.

③ James Weldon Johnson, The Autobiography of an Ex-Colored Man. Boston: Sherman, French & Company, 1912, p. 169.

④ James Weldon Johnson, "An Exploded Tradition" (1922), James Weldon Johnson, The Selected Writings of James Weldon Johnson: Volume I The New York Age Editorials (1914—1923), Sondra K. Wilson (ed.). New York and Oxford: Oxford University Press, 1995, p. 47.

奔",不过真正让他们恐惧的是白人性的渗透,而非超自然因素。约翰逊曾归纳过美国白人的艺术观念中歪曲、丑化黑人的一些形象,黑人"是个悲惨可怜的人物……他愠怒地憎恨白人的同时,又自然而然地、不可避免地相信白人的优越性;他是国家永远的局外人和不可挽救的分子;是南方文明的祸害;是北欧种族纯洁性的威胁;是个给国家的未来投下不详阴影的人物"[1]。约翰逊在这个戏剧中以黑人被无处不在、惊悚可怕的白色鬼魂吓得四处逃窜的情节,来戏仿黑人的刻板化形象。这些"投下不祥阴影的人物"倒是被"白色鬼魂"吓得"可怜悲惨"了。

白人性的渗透不仅表现在故事情节上,而且嵌于戏剧中的隐喻和人物命名中。石灰窑俱乐部(Lime Kiln Club)是戏剧中的一个重要隐喻。石灰窑是高温烧制石灰的窑洞,用来煅烧石灰石,生成生石灰。它隐喻黑人的劳动和贡献锻造出的竟是"纯白色"的生石灰,而石灰石又可做成涂料,粉白一切事物,获得一种嵌有利益优势的统一性。黑人们在石灰窑俱乐部中打扑克、喝酒和聊天的场景是黑人在美国的现实处境的缩影,是约翰逊对"白色"笼罩下的美国的漫描。黑人被美国主流社会纳入到它的"白色化"规划中,这种规划要生产遵守"白人至上论"的美国黑人。砖瓦匠布朗(Brickyard Brown)和粉刷匠琼斯(Whitewash Jones)两个主要人物的命名也颇具匠心,他们的名字共同构成了一个关于种族融合的象征。"Brown"可指一般意义上的黑人,也可指棕肤色的黑白混血儿。"Jones"的一个含义是指男性性器官,具有明显的性象征,喻指白人对黑人的性偏见和性剥削是导致混血儿产生的重要根源。"Whitewash"和"Jones"一同讽喻了种族融合已是美国的社会现实,而美国以白人为主导的社会却意图保护白人性的纯洁,从而统一差异、排斥多样性。约翰逊在这部戏剧中以隐喻的方式进一步批评"纯美国

---

① James Weldon Johnson, "The Dilemma of the Negro Author," The Essential Writings of James Weldon Johnson, Rudolph P. Byrd (ed.). New York: The Modern Library, 2008, p. 203.

人"(pure Americans)①的概念具有排他性,种族优越论赋予白肤色以社会和经济价值,这使黑人和黑白混血儿有时产生想要"漂白"自己的异化心理。

第三节 消除种族偏见的双向度视角

约翰逊对种族问题的思考超越了种族和阶级的界限,他总是以中立的立场考察种族问题包含的多维度的关系。曾任约翰逊文学遗产执行者的桑德拉·威尔逊教授称赞他是"连接两个种族的交联剂"②。"交联剂"的作用是减少障碍,促进知识的传播。③约翰逊或许不是在文学中从心理维度讨论种族问题的首位非裔作家,但他无疑是这方面的一位先驱。他对如何消除种族偏见这一问题的探讨形成了一个双向度视角——唤醒黑人和启发白人。这一双向度视角的形成经历了一个逐渐深化的过程。

1892年,约翰逊作为亚特兰大学生发表了题为《从黑人身上去除等级无能的最佳方法》的演讲。他在这次演讲中不但批判了种族等级制度,而且指出如果要取消种族等级制度,"白人也必须尽他们的本分"④。这为约翰逊主张以双向度视角来消除种族偏见的观点奠定了基础。后来,他在《原有色人》中细致地剖析了种族问题与人的心态之间的复杂关系。原有色人

---

① 约翰逊对这一概念的批评另见于他发表在《纽约世纪报》上的评论文《纯美国人》(1917)。James Weldon Johnson, "Pure Americans" (1917), James Weldon Johnson, The Selected Writings of James Weldon Johnson: Volume I The New York Age Editorials (1914—1923), Sondra K. Wilson (ed.). New York and Oxford: Oxford University Press, 1995.

② Sondra K. Wilson, "Introduction," James Weldon Johnson, Complete Poems, Sondra K. Wilson (ed.). New York: Penguin Books, 2000, p. xvii.

③ Sondra K. Wilson, "Introduction," James Weldon Johnson, The Selected Writings of James W. Johnson: Volume II Social, Political, and Literary Essays, Sondra K. Wilson (ed.). New York and Oxford: Oxford University Press, 1995, p. 4.

④ James Weldon Johnson, "The Best Methods of Removing the Disabilities of Caste From the Negro," James Weldon Johnson, The Selected Writings of James W. Johnson: Volume II Social, Political, and Literary Essays, Sondra K. Wilson (ed.). New York and Oxford: Oxford University Press, 1995, p. 426.

12岁时,他的白人父亲来看望他,他当时并不认为父亲和他之间有什么不同,他对偏见只有一点模糊的认识,对偏见是如何发散进而影响整个社会机制一无所知。然而,随着生活经历的累积,原有色人渐渐认识到种族偏见的"真实性",它是个顽固的和实际存在的东西。约翰逊透过原有色人之口表达他对种族问题与人的心理之间的关系的理解。他认为种族问题的根源在于人的态度问题——黑人多年来一直处于被压迫状态,因此变得冷漠和顺从;而白人固守着对黑人的种种误解和荒谬假设(如"一滴血"人种划分原则和黑人低能论等)。即使他们认识到自己的偏见,却仍然要维护既有的一切,包括偏见。白人对种族偏见的固守是对种族优越性的维护,"总是不忘证明自己的白种人优势。这是一种顽固的思想和情绪"①。种族优越论和种族低劣论就像一对孪生体,共同建构种族偏见的合法性和正义性。

约翰逊起初认为"如果导致针对黑人的偏见产生的主要原因是这样一种感受和观点,即他在思想和精神上是低劣的存在(being),那么通过证明黑人和周围一起生活的人在相同的程度上具备这些素质,这种偏见便可以被消除"②。然而,约翰逊逐渐认识到仅通过证明能力难以消除偏见,因为种族偏见的背后是人的复杂的主观意识和心理。种族低劣论的神话往往是复杂的情感因素的掩饰③,它和种族优越论一样都有着自身的虚假性和荒谬性。这对孪生体包含盲目性——白人盲目地憎恨黑人,黑人盲目地憎恨自己和白人。

约翰逊在《原有色人》和他的诗歌中进一步解析之所以以双向度的视角来消除种族偏见是因为种族偏见本身是一种双重降格和双重破坏。黑人作

---

① James Weldon Johnson, Black Manhattan. New York: Da Capo Press, Inc. , 1991, p. 55.

② James Weldon Johnson, "The Proof of Equality" (1915), James Weldon Johnson, The Selected Writings of James Weldon Johnson: Volume I The New York Age Editorials (1914—1923), Sondra K. Wilson (ed.). New York and Oxford: Oxford University Press, 1995, p. 15.

③ Lynn Adelman, "A Study of James Weldon Johnson," The Journal of Negro History, Vol. 52, No. 2 (Apr. , 1967), p. 138.

为种族偏见首当其冲的受害者受到的剥削、压迫和伤害自不必说,但白人种族也是它的"受害者"的事实却常被忽略,于是原有色人发出这样的感慨,"一个真正伟大的民族,一个产生了从华盛顿到林肯的许多美国历史人物的民族现在被迫在一场可悲、暴力的争斗中耗尽他的精力"①。白人种族对这种双重性的忽视加重了种族偏见的顽固性,约翰逊曾痛心地反问美国南方——这片种族偏见最为深重的土地,"啊! 南方,美丽的南方/ 你为什么仍旧守着/一个毫无意义的时代和发霉的一页历史/守着一件死亡和无用的东西"②。他甚至在诗歌中勾勒出源自种族偏见的冲突和矛盾带来的双重降格和双重破坏的恐怖图景。约翰逊在《它们中最厉害的是战争》中想象撒旦在听取了他的三个兄弟——饥荒、瘟疫和战争如何"厉害"地折磨人类的事迹之后,最终裁决战争是最厉害的,此时战争迫不及待地歌颂自己让人类坠入地狱的"丰功伟绩":

> 我唤醒了人内心的魔鬼和野兽,
>
> 我把对黑暗的憎恨和猩红的仇恨种进他心里。
>
> 从五万年向上攀登的高峰
>
> 我把他拽回到原点,把他变回野狼。
>
> 我给他爪子。
>
> 让他用牙齿咬进他的兄弟的喉咙。
>
> 我让他畅饮下他兄弟的鲜血。
>
> 我大笑起来,哈! 哈! 他在毁灭他自己。
>
> 啊! 全能的王子,我不仅杀戮,
>
> 我把人引向地狱。③

---

① James Weldon Johnson, The Autobiography of an Ex-Colored Man. Boston: Sherman, French & Company, 1912, p. 74.

② James Weldon Johnson, Complete Poems. New York: Penguin Books, 2000, p. 60.

③ James Weldon Johnson, Complete Poems. New York: Penguin Books, 2000, p. 91.

"偏见产生的主要原因是无知。一个种族或民族的人们不喜欢另一个种族或民族的人是因为他们不知道后者最优秀的方面。美国白人需要更多地了解美国黑人。"[1]面对种族问题这个关乎黑人和白人的悲剧性矛盾,除了启发美国白人同胞,唤醒黑人是更为重要的方面。约翰逊在自传中感慨,他在"担任全国有色人种协进会的领导人时承受的压力和劳累并不都来自为应对那些与黑人种族敌对的外部力量付出的努力;大部分是来自为了把黑人从他自己的冷漠中唤醒而付出的努力,促进种族内的共同行动",并强调 NAACP 的宗旨"假如只靠敲打美国白人是永远不能实现的;坚信唤醒美国黑人是必要的,唤醒他认识到他的权利,决心坚守他拥有的这些权利,并运用一切可能的有序方式获得他有权享有的所有的其他权利。无论可以为美国黑人做什么,最终和重要的工作都得由美国黑人自己去做"[2]。

约翰逊提出以文学和艺术来震动种族偏见的核心,这一观点的提出标志着他的双向度视角基本形成。他认为文学和艺术在唤醒黑人和启发白人方面有着自身的优势和意义。在他看来,自 19 世纪末开始,解决种族问题的重点已在向黑人自身的发展和整个国家对黑人的心态转移,而艺术往往能较快和较少地引起摩擦"通过挑战北欧优越情结,触碰到种族偏见的核心"[3]。艺术能够潜移默化地影响人的心态和意识,文学有助于唤醒黑人和启发白人,打破黑人作为"文明的威胁"的刻板化形象。约翰逊认为一个民族的伟大与其创造的文学关系密切。他在文章《当一个民族伟大时》中指出

---

① James Weldon Johnson, "Why White People Should Read Negro Papers" (1915), James Weldon Johnson, The Selected Writings of James W. Johnson: Volume I The New York Age Editorials (1914—1923), Sondra K. Wilson (ed.). New York and Oxford: Oxford University Press, 1995, pp. 158-159.

② James Weldon Johnson, Along This Way: The Autobiography of James Weldon Johnson. Boulder: Da Capo Press, 2000, pp. 408, 314-315.

③ James Weldon Johnson, "Why White People Should Read Negro Papers" (1915), James Weldon Johnson, The Selected Writings of James Weldon Johnson: Volume I The New York Age Editorials (1914—1923), Sondra K. Wilson (ed.). New York and Oxford: Oxford University Press, 1995, pp. 158-159.

"一个无可争辩的事实——每一个被视为伟大的种族或民族都创造了与其被承认的伟大成正比的文学。这一事实的背后有一个心理因素。伟大的文学既是一个民族伟大的结果，也是其原因。崇高的行动产生伟大的文学，伟大的文学激发崇高的行动"①。文学可以让人回归理性，重新审视现实、激发崇高的行动，它是种族表征和促进跨种族交流的重要媒介。

哈莱姆文艺复兴时期，约翰逊看到哈莱姆的"种族实验"发散出重塑公众情绪的因素，黑人通过他自己的艺术正在更快地打碎黑人是"国家大门口的乞丐"的刻板化形象。艺术一方面表现黑人种族的优秀，另一方面是思想和情感的武器，把人们从麻木惯性的意识中唤醒。就像约翰逊的诗歌《尾诗节》描述的那样，"诗人要把他的歌曲变成武器/啊！上帝，将美丽、真实和力量赋予我的歌词——/啊，愿它们像婉转的和弦一样降落/或像黑暗中的烽火一样燃烧/或快如飞箭，正中靶心"②。

在约翰逊的作品中，种族偏见者的心态表现为对黑人人性的否定和拒绝了解黑人。原有色人不无痛心地观察到，"白人有些觉得那些受过教育、有钱、穿着好衣服和住在舒适房子里的黑人是在'装腔作势'，他们做这些事的唯一目的是'朝白人吐唾沫'，最多就是在进行一种猴子般的模仿。自然，这种感觉只会引发愤怒或酝酿反感。这些白人似乎还不能意识和理解到，这些人根据自己经济和思想上的进步提高他们的物质和社会环境，只不过是遵循了人类共有的心理驱动"③。在美国黑人戏剧史上，黑人创作者、表演者和观众不得不遵守一些取悦白人的禁忌。"这些禁忌包括在一部黑人戏剧中不该有浪漫的谈情说爱。这一禁忌的背后是一种观念，即两个黑人

---

① James Weldon Johnson, "When Is a Race Great?" (1918), The Selected Writings of James Weldon Johnson, Volume I The New York Age Editorials (1914—1923), Sondra K. Wilson (ed.). New York and Oxford: Oxford University Press, 1995, pp. 267-268.

② James Weldon Johnson, Complete Poems. New York: Penguin Books, 2000, p. 111.

③ James Weldon Johnson, The Autobiography of an Ex-Colored Man. Boston: Sherman, French & Company, 1912, p. 77-78.

的恋爱场景只会让一个白人观众觉得荒谬可笑。这种禁忌的存在遵从一种白人优越论的刻板化观点,即黑人不应该浪漫地成为配偶,而应该以某部滑稽剧里的方式或比白人更原始的方式。"[1]种族偏见对黑人人性的否定是对人性使用双重标准。神义论是这种否定常用的"障眼法",原有色人嘲讽地揭露这种"障眼法"的荒谬:

> 在亚特兰大种族暴乱过后,那些敢于说几句公正和有人性的话的人甚至在道歉时,都先词藻华丽地赞颂一番盎格鲁—撒克逊的优越性,指出两个种族之间"不可跨越的鸿沟"是"造物主为世界奠基时确定下来的"……"鸿沟"一说在这样一个事实面前失去效力,即这个国家有三四百万人的血管里流着两个种族的血;我看不出这些说法跟在一个文明和基督教的城市的大街上殴打和杀害数十名无辜者有什么关联。[2]

白人种族难以"戒除"种族偏见的根源在于他们对种族优越性的维护,这种维护持一种"超验的唯我主义"[3],使他们在种族问题上拒绝真实、维护虚构,采用一种自我欺骗和欺骗他人的双重欺骗。"双重欺骗"源于人的主观意识。原有色人在火车的吸烟车厢里冒充白人"偷听"一群来自不同地方的白人讨论种族问题,他"不得不钦佩"一位俄亥俄州的年轻教授,这位南方白人虽然为不公正、压迫和残暴感到羞愧,但却像捍卫他的美德那样坚定地维护它们。约翰逊观察到:

> 相比黑人的实际情况,种族问题更多地在于白人的心态;一种心态,特别是一种不基于真实的心态……问题困难的原因更多地在于为解决它而做出的假设……当白人种族假设他们是创世的主要对象,那

---

[1]　James W. Johnson. Black Manhattan. New York: Da Capo Press, Inc., 1991, p. 171.

[2]　James Weldon Johnson, The Autobiography of an Ex-Colored Man. Boston: Sherman, French & Company, 1912, p. 185.

[3]　James Weldon Johnson, Black Manhattan. New York: Da Capo Press, Inc., 1991, p. 248.

么一切事物便仅仅是他们的福祉的辅助，谬论、花招、扭曲的良心、傲慢、不公正、压迫、残暴、人类的流血牺牲都被用来维持这种地位，他们与其他种族的相处实际上变成了一个问题，一个如果基于全人类的假设，就能以正义的简单原则解决的问题。①

种族偏见以"双重欺骗"维护种族优越性是一种对真实和理性的否定，人性的异化是必然的结果之一。在围观种族暴行时，一些白人民众有时带着"病态的好奇心"②。这种"病态的好奇心"是心灵麻痹和人性异化的症候。种族偏见对黑人人性的否定和对白人优越性的维护，阻碍美国白人严肃诚实地认识黑人。

约翰逊认为要从心理层面消除种族偏见，美国非裔自身的觉醒是另一个重要方面。他敏锐地意识到黑人大众的盲目的惯性心理（blind inertia）。这种惯性心理首先表现为黑人大众对"黑人"（Black）这一命名的理解。在黑人看来，他一出生就被"粗暴"地烙上了这个名字——这个"污名"。原有色人不愿告诉他的孩子他们的身上有着黑人血统，是不想把这个烙印烙在孩子们的身上。在约翰逊的短诗《一个烙印》（A Brand）中，这枚烙印在黑人流浪者看来像个凶恶的诅咒——"他的眉毛上方有一个烙印/背上也有/他因此被留下了上千条鞭痕/他的肤色是黑色"③。然而，黑人民众把"黑人"理解为"污名"或"烙印"，还不是对"黑人"这个命名的本质的质疑。"黑人"并非非裔的自我命名，而是黑人被命名的命名。

约翰逊注意到黑人盲目的惯性心理对他被动地接受和内化种族偏见的价值观影响很大。我们可以从混血儿种族冒充的心理和黑人在择偶时偏爱浅肤色的趋向理解这一点。约翰逊主张黑人大众批判性地认识种族问题，

---

① James Weldon Johnson, The Autobiography of an Ex-Colored Man. Boston: Sherman, French & Company, 1912, pp. 163-164.

② James Weldon Johnson, Black Manhattan. New York: Da Capo Press, Inc. , 1991, p. 126.

③ James Weldon Johnson, Complete Poems. New York: Penguin Books, 2000, p. 181.

鼓励他们：

> 在我们被抛入的情境中，让我们每一个人始终保持警惕，不要失去精神的健全……例如我们受到吉姆·克劳种族隔离的羞辱；但只要我们的灵魂没有被"吉姆·克劳"，我们就不会伤得很重。如果我觉得有必要在一个吉姆克劳的州乘火车，我极有可能被迫爬进一列吉姆·克劳车厢；我受到的伤害只是外部的，除非我从心里觉得我待在了正确的地方，我在的地方就是我属于的地方。[①]

其次，黑人的盲目的惯性心理使黑人大众之间相互疏离，造成黑人族群内部的认同缺失。约翰逊在《原有色人》中抛出"谁代表黑人种族？"的问题。原有色人的黑人医生朋友表示底层黑人不应该代表种族，判断每个种族和每个民族，应该根据它产生的那些最好的人而不是最糟糕的人。原有色人观察到，根据黑人与他自己、与白人之间的关系，南方的黑人一般被分为三类，这三类黑人之间存在认同缺失。第一类是绝望的底层黑人，包括伐木工和采松节油的人，有犯罪前科的、在酒吧游手好闲的人等，他们对所有的白人都抱有一种愠怒的憎恨，他们是环境的产物。第二类包括因家务活与白人联系起来的黑人。第三类由独立的工人、商人和富裕的受过教育的黑人组成。第三类黑人同第一类黑人疏远，生活在自己的小世界里。盲目的憎恨、顺从和不愿真正地理解自己的同胞都是造成出现黑人之间疏离的惯性心理的原因。每类黑人在族群中的自我隔离限制了他们作为主体生产意义和相互交流的可能。黑人需要从他的盲目的惯性心理中觉醒，批判地认识种族问题，认识他的种族。

---

① James Weldon Johnson, Negro Americans, What Now? New York: The Viking Press, 1935, p. 102.

第二章

打破二元对立：约翰逊的作品对种族误读的修正

约翰逊的作品通过呈现现实解构种族偏见，揭示种族优越论的虚构和荒谬，批判种族暴力对美国非裔大众的心理创伤，这是从现实和心理层面对美国种族关系的审视。种族偏见遮蔽人的视野、削弱人的理性，在它的影响下人们对黑人种族产生了诸多的误读，这些种族误读形成了一些绝对的二元对立，这些二元对立又反过来界定美国非裔的社会文化形象。约翰逊的小说《原有色人》和自传《一路走来》打破美国文学在处理黑人或黑人生活题材时比较常见的情感与理性、严肃与娱乐这两对二元对立概念，修正了种族偏见对美国非裔的种族误读。而且，这两部作品对美国非裔文学传统和美国文学传统既有继承亦有超越，它们在文学体裁和艺术手法上不仅实现创新，而且表现出一种从独白到对话的姿态转变，敲打着美国社会认知黑人种族的封闭空间的厚墙。

第一节　约翰逊论美国文学中的黑人形象

"黑人"是对具有非洲血统的人的一种命名和身份标记，以人的肤色和血统为人命名，这基于一种以人的身体特征区分人性的认知。这种认知在美国文学中可以找到许多的表达,许多文学作品把黑人塑造为无能、懒惰、不可靠、不能在道德和思想上进步的劣等人类,降格黑肤色身体中的人性和思想。一方面,美国白人作者在他们涉及黑人的文学作品中,大多把黑人人物当作时代或社会背景,当作故事布景中的小道具。这些作品把黑人刻画为卑微、野蛮和不文明的人物形象。到了奴隶制被废除的 60 年后,黑人的角色仍然沿用种植园、棉花地里的黑人类型,例如老黑人妈妈和汤姆叔叔。白人作者的作品对这些陈腐的黑人形象的渲染和重复,促成了公众关于黑人的观念的形成。另一方面,黑人文学和艺术,尤其是黑人滑稽剧也在塑造和传递黑人刻板化形象方面产生了影响。作为一种美国大众娱乐和美国非裔文学的早期形式之一,黑人滑稽剧是"美国对戏剧做出的第一个,也是唯一完全独创的贡献"①,但不可忽略的是,它是对黑人生活的模仿和讽刺,它固定了一种舞台传统,至今仍未被完全打破。这种传统即黑人是不负责任的、无忧无虑的、咧嘴大笑的、拖着脚步走路的、弹奏班卓琴的、唱歌跳舞的人。他们对美食的唯一追求就是西瓜、负鼠和鸡,他们的社交方式就是以要弄剃刀为主要娱乐的狂欢。黑人滑稽剧固定下来的传统塑造和传播着有关黑人的刻板化形象,这些形象对美国文学塑造黑人人物和黑人在社会各领域的发展产生了负面影响。

19 世纪至 20 世纪初,美国黑人戏剧经历了从粗俗的黑人滑稽剧到百老汇风格的黑人滑稽剧,再到现代黑人音乐戏剧和黑人正统剧的发展轨迹,反映出向艺术性和严肃性转变的趋势。但即使呈现这样的趋势,戏剧中的黑人形象仍然以表现黑人的情感和娱乐为主。从约翰逊对纽约黑人文学与艺术的洞察来看,黑人文学和艺术发展出现了新的方向,这些方向对自我表征与还原真实提出了新的需求。黑人文学和艺术应该扔掉黑人刻板化形象这副锈迹斑斑、束缚发展的镣铐,去表征真实的黑人和黑人生活。

---

① James Weldon Johnson, Black Manhattan. New York: Da Capo Press, Inc., 1991, p. 87.

　　在种族偏见思想中,理性和情感、严肃与娱乐是相互对立的。情感和娱乐是贴在黑人背后的标签,而理性和严肃在黑人的形象中则是"缺席"的,它们与黑人性是相互排斥的。"美国人一般有这个有意识或无意识的观点,即黑人天生劣等;他们试过这个叫文明的东西,但是失败了;他们不能支配自己,别人得为他们代劳。"①"不能支配自己"指的是缺乏理性和没有思考的能力。种族偏见对黑人的理性的否定是对黑人和非洲文明的无知和漠视。约翰逊相信,既然这些刻板化形象主要是在文学和艺术中形成和传播的,黑人应该同样以文学和艺术来打碎它们。他强调,"多年来,我们大声谴责我们在文学和艺术中受到的对待……我们需要做的是培养一群能打碎这些陈旧的刻板化形象,以更新、更真实的形象替换它们的美国黑人作家和艺术家,他们能够创造作品触及和影响许许多多可能一生中和黑人说过的话不超过 100 个词的美国白人;他们创造的作品可能影响那些从未见过黑人的人们"②。激情冲动、没有理性的"野兽"和永远载歌载舞、滑稽幽默的"娱乐者"并非真实的美国黑人。要修正那些降格和歪曲黑人的刻板化形象,促进公众严肃地对待黑人及其处境,黑人文学和艺术无疑是一个重要方面。

　　"针对黑人的偏见主要基于人们感到和相信他在精神和思想上是一个低劣的存在"③,他只是一种情感热烈、没有理性、不能思考的生物。这种观点和人类对非洲人的偏见不无关系。非洲的黑人们为文明的诞生和发展做

---

①　James Weldon Johnson, "The Race Problem and Peace" (1924), James Weldon Johnson, The Selected Writings of James Weldon Johnson: Volume II Social, Political, and Literary Essays, Sondra K. Wilson (ed.). New York and Oxford: Oxford University Press, 1995, p. 65.

②　James Weldon Johnson, Negro Americans, What Now? New York: The Viking Press, 1935, p. 93.

③　James Weldon Johnson, "The Proof of Equality" (1915), James Weldon Johnson, The Selected Writings of James Weldon Johnson: Volume I The New York Age Editorials (1914—1923), Sondra K. Wilson (ed.). New York and Oxford: Oxford University Press, 1995, p. 15.

出了贡献,但他们自古以来就被否定拥有人类灵魂,被视为野蛮人。①美国文学和文化把黑人野蛮冲动、暴力无道德的形象夸张化,"黑人"变成野兽、暴徒和罪犯的同义词。

约翰逊通过编纂出版《美国黑人灵歌集》《美国黑人诗歌集》等发掘美国非裔的思想和艺术成就,他为《美国黑人诗集》的初版和再版作的序言、他的《非洲种族与文化》(1927)、《现在我们有了布鲁斯》(1926)等文章论述了非洲人和美国非裔在人类精神文明方面的贡献和成就,黑人不仅是物质价值的贡献者,也是思想、精神和美学的贡献者。他指出"人们对黑人种族的心态基于一个被普遍接受的评价,即黑人天生在思想上是低劣的。要改变这种心态、提高黑人的地位,没有什么比黑人通过文学和艺术创造展现他在思想和审美上拥有同等水平更好的"②,主张在文学和艺术中表现美国非裔的精神世界,打破美国非裔无理性的刻板化形象。

另一方面,理性和情感并不是绝对对立的两个因素,它们共同形成人类的生活经验。种族偏见思想对黑人情感的过度强调忽略了人类存在的多样性,把不同视为低劣。热烈的情感并非居于理性之下,正是黑人热烈奔放的情感为美国的文化和艺术注入了活力和创造力。约翰逊自豪地赞美,"黑人为美国艺术带来了一些新鲜和重要的东西,一些源自他们的种族才能的东西:温暖、颜色、动作、节奏、奔放;情感的深度和变化、感官之美"③。美国非裔对美国和世界文化宝库的贡献——宗教音乐黑人灵歌、世俗音乐拉格泰

---

① James Weldon Johnson. "The Larger Success" (1923), "Native African Races and Culture" (1927), James Weldon Johnson, The Selected Writings of James W. Johnson: Volume II Social, Political, and Literary Essays, Sondra K. Wilson (ed.). New York and Oxford: Oxford University Press, 1995, pp. 55, 253.

② James Weldon Johnson, "The Larger Success" (1923), James Weldon Johnson, The Selected Writings of James W. Johnson: Volume II Social, Political, and Literary Essays, Sondra K. Wilson (ed.). New York and Oxford: Oxford University Press, 1995, p. 59.

③ James Weldon Johnson, "Race Prejudice and the Negro Artist" (1928), James Weldon Johnson, The Selected Writings of James W. Johnson: Volume II Social, Political, and Literary Essays, Sondra K. Wilson (ed.). New York and Oxford: Oxford University Press, 1995, p. 405.

姆、布鲁斯、民间故事和舞蹈的一个共同特征是真挚和富于变化的情感。事实上，是理性融合了热烈的情感才产生了那些动人的艺术。约翰逊认为情感不仅不是理性的对立面，而且具有宝贵价值，"或许上帝给予我们的最大的天赋是感情主义，是我们身体中的超灵。我们可以把感情的力量转化为音乐、诗歌、文学和戏剧"①。理性是区别人和动物的主要特征，否定和删除黑人的理性是将其降格为非人的生物。"黑人"是种族偏见思想对非裔的命名，这一命名蕴含一个潜在的前提——黑人首先是人，然后才是非洲血统的、黑肤色的黑人，"他的人性比他的肤色存在于更深的地方"②。

约翰逊批评黑人刻板化形象与真实的黑人之间的分离，大多数美国白人在刻板化形象中认识黑人，而这些刻板化形象大多是夸张的和虚假的。在种族偏见思想中，美国非裔作为滑稽的"娱乐者"的形象根深蒂固，黑人滑稽剧和白人的黑脸戏中嘻嘻哈哈、滑稽逗乐的黑人形象被与真实的黑人形象画上等号。美国文学作品中有许多这种卑微和滑稽的黑人人物，他们往往是作者填充作品布景或者娱乐读者的小道具。根据约翰逊对纽约黑人戏剧的记录，在黑人戏剧向正统戏剧发展的时期，黑人戏剧塑造的黑人人物主要是黑奴、黑人花花公子、放荡的黑人女性、冒充白人的黑人女孩、英雄式的黑人职业拳击手等③。这些黑人人物共同塑造了一个个滑稽、道德缺失的黑人形象，一个个没有思想和灵魂的"喜剧演员"，否定了黑人的思想和严肃的方面。黑人作为娱乐者的刻板化形象的塑造和传播导致公众在心理上很难以严肃的态度看待黑人。这种对黑人的"娱乐消费"带来的是消极的结

---

① James Weldon Johnson, "The Larger Success" (1923), James Weldon Johnson, The Selected Writings of James Weldon Johnson: Volume II Social, Political, and Literary Essays, Sondra K. Wilson (ed.). New York and Oxford: Oxford University Press, 1995, p. 58

② James Weldon Johnson, "The Harlem Gold Mine" (1914), James Weldon Johnson, The Selected Writings of James Weldon Johnson: Volume I The New York Age Editorials (1914—1923). Sondra K. Wilson (ed.). New York and Oxford: Oxford University Press, 1995, p. 90.

③ James Weldon Johnson, Black Manhattan. New York: Da Capo Press, Inc., 1991, pp. 108-126.

果——模糊了黑人的刻板化形象和他的真实形象与处境之间的界线。黑人仿佛被固定在喜剧舞台上,他们的一言一行都是一种滑稽表演,包括他们的艺术创造,例如古时的黑人布道者被描绘为半喜剧的人物,对美国艺术做出伟大贡献的布鲁斯音乐曾一度被视为杂耍,发展了基督教精神的黑人灵歌也曾被贬低为原始的情感发泄。

此外,美国黑人"以笑忍住哭泣"的生活哲学和抗争精神,在一定程度上加深了他与白人之间的沟通障碍,美国公众因为缺乏对黑人严肃的认识,更加看不见黑人在很多情况下的大声欢笑中隐藏着悲痛的哭泣。约翰逊在他的评论文中多次评价黑人的"自我防御"利弊兼有,他呼吁白人了解黑人的优秀和他在物质、艺术和精神方面的贡献,也鼓励黑人愿意让白人了解关于他的真实。直至 21 世纪的今天,美国黑人和白人之间的跨种族沟通仍存在障碍,美国人仍然需要以严肃的态度对待黑人和黑人的处境,对待美国的种族现实。

第二节 《原有色人》对奴隶叙事的戏仿:
反讽种族偏见的理性优越论

《原有色人》被《危机》评价为"美国种族现实的缩影"[①],是美国非裔文学史上一部具有转折意义的现代作品。它所表现和探讨的美国的种族现实在广度和深度上都是杰出的,一方面它对 19 世纪兴起的奴隶叙事传统既有继承亦有戏仿,打破了当时美国非裔文学以奴隶叙事为主的单一叙事格局;另一方面又开启了美国非裔现代小说的时代,他的创作意识影响了内拉·拉森、杰西·福塞特、弗朗西斯·哈珀、吉恩·图默、查尔斯·切斯纳特等美

---

① Jessie Fauset,"Review of the Autobiography of an Ex-Colored Man," The Crisis, November, 1912, p. 38.

国非裔作家。

《原有色人》以"虚构的小说"来"冒充"自传,是对美国文学体裁泾渭分明的传统的创新。作品中,冒充白人的混血儿主人公的悲剧不仅仅是美国非裔个体和黑人种族的悲剧,也是白人种族的悲剧。原有色人既是种族主义压迫下的悲惨的受害者,也是自我意识强烈的观察者和思考者,他痛苦地思考着自己和种族的存在处境。在 20 世纪初,《原有色人》中的这个思考的黑白混血儿——一个批判性地思考黑人个体和种族处境的人物形象出现在美国文学中,这本身就有着非凡的意义。它不仅充满张力地演绎了杜波伊斯提出的"双重意识"主题,而且演绎了黑白混血儿既作为白人亦作为黑人的多重意识,是对种族偏见的理性优越论的反讽。

《原有色人》是一部"冒充"自传的小说。从它 1912 年被作者匿名出版至 1927 年被作者署名再版之后,评论界一直被"它究竟是一部虚构的自传还是真实的自传"的问题困扰着。尤其在作品于 1927 年再版后人们还在讨论这个问题,这使这部作品的体裁界定更加复杂。瓦莱丽·史密斯认为"在分析这部小说时,至少涉及两个问题:一是一部小说自称为一部自传,这意味着什么? 二是这部创作的自传与约翰逊本人的自传《一路走来》有什么联系"[①]。或许可以再增加一个问题——约翰逊为什么以小说冒充自传,而不是以自传冒充小说? 实际上,《原有色人》是一部基于生活的、虚构的自传,它不是作者约翰逊个人的真实自传。约翰逊以小说冒充自传,可能考虑到当时盛行的黑人自传形式——奴隶叙事在出版市场上的价值和优势。同时,鉴于它刻画的典型人物、叙述的典型故事和探讨的现实问题,它又可以被称为一部"真实的自传"。评论者和读者们之所以在这部作品再版后仍对它的体裁持有疑问,主要是因为它所表征的基本的真实,"它可能不是对实际的事实的记录,但包含高于实际的事实的东西、基本的真实。它包含无可

---

① Valerie Smith, Self-Discovery and Authority in Afro-American Narrative. Cambridge: Harvard University Press, 1987.

争辩的真实,尽管它是想象而非回忆的"①。约翰逊曾坦承他在创作《原有色人》时的确是想让读者把它作为一本人类记录、一本真正的自传来接受的。

《原有色人》基于社会现实和约翰逊的一些真实的个人经历,约翰逊对这些现实和经历的处理别具匠心。《原有色人》的一些人物和故事情节可以在约翰逊的实际生活中找到原型,但细心的读者会发现小说仅仅保留了这些原型的影子,作者对这些原型做了创造性的表征。原有色人在生活中的原型是一个虽没有揭示自己的黑人血统,但英勇地公开投身于黑人事业的种族冒充者,而小说里的原有色人却是一个没有勇气公开为黑人事业奋斗、男子气概和行动力受到削弱的小人物。他蜷缩在自己的小世界中,最终只能在向读者讲述他的"秘密"这一象征性的抗争行动中得到一些慰藉。在现实生活中,像原有色人这样的冒充者应该是大多数。约翰逊刻意不塑造英雄,而塑造大众中间许许多多的"原有色人",他刻意设计非英雄的人物形象和有缺憾的故事结局,加强故事的悲剧色彩和思想性。悲剧仍在续演,种族偏见就像一只残酷的大网,每一个被它网罗的人的悲剧都在续演。

《原有色人》以小说冒充自传,而不是以自传冒充小说,这一文学体裁上的冒充是对文学体裁的惯例和传统的戏仿,尤其是对奴隶叙事传统的戏仿。这部作品对奴隶叙事的戏仿更多地表现在它以集体叙事颠覆个人叙事、以模糊真实与虚构的分野颠覆纯粹真实、以意识和心理层面的反思颠覆悲伤的情感倾诉。它采用了奴隶叙事的第一人称叙事视角,但不是一部采用有限的第一人称视角的人生自述,而是一部以第一人称全知视角叙述的黑人个体和种族的故事。约翰逊为作品取名为自传,但没有写成奴隶叙事那样的寻求精神解放和建构身份的自传,而是借助自传的伪装写了一部虚构的

---

① Brander Matthews, "American Character in American Fiction" (1913), Kenneth M. Price & Lawrence J. Oliver (eds.), Critical Essays on James Weldon Johnson. New York: G. K. Hall & Co., 1997, p. 22.

自传。这部作品和奴隶叙事一样揭露种族主义的暴力和压迫，但却没有写成奴隶叙事那样的血泪控诉，而是在跨种族视角下从意识和心理层面对种族问题进行考察；它和奴隶叙事一样讲述故事，但却没有像奴隶叙事那样留恋故事，而是透过故事解构问题。《原有色人》在美国非裔文学史上的重要意义在于它跳脱了奴隶叙事传统单调的叙事格局，是美国非裔现代小说的开拓之作。不仅如此，它在表现混血儿的悲剧方面体现出从故事叙述到心理叙事的重心变化。

许多评论家认为，约翰逊是第一位在小说中使用第一人称叙事的黑人作家。与同时期的黑人种族冒充小说和混血儿小说不同，《原有色人》在叙述视角上没有采用全知的第三人称视角，而是选择全知的第一人称视角，叙事视角的内转使叙述者可以钻入每个人物的灵魂，看见他们的意识和内心。《原有色人》是"一张黑人的灵魂的 X 光片"①，这部作品打破奴隶叙事以故事叙述为主的书写模式，以复杂的心理叙事讲述混血儿主人公的悲剧。原有色人的悲剧是多重悲剧的一个象征，它是个人的命运悲剧，更是种族、社会和人的悲剧。原有色人仿佛希腊神话中的泰坦亚特兰提·阿特拉斯（Gyaunte Atlas），背负着沉重的世界。他的悲剧折射出更多的关于人和社会的悲剧，揭示种族偏见的荒谬与破坏性。

《原有色人》通过心理叙事颠覆种族偏见思想中的理性优于感情和黑人无理性的观念。它打破美国艺术传统的禁忌，即不能表现黑人谈情说爱的场景。它讲述了三个跨种族的爱情故事，原有色人的混血儿母亲与他的白人贵族父亲之间悲剧无果的爱情、青年原有色人对他的白人钢琴老师的女儿的倾慕、原有色人和他的白人女音乐家妻子的浪漫爱情。这三个爱情故事交织着情感与理性、自私与奉献、勇气与懦弱。爱情在这三个故事中既美

---

① James Weldon Johnson, "Stranger than Fiction" (1915), The Selected Writings of James Weldon Johnson: Volume I The New York Age Editorials (1914—1923), Sondra K. Wilson (ed.). New York and Oxford: Oxford University Press, 1995, pp. 258-259.

好又令人痛苦,既朴实又崇高,既有无奈又有坚守。在爱情里,情感不比理性低劣,它是人性中高贵的因素。黑人也并非没有理性只有激情的生物,不是不能拥有浪漫的爱情。与查尔斯·W.切斯纳特的《雪松后的房子》和弗朗西斯·哈珀的《埃欧拉·勒鲁瓦》等20世纪初的种族冒充小说相比,《原有色人》把种族冒充行为背后的心理演绎得更为复杂,原有色人在种族意识觉醒后并没有盲目地憎恨黑人性和黑肤色的自我,而是始终处于一种矛盾的心理状态。他一方面不得不遵循白人社会的物质主义规则,另一方面又钦佩那些为黑人事业斗争的勇士,并且热爱黑人种族的文化传统,受母亲的影响热爱古老的奴隶歌曲和教堂赞歌,想为黑人音乐贡献自己的才能。他的悲剧不仅仅表现在外界生活对他的压迫,而是更多地转向意识和心理层面——除了争取自由和精神解放,他还要思考他存在的处境和意义。原有色人受过教育,过着中产阶级的生活,属于美国非裔的知识阶层,这样一个人物形象与以往的文学作品中卑微的黑人人物迥异。《原有色人》展现非裔知识阶层对他的处境和对美国种族现实的高度自觉的思考,它塑造了一个现代的“新黑人”。

第三节 《一路走来》对美国自传传统
的继承与超越:从沉默到对话

美国著名的历史学家,《从奴隶制到自由》(*From Slavery to Freedom*,1947)的作者约翰·霍普·富兰克林曾评价,“没有詹姆斯·韦尔登·约翰逊的哈莱姆文艺复兴是难以想象的,没有《一路走来》是不可能理解美国非裔在这个国家的生活状况的”[①]。约翰逊的自传《一路走来》是美国20世纪

---

① Sondra K. Wilson, "Introduction," James Weldon Johnson, Along This Way: The Autobiography of James Weldon Johnson. Boulder: Da Capo Press, 2000, p. IX.

的自传经典,它对美国自传传统既有继承亦有超越。一方面,它继承美国自传传统,是约翰逊激昂人心的个人奋斗史和他的精神成长的记录;另一方面,它还是一个在多领域取得非凡成就的美国非裔的奋斗史,也是美国非裔超越种族偏见的有力表达。这部自传超越了美国自传以作者的自我书写为主的传统,它既是自传作者与自我的亲密互动,也是自传作者与读者(黑人和白人读者)之间的多重对话。

《一路走来》包括四个部分,按照时间顺序记录了约翰逊传奇多面的一生。第一个部分记述作者的青年时期,从出生至从亚特兰大大学毕业,回到家乡杰克逊维尔担任斯坦顿中学的校长;第二部分叙述了作者追求理想与寻求事业的时期,包括改革斯坦顿中学的课程设置和教育体制、和弟弟到纽约与鲍勃·科尔合作创作音乐剧及通俗歌曲、游历欧洲、学习法律以及之后赴任美国驻委内瑞拉卡贝略港的领事等经历;第三部分描述了约翰逊在委内瑞拉卡贝略港和尼加拉瓜任美国领事期间的工作与生活,以及他的小说《原有色人》的创作与出版;第四部分则主要记述他卸任外交职务后,在纽约的社会政治活动和文学创作,包括他在 NAACP 担任秘书的工作情况、在菲斯科大学教授文学课程的情况以及他在晚年对美国种族关系的思考。

作为一个成功的美国非裔,约翰逊的人生经历丰富且鼓舞人心,在21 世纪的今天仍然充满榜样的力量。著名的文学评论家卡尔·范·多伦曾评价,《一路走来》"是一部任何人都会为撰写它而自豪的书,它所展现的人生任何人都会为之骄傲"[①]。约翰逊不仅在多个领域成就斐然,他的家庭和个人生活还充满了许多具有重要意义的"第一"。约翰逊的祖父斯蒂芬·迪利特是巴哈马议会的首位黑人成员;他的母亲是在佛罗里达公立学校任教的首位黑人女教师;约翰逊本人创办了美国第一家黑人日报,是佛罗里达州通过律师资格考试的第一个黑人、美国有色人种促进会的首位黑人执行

①　Sondra K. Wilson, "Introduction," James Weldon Johnson, Along This Way: The Autobiography of James Weldon Johnson. Boulder: Da Capo Press, 2000, p. XII.

秘书、最早成功地进入纽约音乐剧市场的词作者之一、纽约大学的首位非裔教授和第一个在白人大学教授美国非裔文学的黑人。他终生都在与种族歧视和种族暴力做斗争,努力超越种族偏见追求理想的实现。《一路走来》以约翰逊在文学、外交、政治、音乐、教育等方面的奋斗经历为线索,塑造了一个自立自强的美国人的典范,一个为个人和种族的理想不懈奋斗的"新黑人"的榜样。在《一路走来》之前,美国已出版了一些自传,讲述历史上的杰出人物的人生故事,包括《本杰明·富兰克林的自传》(1791)、《西奥多·罗斯福:自传》(1913)、海伦·凯勒的《我的人生故事》(1903)、《马克·吐温的自传》(1907)等,这些自传围绕着"美国梦"精神,展现杰出人物的奋斗与成功,以及他们如何在曲折的经历中感悟处世之道的故事。《一路走来》中叙述的约翰逊、他的父亲和他的弟弟都是实现个人成功的范例,而且他们的成功体现着美国清教精神中的节俭、进取、追求自我发展等价值观,但是他们并没有把自己禁锢在美国社会主导文化的奴役之下。

与《本杰明·富兰克林的自传》开启的美国自传传统不同,《一路走来》所描述的个人生活不仅是对美国精神和个人成功的诠释,还是"一项激动人心的事业"。传统的美国自传重事件和行动,而《一路走来》的叙述就像一台摄影机,它记录的不仅是事件和行动,还有环境及人物的精神和情感世界等方面的细节。《一路走来》并非对自传作者人生的素描,而是一幅镂刻精细的铜版画,将作者的个人生活经验与美国非裔斗争的大环境相结合,展现社会中的个人和个人经验中的社会。

《一路走来》在美国非裔自传史上有着承前启后的重要意义。自传作为美国非裔文学的一种重要体裁由来已久,在《一路走来》之前,奴隶叙事和原奴隶叙事是美国非裔自传的主要形式,在黑人自传中的主导地位一直延续到 20 世纪初,其经典作品包括弗雷德里克·道格拉斯在 1845 年至 1881 年出版的三部自传、威廉·W.布朗的《威廉·W.布朗的叙述,一个逃奴》(1947)、哈莉雅特·雅各布斯的《一个女奴的生平记事》(1861)、布克·T.

华盛顿的《从奴隶制中崛起》(1901)等。约翰逊的《一路走来》出版后,自传这种体裁似乎更为流行。之后出现了理查德·赖特的《黑小子》(1945)和马尔科姆·埃克斯的《马尔科姆·埃克斯的自传》(1965)等。在美国自传批评传统中,黑人自传常常被视为一种"人种学"的文本,"被用来让美国白人了解他的'异国风情的'和不为人知的'他者'"①。然而,《一路走来》既不是一个"人种学"的文本,也不能被简化为只有社会文化意义的"人类学"的文本,它是一部具有丰富的艺术、文化和思想价值的文学作品,并对奴隶叙事传统做了一定程度的改写,有着自己独特的艺术视角和哲思。《一路走来》叙述社会环境中的个人经验,也表现个人经验中的社会环境。约翰逊想让他的自传成为"一个勾勒、速写和印象,展现在我的一生中美国对于我是什么样的。尽可能真实地描绘一个美国黑人眼中的美国,这是有意义的"②。约翰逊不仅在自传中回顾他是如何在冲动与责任之间的挣扎中铸就自己更为完善的品性,而且对自己的人生、对美国的种族现实做了深刻的解读和反思,为读者提供了一扇洞察19世纪末至20世纪30年代美国种族关系的窗口,启发他们思考种族问题、思考人与文明,重新审视一些直至今日仍未获解的问题,而且激励着非裔读者树立种族自豪感,为实现理想和追求美好生活继续奋斗。

约翰逊的小说《原有色人》刻画了一个渴望成为种族英雄却失去行动力的原有色人,他的自传则塑造了一个在思想和行动上都成功超越了种族偏见的美国黑人。弗雷德里克·道格拉斯写自传的初衷是向质疑他的废奴运动演讲是编造事实的人们证明,他的言语基于事实,他的自传揭露奴隶制的

---

① Donald C. Goellnicht, "Passing as Autobiography: James Weldon Johnson's The Autobiography of an Ex-Colored Man"(1996), Kenneth M. Price and Lawrence J. Oliver (eds.), Critical Essays on James Weldon Johnson. New York: G. K. Hall & Co., 1997, p. 118.

② Robert. E. Fleming, "James Weldon Johnson's Along This Way: Text and Subtext"(1997), Kenneth M. Price, Lawrence J. Oliver (eds.), Critical Essays on James Weldon Johnson. New York: G. K. Hall & Co., 1997, p. 224.

残暴和不义,是一种抗议的行动。约翰逊的自传不仅揭露和抗议种族偏见的荒谬和暴力,而且力图通过自我书写进行跨种族的"对话"。《一路走来》融合了自传、历史和社会评论三种体裁①,站在黑人的立场,也换位至白人的立场,冷静克制地探讨种族关系。它的对话性首先表现在它卸下了"自我防御"的保护盾,对作者在人生中经历和观察到的跨种族交往和冲突做真实客观的记录,这是一种真诚的对话姿态。其次,自传作者与他的自我、与黑人同胞、与白人同胞之间的三重对话处于同一个语域,建构了一个平等的主体间对话的空间。第三,这三重对话在历史、道德和意识这三个层面上同时进行。

多重对话的形成较大程度上有赖于自传的作者在创作中为尽量客观公正所做的努力。约翰逊不可能完全摆脱种族偏见给他造成的心理创伤,他在创作笔记中记录了他作为一个南方黑人,在写作时保持客观公正,尤其是在对黑人和白人尽力保持客观时的痛苦挣扎。《一路走来》并非一部自然书写,而是经过情绪过滤和理性克制的作品,它侧重于给出生活的场景,让读者自己做判断和选择。作品穿插很多小事件,以看似微小的细节表现种族交往和矛盾。火车旅行中遭遇的种族隔离,在街上偶遇白人朋友时对方在礼仪上的尴尬表现,因在公园和一个白肤色的混血儿女性朋友讨论新闻稿差点遭遇私刑等,这些小事件以戏剧性的方式呈现,为读者提供了一面镜子,让他们看到人们平时在种族偏见的影响下有意或不经意间做出的荒谬、滑稽或暴力的行为。他在反映现实和解读问题上表现出的冷静、客观和理性减少了愤怒和痛苦的情绪对文本的直接影响。作品以理性的方式叙述非理性的种族偏见和暴力,用对话打破美国自传传统以独白为主的单向叙述模式。

---

① Robert. E. Fleming, "James Weldon Johnson's Along This Way: Text and Subtext" (1997), Kenneth M. Price, Lawrence J. Oliver (eds.), Critical Essays on James Weldon Johnson. New York: G. K. Hall & Co., 1997, p. 224.

第三章

生产意义：约翰逊论美国黑人作者的困境与种族意识

　　作者在创作时把有意义的东西织入他的作品，作品继续生产和传递意义。黑人作者通过文学创作生产意义的道路并不平坦，他面对着困境。约翰逊对黑人作者的困境，以及他的种族意识与文学创作之间的关系的阐释包含两条线索，一是美国非裔艺术与种族偏见的关系，二是约翰逊关于"有意识的艺术"的思考。约翰逊对美国非裔艺术的思考蕴含一种强烈的主体意识。关于文学与种族的关系，他思考的是美国非裔文学的一个根本问题——它的创作意图是什么？约翰逊认为，黑人作者并没有逃脱种族偏见的束缚和影响，他在表征自由和与读者之间的审美交流两个方面遭遇困境，要从这两个困境中突围，他需要解决两个重要问题——如何从黑肤色的民间行吟诗人那里汲取力量，在创作中表征黑人自我，以及如何将白人读者和黑人读者融为一个共同的读者群。黑人作者只有以主体身份，而不是作为迎合他人的表达媒介进行文学创作，才能创造出真正的文学、真正的黑人文学。表征自由的问题赋予他突破带有种族偏见的文学传统和惯例的使命。读者群的分隔是影响黑人作者创作的另一个重要因素，他既面对许多带有种族偏见的传统、惯例和黑人刻板化形象，又面对黑人读者的自我防御心态所设置的一些禁忌。如果一个黑人作者在自己的作品中既让白人读者和黑人读者融合为一个共同的读者群，又为他们提供更多的沟通的可能性，用约翰逊的话来说,他做到的可真"不是一件小事,很可能完成了一部文学佳作"①。

　　理解艺术与种族之间的关系是黑人作者创作"有意识的艺术"的前提。事实上,有意识的艺术和有意识的艺术家并不新鲜,它们在美国非裔艺术发展史上早就存在,只是没有得到理论阐释。约翰逊虽然没有建构一个关于"有意识的艺术"的理论体系,但他通过自己的文学作品和文化批评对"有意识的艺术"做了深入的思考和构想。那些思考和构想始终贯穿约翰逊的生活和创作,是他的文学、文化思想的一个潜在的轴心。可以说,他的大部分作品和评论都是围绕这一轴心展开的。约翰逊在记叙他 1899 年在纽约创作流行歌曲和音乐剧的经历时提到,"我现在开始探索美国黑人的文化背景的价值和他的富有创造力的民间艺术,并思考可以在两者基础上孕育出的有意识的艺术的上层建筑"②。约翰逊后来在对黑人诗歌、戏剧和黑人民间文化的考察中继续探讨这段话中的"有意识的艺术"。

　　一方面,约翰逊注意到一些优秀的美国黑人艺术家和评论家继承黑人文化传统,以黑人的生活经验作为黑人艺术的主要源泉,有意识地提高黑人的文学、舞台戏剧、音乐、舞蹈等艺术形式的艺术性,致力于创造黑人"有意识的艺术"(conscious art);另一方面,约翰逊认为黑人的文化背景具有独特的价值,展现着无数黑人先辈的智慧、情感和创造力,是黑人进行文化生活和艺术创作的一个根本要素,需要被有意识地肯定和维护。"有意识"强调的是黑人作者的种族意识、黑人种族的民间文化和美国非裔文学作品的艺术性三个方面。"种族"是黑人作者创作的第一源泉,种族意识不仅不会限制黑人作者的创作,反而会激励他们以文学为"武器"打碎黑人刻板化形

---

　　① 　James Weldon Johnson, "Double Audience Makes Road Hard for Negro Authors" (1928), James Weldon Johnson, The Selected Writings of James Weldon Johnson Volume II Social, Political, and Literary Essays, Sondra K. Wilson (ed.). New York and Oxford: Oxford University Press, 1995, p. 412.

　　② 　James Weldon Johnson, Along This Way: The Autobiography of James Weldon Johnson. Boulder: Da Capo Press, 2000, p. 7.

象,提高美国非裔的文化尊严,在种族的基础上创造出超越种族的、具有普遍的真实和美的艺术。

约翰逊对黑人作者的困境的观察聚焦两个方面——一方面,黑人作者的表征自由和他与读者之间的审美交流。对于一个黑人作者,种族和读者对他的影响是不可忽略的。如何把自己从种族偏见的影响和限制中解放出来,以主体身份实现表征的自由,反转他在表征黑人方面的被动处境,这是黑人作者在处理他与种族的关系时面对的挑战;另一方面,黑人作者在读者的定位上陷入困境,他无论是选择白人读者或是选择黑人读者,都有可能失去另一个读者群。如何把两个分隔的读者群融合为一个共同的读者群,这是黑人作者在设法实现他与读者之间的审美交流时感到棘手的难题。

约翰逊对有意识的艺术的思考基于他对当时黑人艺术现状的观察,由于社会历史的原因和美国文化艺术发展的大环境,黑人艺术长期被诸多带有种族偏见的传统、惯例和禁忌紧紧包裹,它的创作意图往往被禁锢在“为娱乐和迎合白人观众”的牢笼之中,因此极少是为了黑人自我表达和表现美国黑人的真实生活。显然,这样的黑人艺术因为缺乏主体的创作意识,表现方式难免陈旧呆板,取得的艺术效果常常单调庸俗。如果想当然地认为这仅仅是一个艺术怪圈或一种文化异象,那就会过于表面了。这种现象的产生脱离不了美国根深蒂固的种族偏见和种族隔离的消极影响,自然也与黑人艺术本身存在的问题有关,但更重要的是,这种现象反作用于黑人的社会文化形象,继续塑造和强化黑人的刻板化形象,进而阻碍他的社会文化发展。约翰逊敏锐地观察到了这种恶性循环,在许多的文学评论文中揭示这种阻碍黑人艺术正常发展的“生态环境”。美国白人长期以来对“什么是黑人?”“在写黑人时应该写什么和怎样去写?”“黑人艺术家该用什么题材,不该用什么题材?”等问题已经形成了一系列观念,这些观念带着浓厚的种族偏见色彩,在很大程度上否定黑人作者的平等的表征自由。

约翰逊主张美国非裔文学为“黑人自我”表征,他称赞黑人民间创作者不同于一些旨在娱乐和迎合白人读者的黑人作家，他们的理念是愉悦和表征自我。他在《啊！默默无闻的黑肤色的诗人》（"O Black and Unknown Bards"，1908）中描绘黑人民间吟游诗人为黑人种族发声的愉悦之情：

> 你们不歌唱王者的英雄事迹；
>
> 不颂扬血腥的战争，也不欢庆
>
> 尚武的胜利；但你们用简陋的琴弦
>
> 与天堂的音乐和鸣。
>
> 你们不知道自己唱得有多好；这些歌曲
>
> 满足了你们的听众饥饿的心灵
>
> 歌声永恒——但你们的贡献不仅如此：
>
> 你们赞美一个种族，从树林岩石到耶稣基督。①

　　一个为自我表征的艺术创作者拥有无限的自由与激情，而为他人表征的艺术创作者却只能在许多的条条框框、禁忌羁绊中蹩脚地舞蹈。理查德·卡罗尔等评论者称赞约翰逊作为一位先驱，值得 20 世纪六七十年代黑人美学的倡导者们尊敬。约翰逊的呼吁——"为黑人而创作，创作关于黑人的作品"是黑人美学的先声。在约翰逊身处的年代，黑人已经更多地走进美国公众的视野，他的"可见性"应该在艺术的领域得到更充分和更生动的表现。然而，争取表征自由并不容易。著名的美国非裔诗人保罗·邓巴对此深有感受。他虽以方言诗著名，但他感受到自己是一个被种族偏见束缚的诗人，他在很多情况下是在白人的艺术观念和趣味为他划定的圈子里创作，因此常常感到无力和遗憾。

　　在美国非裔文学史上，黑人诗人从未停止过争取表征自由的斗争，约翰

---

① James Weldon Johnson, Fifty Years and Other Poems. Boston: Cornhill Company, 1917, pp. 7-8.

逊赞赏一战结束后的黑人革命诗人,他们"彻底从伤感和幽默的限制中摆脱出来。他们摆脱了对前一代的白人诗人已经过度使用的题材。他们想做的是尽力表达黑人大众当时的所感所想。他们想让黑人大众得以表达"①。然而,种族偏见就像一个邪恶的幽灵,始终干扰着黑人作者的表征自由。因此,黑人作者争取表征自由的斗争是对荒谬的"不同即劣等"的文化标准的抗议,这实际上是美国非裔在文学领域与种族偏见的一场持久的较量。

黑人作者对读者群的定位关乎他与读者的审美交流的顺利实现,以及读者对作品的接受。约翰逊认为,黑人作者面对着双重的和相互分隔的两个读者群——白人读者和黑人读者。他若选择白人读者,则注定会遭遇许多传统、惯例和黑人刻板化形象的影响,他很有可能继续"复制"这些刻板化形象,创作迎合白人趣味的作品。那么,美国艺术传统中的黑人是什么样的呢?约翰逊在《双重读者使黑人作者的道路艰难》一文中如此归纳:

> 美国白人的艺术观念中的黑人是什么?光明一点来看,他是单纯的、懒惰的、顺服的、目光短浅的农民;一个歌唱的、跳舞的、大笑的和哭泣的孩子;站在他的小木屋旁边或站在雪白的棉花地里;在月光下和慵懒的南方河畔天真地陶醉在他的班卓琴声和歌声中;是上等白人的一个忠实的、总是笑呵呵的、卑躬屈膝的老仆;一个令人同情的可怜的人物。"黑暗一点"来看,他是一个冲动的、无理性的、激情的野蛮人,勉强地穿上一件薄薄的文化的外套,突然憎恨白人,但又对白人的优越性持有天生的、必然的信仰;是这个国家永远的外人和不可救药的分子;是南方文明的威胁;是北欧种族纯洁的威胁;一个给国家的未来蒙上险恶阴影的人物。②

---

① James Weldon Johnson, Black Manhattan. New York: Da Capo Press, 1991, p. 263.

② James Weldon Johnson, "Double Audience Makes Road Hard for Negro Authors" (1928), James Weldon Johnson, The Selected Writings of James Weldon Johnson, Volume II Social, Political, and Literary Essays, Sondra K. Wilson (ed.). New York and Oxford: Oxford University Press, 1995, p. 410.

不难看出,20 世纪初的美国主流艺术传统对黑人的理解仍停留在奴隶制时期的种植园黑奴形象,但即使是在那个历史时期,黑人和他的生活也不仅仅只是那样一些模式。20 世纪初,虽然奴隶制早已废除,美国非裔的处境依然甚至更加艰难。许多有利于美国非裔的宪法修订案在南方各州被彻底废止或规避,黑人被剥夺选举权和被否定平等的法律保护,被"吉姆·克劳"种族隔离,在公共生活中受到侮辱。美国非裔争取完整的公民权利的前景是灰暗的,黑人大众的情绪非常沮丧。在这种社会环境下,在奴隶制被废除的六七十年后,美国关于黑人的认知仍然存在一些对黑人降格和去人性的观念,也就不难理解了。这也从反面证明了黑人读者自我防御的心态有一定的合理性。种族偏见把重复黑人刻板化形象作为一种仪式,意图将"黑人是低劣的存在"这一观点固定为永恒的"真理"。黑人作者如果为了满足受到那些观念影响的白人读者,继续塑造和传播黑人刻板化形象,继续表现那些陈腐的"种植园生活模式",那么他进行文学创作的意义又是什么呢?

如果黑人作者选择黑人读者,则要面对黑人大众为了保护自我设置的一些禁忌,这些禁忌影响着他对创作内容和创作方式的选择。"美国的黑人被置于反常的处境。他们在一个很大的国家里是被隔离、被对抗的少数族裔,是始终处于防御状态的少数族裔。他们的缺陷和不足被利用来产生夸张的效果。因此,除了他们最好的东西,他们非常抗拒向世界展示自己的其他方面。"①必须承认,黑人大众的这种自我防御反映了他们因黑人刻板化形象带来的负面影响在表现自我方面比较敏感,想要减少和避免白人对黑人做更多的丑化和揶揄。但是,黑人大众的这种自我防御心态是在不利环境下被迫做出的行动,他们在跨种族交流中毕竟采取的是被动和消极的姿态。黑人读者的这种自我防御心态和白人读者对黑人刻板化形象的潜在期

---

① James Weldon Johnson, "The Dilemma of the Negro Author" (1928), James Weldon Johnson, The Essential Writings of James Weldon Johnson, Rudolph P. Byrd (ed.). New York: The Modern Library, 2008, p. 206.

待都是真实存在的,在一定程度上束缚着黑人作者的创作。黑人作者面对这样的两难:选择白人读者则创作没有主体性和与现实割裂的作品,把黑人文学作品维持在防御和辩护的层面;选择黑人读者则创作只表征某一些现实的作品。因此,黑人作者无论选择哪一个读者群,其创作都受到一定限制,也难以顺利实现与读者的审美交流。约翰逊认为,黑人作者应尽力创作能够融合白人读者和黑人读者视野的作品,避免作品的真诚和公正性受到损害。

约翰逊对黑人作者的困境的观察对他的个人创作产生了影响。《原有色人》似乎就是约翰逊作为黑人作者从这种困境中突围的一个成功的实验。作品既没有"复制"艺术传统中的黑人刻板化形象,也没有刻意逃避黑人大众真实的心理及他们的缺点和问题。约翰逊就像一位身在两个种族之外的观察者和记录者,他试图保持中立,在对现实的呈现中梳理关系、提出问题,他在融合白人读者和黑人读者的视野上是成功的。从小说初版和再版时读者的反映来看,它成功地吸引了白人读者和黑人读者的注意,并且两个读者群中都有一些人对它表达赞许,认为它确实让他们了解到以往不曾了解的现实。两个种族的读者可以在文本中找到自己种族的或不同种族的同胞的镜像,那些镜像并非哈哈镜照出的夸张和变形的镜像,而是贴近真实的镜像,因为真实它甚至有让读者感到羞愧和难以逃避的力量,小说作者和他的读者在这样一种对现实的呈现和认知中实现审美交流。

约翰逊不但对美国黑人作者的困境做了敏锐的观察和思考,而且认为种族意识①对于黑人诗人的创作非常关键,而种族意识在诗歌中得以体现往往是衡量一首真正的黑人诗歌的要素之一。在评价菲利斯·惠特利、丘比特·哈蒙等早期黑人诗人时,约翰逊认为他们的诗歌鲜有对黑人种族的刻画,也较少发出黑人种族的音符。相比之下,从惠特利到邓巴之间的诗人

---

① 在约翰逊的文学、文化批评中,"种族意识"(the consciousness of race)和"种族感"(the sense of race)的含义比较接近,常常换用,本书主要选用"种族意识"。

中,如乔治·摩西·霍顿,弗朗西斯·E.W.哈珀等在诗歌中对黑人生活的处理更直接。他观察到一战后更年轻一代的诗人中有些人抗议"政治宣传",意图摆脱"种族问题的诗歌",想要突破阻碍艺术创作的种族障碍,做纯粹的诗人。这些黑人诗人的自我催眠(auto-hypnosis)是为了摆脱"种族"施加在他们的艺术之上的重压,假装彻底忽略"种族",追求一种纯粹的艺术。①美国黑人诗人体现着黑人种族的思想、审美和精神,他们是无法完全逃避"种族"的,"种族意识"往往让黑人诗人的作品更具诗歌价值。

与一些认为"种族"会阻碍艺术创作的黑人作家不同,约翰逊并不认为创作包含种族意识,不认为以种族为主题的诗歌就是舍弃艺术追求、专做政治宣传,他拒绝盲目地逃避"种族"和抛弃黑人的种族文化背景。他把"种族"与"艺术"的关系看得颇为深远,认为如果黑人站在种族的基础之上,是可以克服被阻碍的感受、努力创造一些超越"种族"的东西的②。超越种族并非依靠刻意逃避种族,而是依靠植根于种族,种族意识与具有普遍意义的真实和美并不存在天然的矛盾。

约翰逊认为黑人文学需要得到严肃的阅读和对待。他主张的"有意识的艺术"蕴含一种打破束缚、自我表征的精神。他关于"有意识的艺术"的构想在文学作品中的最初表现,应该是对原有色人的塑造——向往在南方寻找黑人民间艺术第一手资料的原有色人是一个打破传统和惯例局限的寻根原型。约翰逊在小说中借原有色人之口谴责以往的文学作品塑造刻板和单一的黑人形象,使大众长期以来难以严肃对待黑人及其生活。这些刻板化形象虽然是对黑人的滑稽讽刺,但产生了"严肃"的效果:

> 成百上千万的美国人关于他们的黑人公民同胞的看法和态度由这样一些表达决定,"一个黑鬼会偷东西"或"黑鬼们懒惰"或"黑鬼们脏"。

---

① James Weldon Johnson. Black Manhattan. New York:Arno Press, 1986, p. 267.

② James Weldon Johnson, "Preface" to the Revised Edition, The Book of American Negro Poetry. New York:Harcourt, Brace & World, Inc. , 1958, p. 7.

一个普遍和顽固的关于黑人的刻板化的观点是,他在这里是来接受的;是来被塑造成某样新的、无疑更好的东西。一个共同的观念是,黑人来美国时,他在思想、文化和道德上都是空的,他在这里是被填充的——填充教育、宗教、道德和文化。总之,这是个刻板化形象,即黑人不过是国家大门口的乞丐,等着文明的碎屑投给他。①

黑人刻板化形象把黑人界定为一个低劣卑微的存在,美国社会以戏谑和玩笑的态度,而非以严肃的态度看待黑人及其文化,这是一个不利于黑人文学发展的环境。一方面,黑人刻板化形象阻碍了美国社会严肃地看待黑人;另一方面,美国公众缺乏去真正地了解黑人的意愿也是一个重要原因。黑人文学和它的创作者一样,长期没有得到严肃的对待。黑人文学是美国文学的一个组成部分,在美国的生活和文化中具有重要价值,它呼吁美国社会以严肃的态度看待它。约翰逊如此描述黑人与美国生活的互动关系——"黑人是美国生活的一位贡献者,不仅在物质方面,还在艺术、文化和精神价值方面;在美国文明的缔造和形成中,他是一股活跃的力量,既是一位给予者也是一位收获者,既是一个创造者也是一个创造物"②。约翰逊曾在《停止喜剧》一文中提醒黑人同胞勿盲目地以"喜剧演员"定义自己,黑人需要严肃地思考自身的处境和做出明智的行动,把握时代的机遇。黑人文学同样如此,它在呼吁美国社会平等和严肃地对待它的同时,也需要严肃地思考它自身的处境和意义。约翰逊相信,黑人文学能够通过描绘真实、丰富的黑人形象和黑人的生活,让人们了解到黑人不等于喜剧演员,黑人文学也不等于喜剧,它肩负着打破带有种族偏见的美国艺术传统和惯例的使命。它在履行这一使命的过程中,不能脱离"种族"现实,因为"种族"是黑人作者创作的

① James Weldon Johnson, "Race Prejudice and the Negro Artist" (1928), James Weldon Johnson, The Selected Writings of James Weldon Johnson Volume II Social, Political, and Literary Essays, Sondra K. Wilson (ed.). New York and Oxford: Oxford University Press, 1995, p. 406.

② James Weldon Johnson, "Preface" to the Revised Edition, The Book of American Negro Poetry. New York: Harcourt, Brace & World, Inc., 1958, p. 3.

第一源泉。

约翰逊在《黑人曼哈顿》中勾勒了 20 世纪前 20 年纽约的黑人小说、诗歌和戏剧的发展,描绘了当时的有思想和富于创造力的黑人作品的"大爆发",这场"大爆发"后来被约翰逊称为"黑人文学复兴"(Negro Iiterary Renaissance,即哈莱姆文艺复兴)。在这场"大爆发"中涌现出康蒂·卡伦、兰斯顿·休斯、克劳德·麦凯、W.E.B.杜波依斯等许多有才华、有创造力的作家和艺术家,为美国文化做出了贡献。卡伦、麦凯等革命诗人摒弃黑人诗歌的传统方言和陈旧的素材,热情地表达当时的黑人大众的所思所感。在这股反叛传统、呼唤创新的文学热潮中,文学创作与"种族"的关系再次成为一个热点话题。约翰逊认为黑人诗人最了解的素材源自黑人大众的经历和体验,而"种族"是美国黑人诗人最了解的东西。正是美国黑人长达三个世纪被压迫、被歧视的沉重历史使他对"种族"的了解格外深刻。黑人对种族的深刻了解既生成了他作为黑种人对奴役、歧视、漠视和敌对的敏感,也激励他对自身的处境进行自觉的思考。事实上,虽然黑人是如此深刻地感受到了"种族"的种种残酷、侮辱和不公正,但"种族"既包括种族冲突,也包括种族交往,它在文学中的主题或表现形式既有激进的、煎熬的,也有沉静的,甚至幽默的。约翰逊在他的文学批评中表示,黑人的文学和艺术不能脱离种族,反之则容易陷入空洞和浮夸。黑人艺术家应该直面"种族",怀着自信去创造真正拥有永恒价值的东西。

基于 20 世纪初美国非裔文学的现实,约翰逊坦率地承认,"美国黑人迄今为止在文学领域做得非常少;即在纯文学领域做得非常少。黑人作家写了大量的小册子和书,但它们中的大多数完全是辩论。大多数是直接为证明黑人的平等而写的。现在,事实是一个纯文学的作品值上百、上千个那种作品"①。黑人的纯文学作品在数量和水准上的不足启发约翰逊对有意识的文学进行思考。他把有意识的文学构想为一种基于种族又具有艺术价值的文学。在约翰逊看来,休斯和卡伦是有意识的美国非裔作者,两位诗人在他们的作品中深化黑人种族的经验、表现诗人对种族的认识,他们的作品渗透着"种族"这一主题。约翰逊对诗人的界定强调美、节奏和思想性三个方面,他说"伟大的诗人总是体现人类思想可能取得的最高成就"②。"种族"可以促进诗人对现实进行反思,提升作品的思想性。

有意识的个体艺术家在"打碎种族偏见的内墙"③方面起着重要作用。"种族"是黑人作者创作的第一源泉,黑人作者应该运用自己的种族文化背景,创造真正的有意识的文学——有美国非裔特色的美国文学。约翰逊的第二部诗集《上帝的长号》是一部有意识的文学作品,它在表现黑人的种族精神和汲取黑人民间文化方面堪称经典。小亨利·路易·盖茨称赞"单凭《上帝的长号》就可以确立约翰逊在经典中的地位"④。约翰逊在这部诗集中使用了民间素材——古时的黑人布道,并用自由体写成《审判日》《造物》等七首布道诗。这部诗集把黑人种族的经验嵌入诗歌,融合圣经语言和典故、黑人赞歌和黑人民间牧师布道特有的语调音色,保持了古时黑人布道词的诗意与力量,深刻表现了黑人的精神世界。

约翰逊很早就注意到美国非裔在许多文学作品中的被降格和被固定的

---

① James Weldon Johnson, "Some New Books of Poetry and Their Makers" (1918), James Weldon Johnson, The Selected Writings of James Weldon Johnson: Volume I The New York Age Editorials (1914—1923). Sondra K. Wilson (ed.). New York and Oxford: Oxford University Press, 1995, p. 272.

② James Weldon Johnson, "Shakespeare" (1915), James Weldon Johnson, The Selected Writings of James Weldon Johnson: Volume I The New York Age Editorials (1914—1923). Sondra K. Wilson (ed.). New York and Oxford: Oxford University Press, 1995, p. 254.

③ James Weldon Johnson, "Race Prejudice and the Negro Artist" (1928), James Weldon Johnson, The Selected Writings of James Weldon Johnson: Volume II Social, Political, and Literary Essays, Sondra K. Wilson (ed.). New York and Oxford: Oxford University Press, 1995, p. 399.

④ Sondra K. Wilson, "Introduction," James Weldon Johnson, Black Manhattan. New York: Da Capo Press, Inc., 1991, p. xiii.

地位,他的文学作品通过种族的表征与反表征把美国黑人从美国文学传统的布景板上取出,不让他们仅仅充当背景或映衬,而是把他们塑造成具有主体性的、真实的美国黑人。他的小说和自传对文学传统的继承和超越体现了文学作为生产知识和意义的媒介在修正种族误读和文化偏见方面的重要价值。

约翰逊对种族现实的思考和解读是深远的,他的跨种族视角对审视今天的种族主义、殖民主义和种族偏见有着重要意义。阿特尼亚·B.米利肯指出"约翰逊去世时,理查德·赖特是黑人文学界的主要声音。但在《汤姆叔叔的孩子们》和《土生子》中听到的赖特的声音虽然定在一个更高的调上,却比约翰逊能够解读的种族现实的深度低。约翰逊了解有希望的穷人,赖特要了解的是没有希望的穷人"[1]。约翰逊认为,种族问题"非常复杂,同时关乎经济、社会和性。它对黑人来说是个复合体,因为它既是个体的问题,也是族群的问题"[2],它被设置为黑人问题源于"一个黑人等于整个黑人种族"的种族偏见思想。正是由于这种偏见思想,黑人的刻板化形象才得以塑造、传播和渗透,最终变成美国社会看待黑人的范式。刻板化形象是美国社会对黑人及其生活经验的命名,约翰逊的作品正是通过种族表征和反表征,以自我命名的行动来打破和替换这种命名。"W.E.B 杜波依斯解决了美国非裔是否能够被当作人类的问题,得到人们的普遍赞誉;而约翰逊揭示了美国非裔的创造才能,这点必须得到称赞。在他个人的文学经典中,他融合英语和发展中的黑人精神。这种融合让他建立了一种前所未有的传统:基于

① Arthenia B. Millican, "James Weldon Johnson: In Quest of an Afro-centric Tradition for Black American Literature," Ph. D. diss., Louisiana State University at Baton Rouge, 1971, p. 277.

② James Weldon Johnson, "The Larger Success" (1923), James Weldon Johnson, The Selected Writings of James Weldon Johnson: Volume II Social, Political, and Literary Essays, Sondra K. Wilson (ed.). New York and Oxford: Oxford University Press, 1995, p. 58.

黑人民间艺术的有意识的艺术。"①约翰逊为美国非裔文学开创了一种重要的标准,并且勾勒了一幅深邃的前景图。

---

① Arthenia B. Millican，"James Weldon Johnson: In Quest of an Afro-centric Tradition for Black American Literature," Ph. D. diss. , Louisiana State University at Baton Rouge，1971, p. 278.

第二部分

约翰逊的作品在语言维度上的表征策略与文学书写

语言"是共享的文化'空间',总是被看作文化价值观念和意义的储藏库",语言的表征在意义生产的过程中处于中心地位。[①] 约翰逊的作品在语言维度上对美国非裔及其生活经验的表征与反表征,蕴含着他对美国黑人自我的主体性和美国非裔文学的主体性的双重探索。约翰逊曾在他的诗歌《对于美国》("To America",1914)中谴责种族偏见对黑人作为人的主体性的否定,询问美国如何对待黑人,"是让他崛起还是倒下,他是人还是东西?"[②]约翰逊观察到,美国非裔的主体性长期受到美国种族话语的否定和忽视,而美国非裔文学因受到主导文化书写美国非裔的传统和惯例的束缚,难以客观真实地表征黑人。在美国非裔的主体性和美国非裔文学的主体性建构中,语言是一个非常重要的因素。

语言与美国非裔的社会存在、文化存在和艺术存在息息相关。在美国非裔创造和发展语言的同时,语言也在建构和塑造他们。语言与美国非裔的存在之间的复杂关系启发约翰逊系统地批评传统的美国黑人方言,在理念和实践上对美国非裔诗歌语言进行大胆创新,为美国非裔现代诗歌的发展奠定了基础。

---

① Stuart Hall, "Introduction," Stuart Hall (ed.), Representation: Cultural Representations and Signifying Practices. London, Thousand Oaks and New Delhi: SAGE Publications Ltd, 1997, pp. 1, 10.

② James Weldon Johnson, Fifty Years and Other Poems. Boston: Cornhill Company, 1917, p. 5.

第四章

约翰逊论语言与存在

语言是一切人类经验的基本条件,建立着人与世界的关系。[①]对于作为一个族群的美国非裔和作为有主体性的美国非裔个体而言,语言塑造和影响着他的社会存在。在约翰逊的文学作品和评论文中,语言与美国非裔的社会存在、文化存在和艺术存在之间有着紧密的联系,而且互动活跃。

约翰逊在《"N"大写的"Negro"》一文中分析了"Negro"和"negro"在词性和含义上的不同,强调"一种鲜活的语言的词语没有固定的价值和意义"[②]。语言文本投射外部世界,语言与人的社会存在之间运行着各种互动,而语言对人的社会存在往往发挥着既建构又解构的双重作用。它一方面"封闭"人的社会存在形式,另一方面又为人的社会存在提供了改变的机遇。美国非裔的社会存在与语言之间的关系紧紧围绕着"种族"展开。语言生产和阐释着"种族"在美国生活中的意义,它对美国非裔的社会存在的负面影响表现在它在"种族化的知识"的生产和传播中起着重要作用。"结构化的种族主义通过语言总是变化的本质以及其他的表征方式运行。种族主

---

① Paul Ricur, From Text to Action: Essays in Hermeneutics, II, Kathleen Blamey, John B. Thompson (trans.). Evanston: Northwestern University Press, 1991, pp. 16, 149.

② James Weldon Johnson, "'Negro' with a Big 'N'" (1918), James Weldon Johnson, The Selected Writings of James Weldon Johnson: Volume I The New York Age Editorials (1914—1923). Sondra K. Wilson (ed.). New York and Oxford: Oxford University Press, 1995, p. 36.

义渗透的形式之一就是没有肤色界限的语言。"①然而,"种族"的概念本身是不稳定的,"种族"与语言之间的关系同样也是不稳定和不可靠的,这为美国非裔通过语言解读"种族"和建构他的社会存在提供了机遇。

19世纪90年代至20世纪20年代是美国非裔历史上的重要时期,美国非裔的社会处境有许多剧烈的变化。一方面,种族憎恨的情绪没有消散,社会公众对黑人的困境仍然持一贯的冷漠态度,关于种族问题和黑人事业的各种观点和思想激烈碰撞、相互冲击;另一方面,美国非裔虽屡受挫折,但英勇地继续为争取平等和完整的公民权利斗争,美国非裔文学和艺术也在这个时期取得发展。以上这些情况共同构成当时美国非裔社会文化生活的背景图,他在文学和艺术领域的出席和发声尤其凸显了语言与美国非裔个体和美国非裔族群的社会存在之间的紧密联系。

约翰逊的小说《原有色人》以隐喻的方式生动地表现了这种联系。在这部小说中,语言的种族"冒充"颠覆了种族偏见的合理性。在美国非裔小说,特别是讲述黑白混血儿或种族冒充的故事的小说中,语言冒充作为种族冒充的一种方式和表现并不罕见。在约翰逊的《原有色人》、弗朗西斯·哈珀的《埃欧拉·勒鲁瓦》、查尔斯·切斯纳特的《雪松后的房子》等作品中,黑白混血儿往往放弃黑人方言而转向标准英语,或者在与黑人同胞交谈时说黑人方言,而在与白人同胞来往时说标准英语。进行"语言冒充"的小说人物(美国黑人或黑白混血儿)往往为了生活的便利模仿美国白人说话的语音语调,有意识地把黑人英语和黑人方言的口音和语调隐藏起来。约翰逊的自传《一路走来》回忆了他和他的黑人好友威廉·皮肯斯进行"语言冒充"的经历。大学时期的约翰逊曾到弗吉尼亚的乡村学校教书。他有一次去亨利县取信,夜里回程时被狗袭击,情急之下用白人的语调吓退恶犬——

---

① Brad Evans, Henry A. Giroux, Disposable Futures: The Seduction of Violence in the Age of Spectacle. San Francisco: City Lights Books, 2015, p. 116.

我听到狗群向我冲下来，大声狂吠——危险的狗。我惊慌失措，大
声喊道："把狗弄走！"房子里有个男人命令它们回去，它们听从了；他对
我说了几句道歉的话。我的黑人朋友威廉·皮肯斯曾是耶鲁的尖子
生，笑着告诉我他经常不由自主地冒充白人。他说在南方腹地，他总是
发现通过电话和白人做一些小买卖最方便；每次他都听到对方说"好
的，先生。好的，先生"。我想我在黑夜中发出的言语至少为我带来
道歉。[1]

约翰逊感到，是他的那句不带黑人语调的"把狗弄走！"为他带来了狗的
主人的道歉。他当时的"种族冒充"虽然是被动的和无意识的，但确实为他
解除了麻烦。标准英语是美国社会生产意义的主导语言，它起着形成与维
持社会生活的规则和惯例的作用。在这一语境下，美国黑人或黑白混血儿
的语言冒充反映了他们对这种语言规范的抗议，他们以模仿白人的言语冒
充白人、混淆种族身份，以"语言的越界"产生的戏剧性效果在象征意义上
"撤销"种族界限的合理性，反讽"种族"作为"终极真理"的可靠性。种族偏
见为语言设置的界限是基于"我们／他们"的二元对立关系，而"我们"和"他
们"之间的二元对立关系往往是一种暴力的等级制度。[2] 语言冒充是人们
面对种族偏见和生存压力时被迫采取的一种策略。

约翰逊对语言作为生存策略的体会非常深刻，他曾多次体验语言在社
会生活中产生的微妙的"化学反应"。最早的一次经历发生在约翰逊和他来
自古巴的同伴里卡多乘火车从杰克逊维尔前往亚特兰大的旅途中。当时的
佛罗里达刚开始实施火车中的种族隔离法案，检票员起先让他们俩到黑人
车厢去，可当他听到里卡多用他的母语西班牙语与约翰逊交谈时，以为他们
是"外国人"，于是转变态度将他们与其他乘客同等对待。这是种族偏见的

---

[1]　James Weldon Johnson, Along This Way: The Autobiography of James Weldon Johnson.
Boulder: Da Capo Press, 2000, p. 114.

[2]　Jacques Derrida, Positions. Chicago: University of Chicago Press, 1972, p. 41.

现实对约翰逊的第一次冲击。后来在列车上经历了更多的"吉姆·克劳"种族隔离之后,他深深地感慨,"哪种黑人都可以坐在头等车厢;前提是他不是美国公民"[①]。外语产生的奇异反应不仅发生在列车上,还发生在日常生活的许多其他地方。一次,县教育局局长(一个高大的白人)来视察约翰逊在佐治亚乡村学校的工作情况,他看到约翰逊在读西班牙语原版的《堂吉诃德》时,联想到约翰逊可能是"外国非裔",便一改美国白人的"习惯",不仅没有找茬为难,还表扬了学生的进步和老师所取得的成绩。美国非裔使用外语时往往使人们产生微妙的心理变化,体现出不同的社会反应。这一现象包含着荒谬和悖论的成分,它在一定程度上揭示了美国非裔被迫在美国的社会生活中接受同化,而美国非裔或黑白混血儿的语言冒充则反映了种族差异的概念本身是不可靠的。

在约翰逊的小说中,种族偏见造成的伦理悖论让原有色人患上"失语症"。在这部作品中,原有色人既是读者也是文本。作为读者,他细致地观察着美国非裔的生活,描绘着他们的生活处境和内心世界;他颂扬弗雷德里克·道格拉斯、布克·华盛顿等黑人领袖的种族精神和他们为种族斗争的英勇事迹;他为美国非裔的优秀品质和艺术创造力感到自豪;他也表现美国非裔断裂的家庭伦理关系,表现美国非裔对文化之根的追寻和他在取得自我认同和社会认同的过程中遭遇的困境。作为文本,他意图揭示自己的生活经验,却在令人压抑的种族现实面前患上了"失语症",他把自我隐藏在他内心的小世界里,没有勇气公开"宣告"自己身上的黑人血统,甚至不敢在公众面前为黑人种族"发声"。

小说多处描绘美国非裔学习和运用语言的热情。学习语言是一种主动认知他人和世界的姿态与行动。原有色人对法语、西班牙语、黑人方言等语言充满了学习的渴望和热情。可是,他尽管如此热爱学习语言和用语言表

[①]　James Weldon Johnson, Along This Way: The Autobiography of James Weldon Johnson. Boulder: Da Capo Press, 2000, p. 65.

达,还是在伦理悖论的重压下变得"失语"了。原有色人表面上叙述了一个完整的"种族冒充"的故事,但细心的读者可能会发现他的叙述在许多地方与白人读者的视野是分离的,时而包含着省略和不明符号,暗示着他的矛盾、犹疑、焦虑、恐惧等情绪。在原有色人童年时期的家庭生活中父亲几乎完全缺席,原有色人对他的父亲感到陌生,在心理上不知道该如何定位他的这位白人父亲的身份——白人主人、在物质生活上资助他和母亲的恩主,还是父亲?他像是患了语言功能障碍,一生都无法向他的白人父亲喊出"爸爸"或"父亲",甚至跟他言语的交流也极少。原有色人在准备向白人女友坦承自己的黑人血统时,他同样失语了,"爱的话语在我的唇边颤抖,但我不敢表达。因为接着就是那些我没有勇气说出口的话"[①]。他害怕坦承自己身上有黑人血统之后,不但会遭遇爱情的失败,而且将被社会永远地抛入"低劣"的深渊。

原有色人在表达他对黑人同胞的感受时,他的叙述充满了矛盾。作为一位美国非裔知识分子,他对底层黑人的鄙夷和厌恶折射出黑人族群内部贫穷阶层与富有阶层、知识阶层与非知识阶层之间缺乏认同的现实。当原有色人在亚特兰大的街上第一次看到成群的底层黑人时,他的反应是排斥的,"他们邋遢的样子、拖沓和没精打采的步伐,他们的大声说话和哈哈大笑令我几乎厌恶"[②]。然而,当他为了收集黑人音乐的素材而来到南方时,他接触到那些沉闷的普通黑人,他感受到他们的单纯和勤恳,同情"他们的境遇竟还不如动物"[③]。原有色人对种族问题的言说时常留下空白和省略,例如他在给女友的信件中写道:"为什么我们中的一方要为我们都无过错的事

---

① James Weldon Johnson, *The Autobiography of an Ex-Colored Man*. Boston: Sherman, French & Company, 1912, p. 197.

② James Weldon Johnson, *The Autobiography of an Ex-Colored Man*. Boston: Sherman, French & Company, 1912, p. 53.

③ James Weldon Johnson, *The Autobiography of an Ex-Colored Man*. Boston: Sherman, French & Company, 1912, p. 187.

情痛苦?"①"无过错的事情"指的是什么,"我们"何以因为它而痛苦,这些问题都没有被指明。再如,原有色人在目睹南方的那场私刑的悲剧之后对自己的人生经历只做了简笔勾勒,并没有提供更多的细节。原有色人的表层叙述文本下隐藏着潜文本,而他跟随白人"恩主"在法国、英国、荷兰、德国等地的游历正象征着他作为文本所产生的意义是流溢的和不确定的。约翰逊在这部小说创作中有意释放原有色人的语言空间,看似表现原有色人的"失语症",实际上是借用他的"失语"来表达语言的更多意义。

原有色人面对的伦理悖论是导致他患上"失语症"的一个主要原因。作为美国非裔个体,他吸收白人社会的价值观并寻求物质生活的成功,却无法"承认"自己的黑人血统、公开为黑人事业奋斗。他在履行个人和家庭伦理责任的同时难以履行为族群斗争的伦理责任,既无法真正地认同白人同胞,也难以取得黑人同胞的认同。原有色人的伦理身份是破碎的和矛盾的,他在两种伦理身份之间的挣扎造成了他的心理创伤,使他无法过完整的伦理生活。在家庭伦理关系中,白人父亲的缺席给他造成了严重的心理创伤,经历了不完整的家庭生活的原有色人因此"拼命地"保护自己的小家庭,却又不得不"欺骗"家人,拒绝向孩子们坦承他们和他一样身体里同时流淌着两个种族的血液。沉默的背后是压抑的恐惧和焦虑——他要不惜一切阻止种族的烙印打在孩子们的身上。伦理悖论对原有色人的存在处境产生了深刻的影响,消极与积极并存。在消极方面,伦理悖论增加了他的生活重负,使他难以定义自己的伦理身份和履行为族群斗争的伦理责任;在积极方面,伦理悖论促使原有色人主动思考他的伦理处境。种族偏见是导致原有色人遭遇伦理困境的根源,它不但使他难以定义自己的伦理身份,而且令他不敢履行伦理责任。在小说中,原有色人陷入的伦理悖论并未获解,他的伦理悖论至今仍然困扰着美国非裔和美国白人。人是道德性的存在,他存在于他和

① James Weldon Johnson, The Autobiography of an Ex-Colored Man. Boston: Sherman, French & Company, 1912, p. 201。

他人之间的道德联系之中。就像心理医生用交谈疗法治疗失语症患者一样,要打破原有色人被迫的沉默,治愈他的"失语症",人们需要认识到种族偏见给美国非裔造成的伤害,倾听美国非裔的声音并同他对话。

语言往往是塑造生活和构成人们认同的材料。① 在人的象征生活中,他的文化存在既关乎他对自我、他人和世界的认知,也关乎他人和世界对他的理解。对于美国非裔,语言不仅参与塑造他的文化存在,而且体现着他在思想和精神方面对美国文明和世界文明的贡献。

在美国的法律和习俗逐渐取消禁止美国非裔学习读写的法令和"禁忌"之前,美国非裔主要以口述的方式,即以言语来表达他的自我,以及与周围的黑人同胞和白人沟通交流。奴隶制和种族隔离对美国非裔发展读写能力的遏制,曾一度否定他运用语言生产和交流意义的主体性,阻碍了他学习语言,尤其是书面语言的行动。在美国非裔进行文化生活和塑造文化身份的历史中,他和语言之间早已形成了密不可分的联系。他的文化身份需要通过语言来建构和发展,同时,语言是他的文化艺术创造的重要媒介和成果。他的宗教音乐和世俗音乐、诗歌、小说、戏剧、民间故事等无一不与语言相关,语言是标记他的文化存在的关键符号。美国非裔以歌唱的方式回顾胜利和展望未来——

> 放声歌唱
> 直到天地回荡,
> 回荡自由的和声;
> 让我们激昂放声
> 声高如聆听的天空,
> 让它大声回响如汹涌的大海。
> 唱一首歌满怀信仰 是黑暗的过去教会我们,

---

① 夸梅·安东尼·阿皮亚:《认同伦理学》,张容南,译,南京:译林出版社,2013 年,第 143 页。

唱一首歌充满希望 是现在带给我们。

面朝旭日 我们的新时代开启，

让我们前进 直到赢得胜利。①

《放声歌唱》（"Lift Every Voice and Sing"，1900）是约翰逊和他的弟弟罗萨蒙德为由杰克逊维尔市的黑人领袖组织的林肯诞辰纪念典礼而作，由来自黑人学校的大约 500 名孩子演唱。歌曲将历史和未来融入一个诗意的时空，在美国广为流传，成为 NAACP 的会歌和黑人的民族赞歌。2009 年，约瑟夫·洛韦里教士曾在巴拉克·奥巴马的就职典礼上吟诵这首歌的歌词。美国非裔以"放声歌唱"的方式开启他继续奋斗的行程，把他的乐观坚韧和充满信仰的文化精神寓于语言和声音之中。

语言在帮助美国非裔修正他的文化形象和塑造他的文化身份两个方面有着非常重要的意义。美国的主导文化通过语言、图画等方式为美国非裔塑造了诸多的刻板化形象，这些刻板化形象抓住关于美国非裔的少数"简单、生动、可记忆、容易掌握和被广泛承认的特征"②，把关于他们的一切，包括他们的复杂的人性简化为那些特征，夸大和固定它们，象征性地保持着黑人和白人两个种族之间的界限。作为一种表征活动，刻板化总是把"反常的"和"怪异的"同"正常的"分离，主导文化往往把美国非裔作为"反常的"和"怪异的"他者来塑造。那些关于美国非裔的刻板化形象渐渐形成一个封闭的表征系统，排斥美国非裔的其他形象。玛丽·道格拉斯曾指出"刻板化维护所谓的文化'纯洁性'，那些不合适的人或事物被视为受到了污染，是危险的，消极的感情聚集在它周围。如果要恢复文化的纯洁性，这些不合适的人

---

① James Weldon Johnson, Lift Every Voice and Sing, James Weldon Johnson, James Weldon Johnson: Writings. New York: The Library of America, 2004, pp. 874-875, the 1st stanza.

② Stuart Hall, "The Spectacle of the 'Other'," Stuart Hall, Representation: Cultural Representations and Signifying Practices. London, Thousand Oaks and New Delhi: SAGE Publications Ltd, 1997, p. 258.

或事物必须被象征性地排除"①。相对于没有思想的、幼稚天真的、无忧无虑的、轻浮放荡的、容易犯罪的黑人的刻板化形象,有思想的、独立自强的、勇敢表达痛苦与困惑的、对爱情忠诚执着的和英雄的黑人形象便是"不适当的",是与主占导地位的文化"格格不入"的。刻板化形象限制了美国非裔的生活经验被表征的内容和方式。这些刻板化形象在维护文化"纯洁性"的背后,维护的是占主导地位的文化的优越性和霸权。占主导地位的文化通过刻板化形象为"他者"建构文化"规范",再以那些文化"规范"规训作为"他者"的美国非裔。

在约翰逊看来,面对占主导地位的文化的这种"刻板化"的表征方式,美国非裔作者和艺术家们应该主动地通过语言的表征活动,修正美国非裔被降格和歪曲的文化形象。约翰逊相信语言的塑形力量,他倡导美国非裔作者(特别是诗人和小说家)"向这个国家呈现一些新的、尚不知晓的东西,描绘种族中那些努力打破传统桎梏的同胞的理想、挣扎和热情"②。理查德·戴尔认为,"通过社会类型和刻板化类型建立常态(被接受为'正常'的东西)是统治群体的习惯之一……意图根据他们自己的世界观、价值体系、感情和意识形态塑造社会。统治群体使他们的世界观对每个人而言都是'自然'和'必然的',从而建构他们的霸权"③。约翰逊倡导美国非裔作者向这个国家呈现一些新的、尚不知晓的东西,正是要鼓励他们通过语言去呈现许多被"常态"否定和排除的"非常态"和"怪异",从而颠覆和拆解"常态"的合理性。

约翰逊在他的作品中用语言塑造人物的文化身份。许多内战前和南方重建时期的奴隶叙事在对话的语言上主要使用黑人方言,如威廉·威尔斯·布朗的废奴小说《克洛蒂尔,或总统的女儿》(*Clotel*; *or*, *The President's*

---

① Mary Douglass, Purity and Danger. London: Routledge & Kegan Paul, 1966, pp. 140-142.

② James Weldon Johnson, The Autobiography of an Ex-Colored Man. Boston: Sherman, French & Company, 1912, p. 165.

③ Richard Dyre, ed., Gays and Film. London: British Film Institute, 1977, p. 30.

Daughter，1853)使用大量的黑人方言的单音节词，塑造不会读写的逃奴人物形象，表现他们的底层文化身份。约翰逊在《原有色人》中采用标准英语把主人公刻画为受过教育和积极思考自身处境的人物形象，表现他不同于底层黑人的知识分子的文化身份。他在论述诗人与语言的关系时强调，诗人在使用英语作为诗歌的表达媒介时，"不但必须掌握大量的词汇、知道词语的一般意义，还得了解它们的不同的力度、重量和不同的色调和语调"①。注重词语的力度、重量、色调和语调是黑人的语言和言语的突出特点。约翰逊在文学创作中注重根据词语的这些元素表达情感和思想的强度，塑造人物的社会文化身份，例如他的诗歌塑造的富于感染力的黑人民间布道者、富有艺术天赋的行吟诗人、慈爱朴实的黑人妈妈、英勇爱国的黑人战士、粗鄙但善良勤恳的黑人农民等。

长期以来，美国非裔在文化身份的塑造上始终思考着这样一个问题，即是把美国非裔的黑人自我与美国文化隔离，还是塑造美国非裔的多元文化身份。解答这个问题的关键在于处理好美国非裔的"美国人"身份和"非裔"身份。约翰逊主张美国非裔融入美国社会，在为美国文化做贡献的同时保持和发展他们的文化性格和精神。从语言对美国非裔文化生活的影响来看，它将在美国非裔的文化身份，特别是他的多元文化身份的塑造过程中继续扮演重要角色。

语言也是美国非裔艺术存在的活力之源。约翰逊借原有色人之口列举了彰显美国非裔的创造力和艺术的四种事物——雷穆斯叔叔系列故事

---

① James Weldon Johnson，"A Poetry Corner" (1915)，James Weldon Johnson，The Selected Writings of James Weldon Johnson：Volume I The New York Age Editorials (1914—1923). Sondra K. Wilson (ed.). New York and Oxford：Oxford University Press，1995，p. 253.

(Uncle Remus stories)①、步态舞(cakewalk)②、灵歌(spirituals)(如禧歌[Jubilee songs])和拉格泰姆音乐(ragtime music)。③其中,雷穆斯叔叔故事集、灵歌和拉格泰姆音乐都与语言直接相关。约翰逊在《美国黑人诗集》的序言中进一步强调这四种事物是美国非裔对美国文化的贡献。另外,约翰逊注意到当时美国音乐界的一个比较常见的现象,即歌剧的节目单上经常没有作词人的名字,似乎"声音比意义有更广泛的魅力"④。他认为美国歌剧界这种向声音一面倒而轻视语言的现象忽略了语言的魅力。语言是美国非裔建构他的艺术存在的重要因素。语言生产意义,赋予美国非裔的艺术以生命力,美国非裔通过语言创作的艺术表现着他的思想和美学。

语言是美国非裔标记他的艺术存在的重要因素,一方面是鉴于黑人种族艺术重语言和言语的悠久传统,另一方面是由于语言与黑人艺术的原创性、思想性和普遍魅力有着非常密切的联系。美国非裔文学和音乐等艺术的发展都脱离不开它们在语言方面的变化,语言关乎黑人艺术的内在价值。语言不仅是"人类经验和人的叙述行为之间的媒介"⑤,而且对美国非裔叙事在内容和形式上的多样性有着重要影响。黑人灵歌生动地体现了这种影响,它是语言的意指,也是美国非裔的精妙的艺术表达。

---

① 雷穆斯叔叔系列故事是以雷穆斯叔叔为讲述人的美国非裔民间系列故事,主要由动物故事和民谣组成,以兔兄(Br'er Rabbit)、柏油娃(Tar Baby)等为主要人物,曾长期流行于美国南方。1881年,乔尔·钱德勒·哈里斯(Joel Chandler Harris)出版了最早的雷穆斯叔叔故事集。约翰逊认为雷穆斯叔叔系列故事构成了美国最重要的民间传说。

② 步态舞是19世纪末流行于美国南方种植园聚会上的一种舞蹈。聚会上最为优秀的舞者可以获得一个巨大的蛋糕作为奖赏。这种舞蹈后来在黑人滑稽剧表演、音乐剧和流行舞蹈中得以流传。约翰逊观察到这种复杂的舞步受到了当时美国和欧洲王室及平民的喜爱,巴黎称之为"动作的诗歌"。尽管步态舞的热潮已逝,其影响仍在,人们可以在美国的许多有名的舞蹈的舞台上见到它。

③ James Weldon Johnson, The Autobiography of an Ex-Colored Man. Boston: Sherman, French & Company, 1912, p. 84

④ James Weldon Johnson, "Writers of Words and Music" (1918), James Weldon Johnson, The Selected Writings of James Weldon Johnson: Volume I The New York Age Editorials (1914—1923). Sondra K. Wilson (ed.). New York and Oxford: Oxford University Press, 1995, p. 289.

⑤ Paul Ricur, From Text to Action: Essays in Hermeneutics, II, Kathleen Blamey, John B. Thompson (trans.). Evanston: Northwestern University Press, 1991, p. 2.

美国黑人灵歌是美国非裔在音乐、文学和文化上的重要创造，其历史可以追溯到奴隶制时期。从被愚昧地忽略到被嘲讽、漠视和歪曲，甚至被创造它们的种族羞愧和轻视，再到被看作美国给予世界的最精妙的艺术贡献①，黑人灵歌被人们认识和肯定的过程颇为崎岖。在美国黑人灵歌引人入胜的很多因素中，它丰富的意义、多变的节奏和情感的强度得到了普遍的认可。美国黑人灵歌是语言的意指，它时常超越它的基础文本——《圣经》，以《圣经》文本和典故为起点发散出更多的意义。在黑人灵歌的文本中，能指产生的意义往往从所指扩散开来，形成一种自由和无限的意义域。能指产生的丰富意义在很大程度上增强了灵歌在情感上的感召力，尤其是它在精神和情感上对听众的鼓舞。

约翰逊认为黑人灵歌体现的不只是黑人种族的文化适应性，更有一种倾注或转移的特质（transfusive quality），黑人艺术家可以通过黑人灵歌"表达他的种族的灵魂和美国的灵魂"②。黑人灵歌通过语言的意指生动地表现了这种"倾注或转移"。美国非裔在灵歌上的音乐实践源于黑人奴隶对基督教和它的文化仪式的接受，黑人的歌唱越来越表现美国非裔与上帝的内在的精神联系③。美国非裔"重塑了一个基督教的宇宙学来适应他们的精神需要，进而最终改变了美国清教教义"④。黑人灵歌的语言的意指扩展了圣经叙事严格的宗教界限。因此，在黑人灵歌中，摩西带领希伯来子孙逃出埃及、伊甸园里撒旦的引诱、亚当和夏娃的堕落、耶稣受难和审判日的来临

---

① James Weldon Johnson, "Preface to The Second Book of Negro Spirituals" (1926), James Weldon Johnson, James Rosamond Johnson (eds.), The Books of American Negro Spirituals (Two Books in One). New York: The Viking Press, 1969, p. 18.

② James Weldon Johnson, "Preface," The Book of Negro American Poetry. New York: Harcourt, Brace and Company, 1922, p. xix.

③ Jon Cruz, Culture on the Margins: The Black Spiritual and the Rise of American Cultural Interpretation. Princeton: Princeton University Press, 1999, p. 91.; Ronald Radano, Lying Up a Nation: Race and Black Music. Chicago: University of Chicago Press, 2003, p. 179.

④ Nathan Irvin Huggins, Black Odyssey: The Afro-American Ordeal in Slavery. New York: Vintage Books, 1977, p. xii.

等故事并非对圣经典故的简单复写,而是融入了美国非裔的个体和族群的生活经验以及美国非裔对这些经验的思考。黑人灵歌把美国非裔的"思想和经验写得比历史记录还要清晰"①。

1925年,约翰逊和他的弟弟罗萨蒙德合编的《美国黑人灵歌集》是美国非裔出版的第一本美国黑人灵歌集②,1926年他们出版了《美国黑人灵歌集第二卷》。约翰逊和罗萨蒙德在尽力保存美国黑人民间灵歌的特点的同时,对收录的120多首灵歌做了和声部分的改编。黑人灵歌是美丽和充满力量的,它的美丽和力量的来源之一便是语言的意指所产生的丰富意义。感叹词的大量使用(表示哀伤、愤怒、欢欣、平静、号召行动等)和多变的节奏有力地表现了美国非裔敏感丰富的情感,情节、场景、意象或主题的替换及"改造"带有美国非裔的生活色彩,赋予灵歌诗意。《慢慢摇下,亲爱的战车》("Swing Low Sweet Chariot")基于"以利亚入天堂"的圣经典故和黑人奴隶的精神期盼,生动表现了美国非裔对圣经文本创造性的理解和阐释。以利亚完成了他为以色列百姓施行神迹的使命,渡过约旦河后,被上帝派来的火马战车接到天堂(《列王纪·下》2:1-14)。黑人奴隶的生活水深火热,他们多么盼望能够快些得到解救,回归家园。这首灵歌用"祈祷的黑奴渴望回归家园"替换"以利亚升入天堂"的典故,以"天堂战车"这个中心意象把"家园"和"天堂"连接起来,悲伤的黑人奴隶在宗教信仰里表达对家园的思恋和对天堂的向往。歌曲的节奏越来越缓慢,抚慰着饱受创伤的心灵。随着历史的变迁,歌词中反复出现的"家园"一词隐喻的内容也从古老的非洲家园、没有苦难的天堂延伸到精神的自由和归属。《他一如往昔》("He's Jus' De Same Today")借用了上帝帮助摩西和以色列人过红海和从狮穴中解救但

---

① James Weldon Johnson, "Preface" to The Second Book of Negro Spirituals" (1926), James Weldon Johnson, James Rosamond Johnson (eds.), The Books of American Negro Spirituals (Two Books in One). New York: The Viking Press, 1969, p. 12-13.

② David Gilbert, The Product of Our Soul: Ragtime, Race, and the Birth of the Manhattan Musical Marketplace. Chapel Hill: The University of North Carolina Press, 2015, p. 224.

以理的圣经典故,将上帝"封住狮口"的情节替换成了"锁住狮子的利爪、抢走它的猎物",这一替换加强了动作,凸显上帝解救的雷霆之势,表达了黑人对上帝裁决正义、救赎无辜的坚定信仰。

《同样的列车》("Same Train")把辅助和护送人们经历死亡、复活后到达神的永恒居所的"船"(如挪亚方舟)替换为连接生死循环的"列车",就像船载着人们从此岸渡到彼岸,"在天地之间摇摆"①的列车载去"我"的母亲,又来载我的"姐妹"。火车这一具有现代色彩的意象拉近了听众与现实生活的距离,使得他们对生死循环的感触更加真切。《当他们迫害我的主,你在那儿吗?》("Were You There When They Crucified My Lord")和《看看他们对我的主做了什么》("Look-A How Dey Done My Lord")是两首以"耶稣受难"为主要情节的灵歌,充满深情地歌颂耶稣作为被迫害的无辜者,为人类献身的崇高精神。这两首作品把耶稣被钉在一根水平的木梁(十字架)替换成耶稣被钉在树上。这并非是因为黑人不清楚《圣经》中描写的耶稣受难的细节,而是因为他们把黑人受到私刑等种族迫害的经历融入了歌曲。与耶稣相似,许多被残忍地施私刑处死的黑人都是无辜的受害者,无罪的身躯被折磨得不成人形,上帝在那些时刻似乎同样也是缺席的,受害者在暴力面前无能为力。耶稣受难和美国非裔受到的种族暴力的伤害都是人类的悲剧。后一首灵歌还加入了上帝向但以理示意巴比伦王国的命运的典故,表达了黑人大众对正义到来的坚定信念。

如同耶稣在垂死时把他的灵魂交付给上帝,美国非裔的精神没有被种族暴力压倒,他尽管遍体鳞伤但仍然保有自己的灵魂。就像《同胞们,勿要倦怠》("Members, Don't Git Weary")唱的那样,虽然历经奴役和磨难,只要坚定前行,他终会像摩西带领的以色列人一样获得自由,渡过约旦河,来到流淌着牛奶和蜂蜜的"迦南"圣地。黑人灵歌创造性地借鉴了圣经故事,

---

① James Weldon Johnson, Fifty Years and Other Poems. Boston: Cornhill Company, 1917, p. 49.

在语言和内容上做了一定的"改造",把基督教叙事的象征主义和修辞"变形"得更加贴近真实生活,更富现实意义。语言的意指拓展了黑人灵歌的意义空间,使黑人灵歌成为"黑人灵魂最深刻和最美丽的反映"①。黑人灵歌是美国非裔的艺术存在的一个重要标记。

---

① James Weldon Johnson, "Jubilee Day" (speech given at Fisk University, October 7, 1933). James Weldon Johnson, The Selected Writings of James Weldon Johnson: Volume II Social, Political, and Literary Essays, Sondra K. Wilson (ed.). New York and Oxford: Oxford University Press, 1995, p. 417.

第五章

约翰逊与美国非裔诗歌语言的创新

　　在思考美国非裔诗歌的语言问题时,约翰逊对主要基于黑人滑稽剧[①]传统的黑人方言做了系统深刻的批评。他的批评主要鉴于传统的黑人方言在美国被设置的刻板化的表达惯例对黑人文学发展的阻碍和对黑人形象的歪曲,以及处于历史新阶段的美国黑人在表现生活和表达情感方面的现实需要。借助斯图亚特·霍尔归纳的"文化循环"的框架,我们可以看到在不同的历史时期,美国黑人方言在意义的生产和交流中产生了不同的影响。

---

　　①　滑稽表演是美国独具特色的、最早的舞台娱乐形式,起初由白人演员化妆扮成黑人,使用方言以滑稽模仿的形式刻画美国非裔,即黑脸滑稽剧。19世纪40年代,它在美国广为流行,在美国演艺界中的主导地位一直保持到19世纪90年代。内战后,许多美国非裔开始表演滑稽剧。尽管黑脸滑稽剧和后来由美国非裔表演的黑人滑稽剧已淡出美国的演艺舞台,但它们遗留下来的一些消极的、关于美国非裔的种族刻板化形象在演艺界和流行文化中仍然存在。不同时期的一些美国非裔作家质疑和批评滑稽剧及其留下的传统,包括弗雷德里克·道格拉斯、保罗·邓巴、左拉·赫斯顿、拉尔夫·埃利森和阿米里·巴拉卡等[Colin A. Palmer ed.,Encyclopedia of African-American Culture and History (2nd ed.),Vol. 4. Detroit:Macmillan Reference USA,2006,pp. 1456-1459.;Hans Ostrom,J. David Macey,Jr.,eds.,The Greenwood Encyclopedia of African American Literature,Vol. III. Westport:Greenwood Press,2005,p. 1102]。

　　约翰逊对黑人滑稽剧的解读是客观辩证的。他一方面肯定黑人滑稽剧对美国戏剧和世界戏剧的贡献,它在19世纪末提供了美国最华丽的舞台表演,在推广美国黑人音乐与舞蹈方面起到了重要作用,蕴含着美国非裔文化中"用笑声代替哭泣"的生活哲学,许多的黑人滑稽剧把眼泪封锁在最大声的笑声中(James Weldon Johnson,Black Manhattan. New York:Da Capo Press,1991,pp. 89,102)。另一方面,他批评滑稽剧固定黑人方言的表现模式、限制美国非裔艺术被"赏析"的方式以及刻画和传播的黑人刻板化形象,这些形象对美国非裔的社会文化生活产生了消极影响。

它曾是黑人奴隶与白人奴隶主、其他黑人同胞的日常沟通媒介,曾是黑人滑稽剧营造滑稽效果的有效工具,曾是黑人歌曲(coon songs)①的歌词采用的主要语言,曾是美国歌舞剧表征黑人的常用符号,也曾是白人作家和黑人作家用来创作关于黑人的文学作品的"最生活化"的语言。

然而,到了19世纪末20世纪初,黑人方言越来越阻碍美国非裔以主体身份通过语言来生产和交流意义的理念和行动。在意义交流方面,公众接收到的关于美国非裔及其生活和文化的意义充斥着虚构、丑化、降格和刻板化美国非裔的信息。美国非裔作为意义交流的一方自然不愿接受和"分享"这样的意义。美国非裔和社会公众之间的意义交流是失衡的,因为它更多的是公众对关于美国非裔的意义的单向"消费"。这些关于美国非裔的不真实、不全面和带有偏见的意义,反过来塑造了美国非裔的社会文化形象。美国非裔作家是改变这种意义生产和交流模式的重要群体,语言问题几乎是每一代美国非裔作家都非常关注的问题之一。正是意识到语言在意义生产和交流中的核心地位,约翰逊才在文学创作中对语言进行反思和创新。

第一节　约翰逊对美国黑人方言的批评

不可否认,美国黑人方言曾在美国非裔的文学和艺术史上发挥过重要作用。许多黑人诗人用黑人方言创造了许多美丽的诗歌。其中,保罗·邓巴真正地把黑人方言作为解读黑人性格和心理的媒介,黑人方言不仅将他

---

① 19世纪末,黑人方言歌词(可追溯到早期的黑脸滑稽剧)被用来配上拉格泰姆旋律;这种新的体裁通常被称为黑人歌曲(coon songs)。滑稽剧表演、轻歌舞剧和百老汇的舞台上经常演唱这类歌曲。许多黑人歌曲有着双重含义,在艺术手法上比较粗糙,没有润色,有时比较低俗。[John Graziano, "The Use of Dialect in African-American Spirituals, Popular Songs, and Folk Songs," Black Music Research Journal, Vol. 24, No. 2, 2004, p. 262. ; James Rosamond Johnson, "Introduction," James Rosamond Johnson (ed.), Rolling Along in Song: a Chronological Survey of American Negro Music. New York: The Viking Press, 1937, pp. 14-15.]

的艺术推向完美的制高点，而且帮助他为美国文学做出了贡献①。大量的
黑人灵歌以方言的口头形式创作而成，口述的方言帮助人们记忆灵歌和营
造节奏；许多拉格泰姆歌曲的歌词曾用方言写作，描绘小木屋里、棉花地里、
河堤上、庆祝典礼上、第六大道或舞会上的黑人，讲述他们的爱情故事。②
活泼轻快、幽默质朴是黑人方言的重要特征。然而，在新的历史时期，黑人
方言面对的语境有了很大的变化，它的表征活动难以产生积极的和符合语
境的意义。

　　在黑人方言的问题上，"美国黑人取得了或被置于某一种艺术的壁
龛"③。约翰逊担任斯坦顿学校的校长时，利用闲暇时间创作方言诗歌，他
自那时起就逐渐意识到"被惯例化的黑人方言诗歌的矫揉造作；它的夸张的
亲切、幼稚的乐观、被迫的滑稽和伤感的情绪。并且看到滑稽剧舞台为黑人
的表征所固定下的方言诗的模式长期存在，甚至连邓巴也没能打破它"④。
1901 年，约翰逊邀请邓巴来杰克逊维尔朗诵他的诗歌，两人就方言诗交换
了看法，这为约翰逊对黑人方言作为诗歌语言进行深入批评做了铺垫。

　　约翰逊对黑人方言的批评并非是批评它作为方言本身，而是揭示种族
偏见的意识形态对意义的生产和交流的渗透，实质上是批评主导文化把黑
人方言禁锢在以滑稽和感伤为主的表征范式中。这些范式削弱了黑人方言
表征黑人和生产意义的效力。在约翰逊看来，美国黑人方言一方面"被迫
地"成为刻板化美国非裔的种族形象的语言、虚构美国非裔生活的真实，另
一方面阻碍美国非裔诗歌的主体性的形成。"自 19 世纪 30 年代，黑人奴隶

---

① James Weldon Johnson，"Preface，" The Book of Negro American Poetry. New York：
Harcourt，Brace and Company，1922，p. xxxiii.

② James Weldon Johnson，"Preface，" The Book of Negro American Poetry. New York：
Harcourt，Brace and Company，1922，p. x.

③ James Weldon Johnson，"Preface，" The Book of Negro American Poetry. New York：
Harcourt，Brace and Company，1922，p. xl.

④ James Weldon Johnson，Along This Way：The Autobiography of James Weldon Johnson.
Boulder：Da Capo Press，2000，pp. 158-159.

长期被视为幼稚的、只是部分发展了的人,需要善意的和家长式的主人的引导和保护"①。占主导地位的文化以"幼儿化"(infantilization)的方式表征美国非裔的种族差异,这表现在白人对黑人成年人总是使用"男孩""女孩"之类的称呼来表征其"未成年的和未成熟的"身份,这类称呼曾长期被白人主人用于他的黑人家仆。在约翰逊的诗歌《同胞——美国戏剧》中,施私刑的暴徒"责问"受害的黑人青年"你难道不是来自那个驯服的、孩子般的和心地温和的种族/那个我们认识了三个世纪的种族?"②,他的"责问"明显地带着一种家长式的口吻。占主导地位的文化的这种将美国非裔"幼儿化"的表征方式对美国非裔的种族形象产生了消极的影响。

约翰逊在他的自传《一路走来》中记叙了这种"幼儿化"的表征方式给跨种族交往带来的尴尬。当时,他和妻子格蕾丝正沿着街道散步,先后遇见曾任职于教育委员会的布尔斯先生和杰克逊维尔市一家报纸的编辑卡特先生,两人皆与约翰逊熟识。前者经过约翰逊夫妇时愉快地对他们微笑,却有些窘迫地冲约翰逊点点头,后者"在离他们只有五十英尺时,做了一件非常机智的事,他脱下帽子,开始使劲地挠头。等他从他们旁边经过时,他微笑、弯腰,说道:'你好!'"③。这两位白人绅士在与约翰逊夫妇问好时都避开了"先生"和"太太"的称呼,也没有按照绅士的礼仪正式地对格蕾丝脱帽致敬。约翰逊后悔碰见卡布尔斯先生却对卡特先生有点抱歉的原因在于,前者选择了沉默,而卡特先生虽然同样显得窘迫,却用言语打了招呼,而且"象征性"地脱了帽,他在尽力地表达尊重。约翰逊认为,"向一个黑人女性脱帽致敬,称呼一个黑人'先生'或'太太'都是些小事,但它们隐含着种族偏见、种

---

① George Fredrickson, The Black Image in the White Mind. New York: Harper and Row, 1971, pp. 102-103.

② James Weldon Johnson, Fifty Years and Other Poems. Boston: Cornhill Company, 1917, p. 14.

③ James Weldon Johnson, Along This Way: The Autobiography of James Weldon Johnson. Boulder: Da Capo Press, 2000, pp. 298-299.

族憎恨和不公正的体制"①。"先生"和"太太"是对成年男士和女士的普通称呼,但如果人们在人际交往的话语中有意地规避它们,这暗示人们在思想和心理层面并不真正认同对方"适合"这些称呼。诸如此类的日常生活中的琐事虽然微小,但它们意指的东西却与种族问题相关,并且带来深远的影响。

约翰逊在《美国黑人诗集》(1922)和《上帝的长号》的序言中细致分析了美国黑人传统方言(如密西西比棉花地里使用的方言)的局限性,旨在引起黑人作者的关注,打破黑人方言被占主导地位的文化所设置的表征范式,反思占主导地位的文化对美国非裔的表征。

> 方言是表达黑人生活某些传统方面的准确的工具,或许正是由于那种准确性使它成为一种非常有限的工具。实际上,它是一种只有两种效果的工具,即感伤和幽默。这种局限不是因为方言作为方言的缺陷,而是黑人方言在美国被设置的传统模式,是它与黑人仅仅是无忧无虑或可怜孤独的人物的长期联系所产生的固定效果……黑人方言现在作为一种媒介不能够表现黑人在美国的生活的方方面面,更无法给予黑人的性格和心理最充分的解读。②

占主导地位的文化固定美国黑人方言的表征范式,一方面把美国非裔描绘为一个孩童般不成熟的、需要他人保护和"照料"的,以及滑稽伤感的族群,强化了种族偏见对黑人的"降格"和"去人性";另一方面,它过度"简化"了美国非裔及其生活经验,把黑人方言对美国非裔的表征限制为少数的几种范式,使黑人方言难以表征美国非裔真实多面的生活经验和他的黑人性。

---

① James Weldon Johnson, Along This Way: The Autobiography of James Weldon Johnson. Boulder: Da Capo Press, 2000, p. 299.

② James Weldon Johnson, "Preface," The Book of Negro American Poetry. New York: Harcourt, Brace and Company, 1922, pp. xl-xli.; James Weldon Johnson, "Preface," God's Trombones: Seven Negro Sermons in Verse. New York: The Viking Press, 1927, p. 7.

尽管 W. E. B. 杜波依斯、兰斯顿·休斯、阿兰·洛克等美国非裔作家对黑人性的理解各有不同,但不乏共性——黑人性作为一个表征黑人的集体符号,既包含黑人独特的个性和精神,也不乏人类共同追求的许多精神价值,这是美国黑人的文化和艺术何以能产生普遍魅力的一个重要原因。显然,黑人方言表征的黑人性是局限、夸张和片面的,但它同时也为公众提供了一面镜子,照出美国非裔长期以来被迫或惯性扮演的角色,以及占主导地位的文化对美国非裔的种族形象的歪曲。

跨入 20 世纪,许多美国非裔小说仍然延续"感伤"的传统,无法真实地表现黑人及其生活经验。正如理查德·亚伯勒的观察,"一战前的许多由美国非裔创作的小说没有表现出一种尽可能准确和诚实地表现黑人生活的愿望,仍然只是对读者反应的操纵,有一种假装、过分强调,甚至是歪曲的意愿,它们的创作以从白人读者那里获得同情为目标"①。与那些美国非裔小说在表征美国非裔方面的"失真"相似,黑人方言由于受到占主导地位的文化长期以来为它设置的模式的限制,被困于虚构美国非裔生活真实的泥潭中。

约翰逊在《美国黑人诗集》修订版的序言中谈到黑人方言对美国非裔生活的虚构——"十年后的今天(1931),甚至连读者都意识到,几乎所有用惯例化的方言写成的诗歌要么是基于滑稽剧表现黑人生活的传统,与实际的黑人生活关系甚少,往往根本无关,要么充斥着矫揉造作的情感。很遗憾,传统的方言被逼进了狭窄和不自然的文学模式"②。在这种文学模式的约束下,美国非裔诗人即使表现纯粹的种族主题,也会意识到"美国黑人生活

---

① Richard Yarborough, "Strategies of Black Characterization in Uncle Tom's Cabin and the Early Afro-American Novel," New Essays on Uncle Tom's Cabin, Eric Sundquist (ed.). Cambridge: Cambridge University Press, 1986, p. 78.

② James Weldon Johnson, "Preface" to Revised Edition, The Book of Negro American Poetry. New York: Harcourt, Brace & World, Inc., 1958, p. 4.

的一些方面无法在方言中得到充分的或艺术的探讨"①。尽管黑人方言曾刻画了许多"诗情画意的"美国黑人生活图景,但比起"诗情画意",真实地表现他们的生活经验无疑是语言表征更为重要的使命。

美国黑人方言在一定程度上限制了美国非裔诗人的创作自由。被誉为"美国的彭斯"的著名诗人保罗·邓巴对此深有感触,他对刻板化的黑人方言的未来抱有怀疑,意识到它的狭窄和局限。② 他曾沮丧地对约翰逊坦承,方言诗是他得到聆听的最可靠的和唯一的方式,他自责自己没有成长,一直在写和十年前写的同样的东西,他没有写得更好。③ 约翰逊认为"邓巴去掉了许多粗俗和'黑鬼的'东西,增添了一种更深的温柔、程度更高的优雅和更精细的结尾,但实际上他的所有的方言作品都属于传统的模式。邓巴对他的艺术有了更可靠的驾驭,但他没有取得他一直梦想的更伟大的东西。公众把他禁锢在他们据以认可的那些东西上"④。而方言诗便是那些东西的其中之一。黑人方言对美国非裔诗人的创作自由的限制,直接影响到他们的作品的主题、内容、语言、情感和风格等方面。美国非裔诗歌陷入被迫或盲目迎合占主导地位的文化的标准和读者接受习惯的困境,在复制黑人刻板化形象的单调运动中变成没有主体性的"提线木偶"。相反地,具有主体性的美国非裔诗歌能够最大程度地减少有双重读者造成的约束,在素材、主题、内容和表现形式等方面享有更加充分的自由。

约翰逊对黑人方言的批评,实质上是批评黑人方言的刻板化的表征范

---

① James Weldon Johnson, "Preface," The Book of Negro American Poetry. New York: Harcourt, Brace and Company, 1922, p. xl.

② James Weldon Johnson. Along This Way: The Autobiography of James Weldon Johnson. Boulder: Da Capo Press, 2000, pp. 160-161.

③ James Weldon Johnson, "Preface," The Book of Negro American Poetry. New York: Harcourt, Brace and Company, 1922, p. xxxiv.

④ James Weldon Johnson, "Preface," The Book of Negro American Poetry. New York: Harcourt, Brace and Company, 1922, p. xxxiv.; James Weldon Johnson, Along This Way: The Autobiography of James Weldon Johnson. Boulder: Da Capo Press, 2000, p. 159.

式和限制黑人方言的艺术传统。他并不是主张把黑人方言从美国非裔的表达媒介中彻底驱逐，因为"如果美国黑人诗人放弃把这种古香古色和富于音乐性的方言作为一种表达媒介，那将是一项大损失，因为从方言里可以取得许多美丽的东西"[①]。黑人方言不应该被视为表征黑人及其生活经验的唯一的语言，黑人方言所表现的题材、主题和情感也不应该被视为黑人唯一的和永恒不变的生活经验与情感。占主导地位的文化把它为表征黑人所设置的各种"模具"套在黑人方言的身上，让它四肢麻痹，失去生命力。如何把黑人方言从这些"模具"中解放出来，让它在文学层面在对美国非裔的表征中发挥更多的和更积极的作用？美国非裔诗歌的创作究竟可以运用什么样的语言？这些问题是 20 世纪初的美国非裔诗歌面对的重要挑战。它关乎美国非裔诗歌的主体性的形成和美国非裔文学的身份建构。

第二节　约翰逊对美国非裔诗歌语言的思考

约翰逊肯定语言对美国非裔的自我表征和艺术发展的非凡意义。他对美国非裔诗歌的语言的思考基于他对美国黑人方言的批评，以及他在文学生涯早期的方言诗的创作实践。他的最早的一些方言诗歌跟随邓巴的风格。约翰逊对诗歌语言的思考聚焦这样一个问题，即如何让美国非裔诗歌的语言既能真实地表征美国非裔的生活、思想和心理，又能体现黑人种族的文化性格和特色？在思考这个问题之前，他肯定了方言作为黑人种族的一种才能和作为美国非裔的表征媒介的意义。

黑人种族在语言方面有着较强的天赋和才能，这是一个被人们普遍认同的事实。黑人种族的语言才能的发展历史悠久，可追溯到非洲文明的起

---

① James Weldon Johnson, "Preface," The Book of Negro American Poetry. New York: Harcourt, Brace and Company, 1922, pp. xxxix-xli.

源。早在人类文明在尼罗河沿岸萌芽，非洲黑人便开始"把言语变成歌曲"，他们的语言丰富，表现力强，几乎每个部落都流传着许多寓言和故事，这些寓言和故事彰显人们的智慧及个体和部落的生活经验，故事讲述者在部落中颇受尊重。[①]约翰逊在他的小说中描写美国非裔的优秀的语言能力——原有色人的好友"闪亮"（Shiny）在拼字、阅读和写作方面都被认为是班上最棒的学生，他在毕业典礼上为学校师生作了一次富有男子气概的演讲；黑人牧师约翰·布朗对嗓音语调的超凡调度和雄辩的口才令人惊叹；还有黑人教堂里唱诗班多变的节奏，等等。

　　我们还可以在约翰逊的自传《一路走来》中找到更多的对黑人种族的语言才能的描写。他除了提到库卡索港（位于安第列斯群岛）的黑人运用方言达到了互通有无的目的之外，还肯定了法属美洲殖民地的黑人的语言创造力。生活在路易斯安那、马提尼克、瓜德罗普和海地等法属美洲殖民地的黑人创造了一种克里奥尔语，这是"一种非洲化的法语，但不能被仅仅视为一种方言。除了个别词汇，说法语的人除非学习，否则不能理解克里奥尔语。它是一种独特、有语法结构、生动形象和富于表现力的语言"[②]。这些黑人大多没有通过文字接收或交流思想的渠道，却为了表达和交流创造了偏重言语、具有语法结构的克里奥尔语。约翰逊本人和他的太太格蕾丝对语言也是非常地热爱。约翰逊受到父亲的影响，从小就对语言兴趣浓厚，在一生中学习了英语、西班牙语、拉丁语、希腊语、法语和德语等多种语言，而他的太太格蕾丝通过专注于西班牙语的学习缓解了她在拉丁美洲生活的不适，她"喜欢去莱昂和马那瓜旅行以及在那儿遇见不同的人；在一次次的拜访中

---

　　①　James Weldon Johnson, "The Larger Success" (1923), "Native African Races and Culture" (1927), James Weldon Johnson, The Selected Writings of James Weldon Johnson: Volume II Social, Political, and Literary Essays, Sondra K. Wilson (ed.). New York and Oxford: Oxford University Press, 1995, pp. 55, 267.

　　②　James Weldon Johnson, Along This Way: The Autobiography of James Weldon Johnson. Boulder: Da Capo Press, 2000, p. 353.

能越来越好地把跟那些人聊天变成一项有趣的游戏"①。

美国非裔对语言学习的热情和对语言的创造及运用表现了在表达、言说和对话上的积极姿态。约翰逊在《一路走来》中记述了主日学校的一次课堂上,迪恩·欣克斯老师讲授了《使徒行传》第二章中记载的"语言才能"的典故。这个典故给约翰逊留下了深刻的印象,它讲述的是上帝的使徒们在五旬节经历火的洗礼,当圣灵进入到他们的内心之后,他们用各地民众所说的语言向民众们传播真理和上帝的旨意。《使徒行传》对这个故事的记述提到,先知以赛亚曾预言使徒"主要借异邦人的嘴唇和外邦人的舌头,对这百姓说话"(《以赛亚书》28:11-12)。使徒被以风和气为载体的圣灵进入内心,说起别国的话,是为主作见证的方式之一。此处的"说"强调响亮和清晰,说话的目的在于打破语言的藩篱、克服分歧和促进理解。美国非裔诗人运用经他们改造过的英语创作诗歌,正是在用"异邦人"的嘴唇和"外邦人"的舌头说话。当然,美国非裔诗人说的自然不是"别国"的话,而是"本国"的话,但从历史根源来看英语对他们而言并不是最初的母语。美国非裔"被移植"到美国这片土地上的历史使他在语言的使用上时常陷入一种尴尬的处境。标准英语是他"说话"时使用的主要语言,但他需要在这种语言上打上自己的标记,说他的话,言他的意。美国非裔对英语的运用确实打上了他的标记,比如他在语言运用方面讲求用词简洁,偏爱富于生活气息的意象。例如,约翰逊的诗歌《对于美国》的这两行诗句——"是你翅膀中强壮肯干的肌腱/还是你脚上绷紧的锁链"②选择肌腱、锁链等意象,以精练的语言生动地表达了美国非裔与美国的命运息息相关的深意。

语言是美国非裔表征自我及其生活经验的重要媒介,它体现和保存着美国非裔的种族精神和文化性格。改变和创新语言往往可以生产新的社会

---

① James Weldon Johnson, Along This Way: The Autobiography of James Weldon Johnson. Boulder: Da Capo Press, 2000, pp. 268-269.

② James Weldon Johnson, Fifty Years and Other Poems. Boston: Cornhill Company, 1917, p. 5.

文化意义,而美国非裔的艺术世界正是语言创新的一个重要场域。美国非裔的"民间艺术证明了他创造焕发活力和普遍魅力的东西的能力;它们蕴含着有意识的黑人艺术家的前景"①。约翰逊相信美国非裔个体艺术家们有潜力创作有意识的艺术:

> 他们能够而且将会为美国艺术带来一些新的和重要的东西。他们将会从他们的种族才能的宝库中带去一些东西——温暖、多彩、运动、节奏、奔放、无拘无束的想象带来的新鲜、感官之美、情感的深度和变化。他们可以通过充分汲取他们的种族资源和素材,通过不惧怕真实做到这一点。作家们尤其拥有巨大的机遇贡献他们的力量,通过像他们看到、理解和解读的黑人生活那样去刻画它,以及在深度和高度上以真实的色彩去描绘它。他们可以努力的范围是多么的广阔!从最滑稽的喜剧到浪漫传奇,再到最引人入胜的悲剧。在这个国家没有其他的族群像黑人一样在它的实际的历史和经验中包括了如此广阔和多样的情感内容。唯有黑人艺术家能够给予它最充分的艺术表现。②

这里,约翰逊特别指出在美国非裔艺术家中,美国非裔作家尤其拥有巨大的机遇,通过语言以真实的色彩去刻画黑人生活,给予黑人广阔和多样的、情感充分的艺术表现。约翰逊朝着"有意识的艺术"的方向的最早的努力正是他的通俗歌曲创作。③ 作为词作者,他为"科尔—约翰逊兄弟"三人创作小组(1899—1910)创作了大量的通俗歌曲。1912 年后,他又与哈利·

---

① James Weldon Johnson, "Seventy-One Year Ago Lincoln Freed the Slaves" (1934), James Weldon Johnson, The Selected Writings of James Weldon Johnson: Volume II Social, Political, and Literary Essays, Sondra K. Wilson (ed.). New York and Oxford: Oxford University Press, 1995, p. 135.

② James Weldon Johnson, "Preface" to The Second Book of Negro Spirituals" (1926), James Weldon Johnson, James Rosamond Johnson (eds.), The Books of American Negro Spirituals (Two Books in One). New York: The Viking Press, 1969, pp. 21-22.

③ James Weldon Johnson, Along This Way: The Autobiography of James Weldon Johnson. Boulder: Da Capo Press, 2000, p. 152.

T.伯利、威尔·马里昂·库克和詹姆斯·罗萨蒙德·约翰逊合作创作了许多歌曲。"科尔—约翰逊兄弟"三人创作小组的歌曲带着非常鲜明的目标,即注重借鉴和发扬黑人民间文化,并在此基础上实现和提升黑人音乐的艺术价值。从他们的作品和大众的接受情况来看,这个目标的确实现了。约翰逊的歌词质朴流畅、明快跃动,情感表达干脆利落亦不缺乏变化和灵动,既有独白亦有对话,语义空间十分广阔。他的歌词避免了早期拉格泰姆歌曲中的粗俗和吵闹,提升了拉格泰姆歌曲的语言的艺术性,对美国非裔及其生活经验的表征更加真实,超越了20世纪初黑人歌曲的艺术表现模式。

第三节　约翰逊对美国非裔诗歌语言的创新

约翰逊对美国非裔诗歌语言的创新,是要通过语言这一诗歌的形式因素,革新美国非裔诗歌的精神和力量,促进它朝着普遍的艺术价值方向发展。因此,他的创新在深层次上源于他对诗歌理念的反思,是对美国非裔诗歌的表征内容和范式的创新。约翰逊认为,灵歌等长期以来被严肃艺术忽视的黑人民间艺术构成了一个珍贵的素材宝库,美国非裔诗歌应该从这一宝库中有所借鉴和吸收。他的诗歌作品高度融合了美国非裔的民间文化和艺术,既具有较高的艺术价值又表现了黑人种族的文化特色。约翰逊的诗歌创造性地运用黑人方言,并通过使用内在的象征来表达种族精神。约翰逊在使用黑人方言时非常注重词语之间的细微差别,往往通过精细的词语挑选、为词语设置新的语境或直接赋予词语新的感情色彩等方式,使诗歌中的黑人方言焕发新的"面貌",从而产生新的意义。

约翰逊强调诗人作为种族象征的重要地位——伟大的诗人是一个种族

的思想、审美和精神(在许多情况下)力量的最高体现①。那么,什么样的语言才是诗人美妙且充满力量的里拉②呢? 约翰逊深知语言塑造艺术,更塑造生活的力量。在他的语言哲学里,黑人方言是黑人表达自我、寻求集体认同的一种方式;而标准英语则是黑人参与公众生活、争取话语权和让更广泛的大众认识自己的有效方式。约翰逊认为,理想的美国非裔诗歌的语言应该既保持黑人种族的特色,展现黑人艺术家的文化根基和创造力,又不能像被占主导地位的文化固定了模式的黑人方言那样嘲讽和歪曲黑人及其生活经验。他想要使用的语言形式"不仅是语言外部的突破,例如改变英语的拼写和发音等,而且保持种族的文化特色,表达黑人特有的意象、习语、思想变化、幽默和伤感;又能表达黑人最深刻、最高层次的情感和愿望,以及容纳最广阔的主题和最大范围的表现形式"③。约翰逊倡导美国非裔诗人突破传统和惯例对黑人方言的束缚,更加准确和真实地反映黑人生活的不同阶段和多种样态,表现黑人种族的精神面貌。他主张的不是把美国非裔诗人限于黑人诗歌和种族主题,而是激励他们创作属于美国非裔的美国诗歌,"他们越快能自然地写作美国诗歌越好。不过,我相信黑人诗人能为将来的美国文学做的最丰富的贡献会是把他们的个人艺术才能融入美国文学"④。约翰逊的思考没有为美国非裔诗人指明理想的诗歌语言的具体形态,但他勾勒了它的基本特点和力求实现的效果,在语言意识上对之后的美国非裔诗人产生了影响。约翰逊不仅对理想的美国非裔诗歌的语言做了思考,而

①　James Weldon Johnson, "A Real Poet?" (1922), James Weldon Johnson, The Selected Writings of James Weldon Johnson: Volume I The New York Age Editorials (1914—1923). Sondra K. Wilson (ed.). New York and Oxford: Oxford University Press, 1995, p. 279.

②　里拉(lyre),弹拨型弦乐器,这种七弦竖琴是非洲音乐传统中一种古老和重要的乐器,当今的现代音乐仍继续使用它。在神话传说中,里拉是天堂里的大天使、先知和预言家常常携带在身边的物品。它常常被用作歌曲伴奏,其声音与人的嗓音配合所产生的音乐和谐动听。

③　James Weldon Johnson, "Preface," God's Trombones: Seven Negro Sermons in Verse. New York: The Viking Press, 1927, p. 8.

④　James Weldon Johnson, "Preface," The Book of Negro American Poetry. New York: Harcourt, Brace and Company, 1922, p. xlii.

且在创作实践上对诗歌语言进行创新,这充分体现在他的两部诗集《五十年及其他诗歌》和《上帝的长号》中。

对诗歌语言的创新在一定程度上改变着诗歌的种族含义。约翰逊的诗歌注重汲取黑人民间口述传统,把声音与意义相结合。例如,他在诗歌《啊!默默无闻的黑肤色的诗人》中有对民间黑人牧师布道《去吧,摩西》的描绘,"正当创世时,可曾听过比'去吧,摩西'更高贵的主题/标记它的/小节/它们仿佛雄浑的号声激昂/热血。那些都是人们演唱的音符/奔赴英雄的事业;所有的那些音调/推动创造历史虽然为时尚早"①。约翰逊的《五十年及其他诗歌》和《上帝的长号》两部诗集在诗歌语言方面进行了一定的创新,包含多重象征和丰富的意义。

约翰逊的第一部诗集《五十年及其他诗歌》收入了他早期创作的一些方言诗,其中的大多数诗歌继承了传统的黑人方言的通俗质朴、柔情忧伤、意象丰富和突出黑人民俗的特点,但又通过语言创新克服了黑人方言对黑人刻板化形象的意指。黑人对美食和纯朴生活的喜爱在许多的美国非裔诗歌中都有所表现,我们可以比较一下约翰逊的《五十年及其他诗歌》中的《季节》("The Seasons",1917)和邓巴的《玉米饼热了》("When de Co'n Pone's Hot",1895)在表现相同题材时对语言的不同处理。《玉米饼热了》和《季节》均用黑人方言写成,前者描述的美食是玉米饼,后者描述的是秋季的负鼠肉、夏季的西瓜和春天的甜瓜。《玉米饼热了》把主人公马上就可以吃到妈妈做的热腾腾的玉米饼和培根的兴奋比喻为进入天堂、来到上帝的宝座前的欢快。即将吃到自己喜爱的美食时感到的愉悦可以驱散疲惫、怀疑和悲伤,这是人类生活中多么简单纯朴的快乐啊!这首诗使用的方言历史气息较重,押韵整齐,似乎暂停了大自然的时间流逝来定格生活中点点滴滴的温暖和平凡的乐趣。《季节》则以黑人喜爱的美食"转动"大自然的四季轮

---

① James Weldon Johnson, Fifty Years and Other Poems. Boston: Cornhill Company, 1917, p. 7.

回——秋叶落下，地上打霜，柿子树上的柿子快要成熟了，晚餐时间孩子们聚集在餐桌边享用美味的负鼠肉。冬去春来之后，古老的夏日开始照耀，"我"的念想转向藤蔓上的西瓜。每个人都能有自己偏爱的季节，但春天的甜瓜和秋天的负鼠肉最让人难以取舍。这首诗在节奏和韵律上比《玉米饼热了》更加自由，选用了黑人方言中最常用的措辞，质朴生动地表现了黑人对美食、大自然和生活的热爱。

<table>
<tr><td align="center">**The Seasons**</td><td align="center">**When de Co'n Pone's Hot**</td></tr>
</table>

W'en de wintertime am pas'	When de cabbage pot is steamin'
An' de spring is come at las',	An' de bacon good an' fat,
W'en de good ole summer	When de chittlins is a-sputter'n'
sun begins to shine;	So's to show you whah dey's at;
Oh! My thoughts den tek a turn,	Tek away yo' sody biscuit,
An' my heart begins to yearn	Tek away yo' cake an' pie,
Fo' dat watermelon growin' on	Fu' de glory time is comin',
de vine. ①	An' it's 'proachin' mighty nigh,
	An' you want to jump an' hollah,
	Dough you know you'd bettah not,
	When yo' mammy says de blessin'
	An' de co'n pone's hot. ②

　　美国非裔的民间诗歌有着真诚精练、生动犀利的特点，许多优秀的美国非裔诗人都对它有所借鉴，例如休斯汲取了布鲁斯和劳动号子，布朗汲取了

---

　　①　James Weldon Johnson, Fifty Years and Other Poems. Boston: Cornhill Company, 1917, p. 78.

　　②　Paul Laurence Dunbar, The Life and Works of Paul Laurence Dunbar, Lida K. Wiggins (ed.). Naperville, Ill., Memphis, Tenn., J. L.: Nichols & Company, 1907, p. 171.

黑人民间史诗和民谣[①]等,约翰逊则在他的诗歌创作中融入了美国非裔民间布道的语言和声音特色。1931 年,在 NAACP 为即将退休的约翰逊举办的晚宴上,文学和文化评论家卡尔·凡·多伦称赞约翰逊是"一个炼金术士,把粗糙的金属变成了金子"[②]。《上帝的长号》是约翰逊作为"炼金术士"的最佳体现。[③] 他汲取古时的黑人布道,创造了一部融合语言与声音的美丽且充满力量的歌集。古时的黑人布道常以美丽和雄浑的诗歌形式表达严肃庄重的宗教劝诫,凝缩着美国非裔在美国的早期生活经验和精神感悟。美国非裔用他的非洲音乐多变的节奏形式作为载体,为灵歌增添了一种和声的力量和旋律的优美。[④]

《上帝的长号》包括一首祈祷诗和《审判日》("The Judgment Day")、《创世》("The Creation")等七首诗体布道,均以自由体写成,深刻展现了黑人的精神世界。约翰逊选取黑人民间布道中几个常见的主题,融合圣经语言和民间黑人布道词,表现了美国非裔的语言艺术的两个特色——复调结构和丰富的节奏变化。他保留了古时黑人布道的一些突出特点——"意象、色彩、奔放、洪亮的措辞、切分音节奏和本土的表达"[⑤],通过切分音、诗行排列、破折号等方式表现黑人布道者如长号般广阔多变的音域,表现黑人的丰

---

① James Weldon Johnson, "Preface" to Revised Edition, The Book of Negro American Poetry. New York: Harcourt, Brace & World, Inc. , 1958, p. 6.

② Sondra K. Wilson, "Introduction," James Weldon Johnson, Complete Poems. New York: Hudson, 2000, p. XV.

③ Sondra K. Wilson, "Introduction," James Weldon Johnson, Along This Way: The Autobiography of James Weldon Johnson. Boulder: Da Capo Press, 2000, p. X.

④ James Weldon Johnson, "Preface" to The Second Book of Negro Spirituals" (1926), James Weldon Johnson, James Rosamond Johnson (eds.), The Books of American Negro Spirituals (Two Books in One). New York: The Viking Press, 1969, p. 12.

⑤ James Weldon Johnson, Along This Way: The Autobiography of James Weldon Johnson. Boulder: Da Capo Press, 2000, p. 335.

富多样的情感,并偶尔在布道前加入一段简短的祷告①以营造氛围。美国著名作家海伦·凯勒曾评价约翰逊的诗体布道,"我在《创世》《降临吧,死神》和《耶稣受难》中感受到了诗人——布道者那颗大大的、温暖的心在跳动。流淌在我脸颊上的眼泪比语言更能表达我的感受"②。《上帝的长号》在黑人方言的使用上,选择黑人最常用的惯用语,运用它们的语音特点③,以增强诗歌的节奏层次和语调、韵律的变化。《创世》的灵感来自一位福音布道者的布道,是约翰逊以勾勒"理想的诗歌语言"为目标而做的第一个实验。④ 这首动态的诗歌主要采用标准英语并穿插少量的黑人方言,在几种不同的押韵和节奏形式之间自由切换。诗歌的情感随着韵律和节奏或递进或减弱或戛然而止。以第 4 节为例,它多处使用切分音,韵律和节奏的变化非常丰富。

Then God reached out and took the light in His hands,

And God rolled the light around in His hands

---

① 《上帝的长号》中的诗歌力图最大限度地还原教堂集会时布道的生动情景,包括一些主要的步骤。实际生活中,教堂集会时的布道往往先由一位教友引领一段祈祷,牧师的布道才随后正式开始。在《上帝的长号》中,在七首诗体布道词开始之前有一首篇幅较长的诗体祈祷《主啊,聆听——一个祈祷》,为后面的布道词铺设雄伟宏大的场景、营造严肃庄重的气氛。

② 转引自 Miriam Thaggert, "Tone Pictures: James Weldon Johnson's Experiment in Dialect," Images of Black Modernism: Verbal and Visual Strategies of the Harlem Renaissance. Amherst and Boston: University of Massachusetts Press, 2010, p. 61. Helen Keller to Edna Porter, "Copy made by E. P. for J. W. J. ," Correspondence, JWJ.

③ 约翰逊对美国黑人方言的语音特点的描述是"在美国黑人方言中,一个词的发音取决于前面或后面的发音。有时这种组合允许的连音紧密到对缺乏经验的人来说这个词的发音完全消失了。黑人方言始终在省略所有麻烦的辅音和音。这一消极的努力或许毕竟只是发音器官的懒惰,但产生了一种柔和、平滑的效果,使黑人方言对歌唱者来说再容易不过"(James Weldon Johnson, "Preface," The Book of Negro American Poetry. New York: Harcourt, Brace and Company, 1922, p. xlvi)。

约翰逊在《上帝的长号》中虽只使用了少量的黑人方言惯用语,但他的使用非常细腻,他有意识地避免黑人方言粗糙的方面,侧重运用黑人方言的柔和平滑的效果,发挥它在音效和节奏上的优势。

④ James Weldon Johnson, "Preface," God's Trombones: Seven Negro Sermons in Verse. New York: The Viking Press, 1927, p. 9.

Until He made the sun;

And He set that sun a-blazing in the heavens.

And the light that was left from making the sun God gathered it

up in a shining ball

And flung it against the darkness,

Spangling the night with the moon and stars.

Then down between

The darkness and the light

He hurled the world;

And God said, "That's good!"[①]

韵律和节奏自由丰富的变化赋予诗歌一种运动的形态。在这首诗中，方言的使用增强了这种动态的效果。实际上，《上帝的长号》的其他六首诗使用方言也主要是为体现节奏韵律的层次和表达情感变化服务，如《悔改之罪人》("The Prodigal Son")中使用"ev'ry（every），ev'rywhere（everywhere），o'（of）"增强节奏，《降临吧！死神——一个葬礼布道》("Go Down Death——A Funeral Sermon")使用黑人方言，以双重否定表示单重否定的句法烘托情感。《上帝的长号》用诗行的排列表现节拍，用破折号标记的停顿模仿人的吸气或呼气，"把诗歌中的切分音（指许多的音节聚集或延长）留给读者或听众，这种切分音的重音节部分是通过一个拍子默默断开而形成；这种默默的断开可以用拍手一下来填补"[②]。以《创世》的第6节为例：

Then he stopped and looked and saw

That the earth was hot and barren.

---

① James Weldon Johnson, God's Trombones: Seven Negro Sermons in Verse. New York: The Viking Press, 1927, pp. 17-18, 20.

② James Weldon Johnson, "Preface," God's Trombones: Seven Negro Sermons in Verse. New York: The Viking Press, 1927, p. 11.

So God stepped over to the edge of the world

And he spat out the seven seas——

He batted his eyes, and the lightnings flashed——

He clapped his hands, and the thunders rolled——

And the waters above the earth came down,

The cooling waters came down. ①

　　《创世》这首诗创造性地编排诗行和使用破折号,用破折号标记的停顿表现威严雄浑的气势、叙述节奏的减缓有意为读者留下想象的时间和空间。此外,破折号在其他几首诗中还表示对话对象的转换、时空的转移,可以引起读者的注意和加强排比的对称结构。

　　《上帝的长号》通过新奇的比喻和语言组合为读者的想象力装上了翅膀。《降临吧! 死神》把死神的骏马因辛苦寻找卡罗琳姐妹时流下的汗水比作天空中的彗星。《主啊,聆听——一个祈祷》("Listen, Lord—A Prayer")的祈祷者向上帝做的祈祷运用了奇特的语言组合,他祈祷上帝"用牛膝草里里外外地清洗他,把他挂起来,沥干他的罪恶,把他的耳朵别在智慧柱上,让他的话语捶打真理之锤,击打铁石心肠的罪恶,让他的眼睛对着'永恒'的望远镜,让他看见时间的墙纸,为他的想象力涂上松脂,让他的手臂永远活动,把你的力量的火药装满他的身体,用你的救赎之油为他施涂油礼,让他的舌头燃烧"②。此外,这部诗集时常通过叙述者转换对话对象和变换语气、语调来体现复调结构。"我"常常作为一个见证者和旁观者,悄悄地滑入或滑出圣经故事。例如在《挪亚建方舟》("Noah Built the Ark")这首诗中,第三人称叙述者正在描绘撒旦潜入伊甸园,想要诱惑夏娃偷吃知识树上的果实,

　　① James Weldon Johnson, God's Trombones: Seven Negro Sermons in Verse. New York: The Viking Press, 1927, p. 18.

　　② James Weldon Johnson, God's Trombones: Seven Negro Sermons in Verse. New York: The Viking Press, 1927, p. 14.

在这一危机时刻,诗人突然在诗歌中插入"我"这个旁观者的想象,"我想象到我看见老撒旦现在/悄悄靠近这个女人/我想象撒旦说的第一句话是/夏娃,你真好看/我想象他还给了她一个礼物——/要是在古时候有那样的东西/他送给她一面镜子"①。《让我的人民走》("Let My People Go")如含焰吐火一般表达了诗人对压迫者的愤怒和谴责,诗歌主要围绕上帝与摩西的对话展开,时而插入见证者"我"与法老的子孙的对话。这些诗歌中的多人物、多视角的对话形成复调结构,仿佛和声的交互轮唱,使得诗歌更像是歌剧,充满诗意和戏剧张力。

约翰逊在《五十年及其他诗歌》和《上帝的长号》中的语言实验有一个基本的意图——最大限度地还原民间黑人诗人和布道者的语言实践。他在说明为何不在《上帝的长号》中把黑人方言作为主要语言的原因时,谈到了黑人布道者的语言"杂糅"的特点:

> 古时的黑人布道者虽然确实在他们的日常交流中使用方言,但在布道时跳脱了它的狭窄限制。他们精通希伯来预言者崇高的措辞方式,浸润在詹姆士国王钦定版《圣经》的英语惯用语中,因此当他们布道和对布道润色时会说另一种语言,一种与黑人方言截然不同的语言。这种语言是黑人惯用语和圣经英语的融合;也可能与他们的一些古老的非洲语言中的天然的豪言壮语有些关系。②

约翰逊在诗歌中创造性地改变了作为能指的黑人方言的所指,通过语言表征的转码,力图在诗歌中让原初的黑人方言在词语和词语组合上承载和生产不同的意义,以新的、更丰富的意义替代黑人方言陈腐的和单调的意义。

---

① James Weldon Johnson, God's Trombones: Seven Negro Sermons in Verse. New York: The Viking Press, 1927, p. 32.

② James Weldon Johnson, God's Trombones: Seven Negro Sermons in Verse. New York: The Viking Press, 1927, p. 9.

　　约翰逊为美国非裔现代诗歌做了开拓性的贡献,他对诗歌语言的创新和对美国黑人民间素材的汲取影响了后来的玛格丽特·沃克和20世纪50年代至70年代的许多黑人诗人。[①] 当代黑人文学力图表现负责任的和有效的策略,以重读种族和重新想象阅读主体。[②]约翰逊对美国非裔诗歌语言的创新说明语言的革新能够更新诗歌的创作、拓展诗歌的表征空间,在激发读者的想象和打动他们的灵魂两个方面对美国非裔现代诗歌的发展有着重要的影响,它是美国非裔现代诗歌的基石。斯图亚特·霍尔指出人对意义的固定作用,"意义不在于物体或人或事物本身,也不在于词语本身,而是我们坚定地固定下意义,意义在一段时间之后便变得自然和必然"[③]。作为主体的人在意义的生产和传播中居于首要地位,美国非裔作家需要发挥这种主体性,通过语言的表征活动挑战那些被固定下来却不符合现实语境的意义,打破事物、符号和意义之间的那些陈旧、失衡的固定关系,形成新的意义。

---

　　① C. W. E. Bigsby, The Second Black Renaissance: Essays in Black Literature. Westport: Greenwood Press, 1980, pp. 261-262.

　　② Lesley Larkin, Race and the Literary Encounter: Black Literature from James Weldon Johnson to Percival Everett. Bloomington: Indiana University Press, 2015, p. 4.

　　③ Stuart Hall, "The Work of Representation," Stuart Hall (ed.), Representation: Cultural Representations and Signifying Practices. London, Thousand Oaks and New Delhi: SAGE Publications Ltd, 1997, p. 21.

第六章

语言表征与主体性建构

20世纪初是"新黑人"精神蓬勃发展的时期，美国非裔在社会生活到文学创作中都体现出一种自主的趋势。美国非裔重新认识黑肤色的自我和黑人种族，在各个领域发挥主体性和"创造"精神，积极参与美国的生活和文化。一些"新黑人"的模范有着比较强烈的种族意识和种族自豪感，敢于思考和追求，坚决争取完整的公民权。虽然"新黑人"这个词主要被用来界定在一战后涌现、受过教育、温文尔雅而且富有的中产阶级的美国非裔，但"新黑人"独立、自助和团结的精神影响了整个美国非裔族群。"'新黑人'这个词象征的观点是，大量的原奴隶和他们的后代正在变得自立和为他们的种族自豪，同时也在适应美国中产阶级的标准，迫切要参与美国公民的一切权利。"[①]"新黑人"精神和哈莱姆文艺复兴运动鼓励美国非裔参与社会的种族话语，在文学和艺术中创造基于种族经验的作品，创造性地和富于思想性地表现他的自我和生活，凸显美国非裔的精神与个性。

表征一般包括两个系统——精神的表征系统（对人、事物和事件形成的概念）和语言的表征系统。在美国的占主导地位的文化关于美国非裔的表

---

① August Meier, Negro Thought in America, 1880—1915: Racial Ideologies in the Age of Booker T. Washington and Ann Arbor: University of Michigan Press, 1988, p. 259.

征中,第一个表征系统和第二个表征系统都出现了失衡,生产了一些关于美国非裔和种族关系的消极意义。根据语言人类学家爱德华·萨皮尔和本杰明·L.沃夫的观点,表征系统和意义对作为主体的人具有封锁性,他们常常被封锁进他们的文化观点或观念模式中。[①] 占主导地位的文化生产和固定的关于美国非裔的意义往往在传播中被人们有意识或无意识地内化,把自己封锁在语言意指的观点或观念模式中。语言的表征反过来就是要打破占主导地位的语言表征系统和意义对人的封锁,它批判性地解读占主导地位的语言表征系统和意义,揭示它们的问题,而且通过新的表征与占主导地位的语言表征系统进行协商。语言的表征建构着美国非裔作为言说者和作者的主体性。

第一节　语言与真实

从约翰逊的语言与行动中不难看出,他秉持一种追求真实的精神。他不仅客观公正地思考和解读美国的种族问题和种族关系,而且通过他发表在《纽约世纪报》上的大量的社会评论文和他向 NAACP 提交的工作汇报,有意识地纠正美国的白人报刊关于黑人的错误的和不公正的陈述和评论,力图以客观的立场揭露事实,改变社会公众对黑人的心态和舆论。他的文章批评政府关于黑人是"激进和煽动的暴民"的指责,鞭挞白人媒介在评论司法案件时把黑人作为"原始和野蛮"的丛林生物的贬损,谴责种族主义者为种族优越论做独断的辩护。他甚至常常鼓励读者从报纸上的字里行间了解那些没有印刷在纸上的东西。他总是在语言中了解真实,揭示真实和思

---

① Stuart Hall, "The Work of Representation," Stuart Hall (ed.), Representation: Cultural Representations and Signifying Practices. London, Thousand Oaks and New Delhi: SAGE Publications Ltd, 1997, p. 22.

考真实。"语言是一种建构,有形成真实的能力。"①约翰逊深刻地理解到语言形成真实、反映真实和改变真实的力量,因此把他对语言的思考和运用与真实紧密联系。

　　约翰逊的作品和思想强调真实,强调人对真实的诚实态度。他鼓励美国非裔在面对种族偏见时应该努力保持他精神的健全(spiritual integrity)。他在《一路走来》中写道:"我不会让一个或一百万个或一亿个带偏见的人摧毁我的生活。我不会让偏见或任何伴随着它的侮辱和不公在精神上击倒我。我的内心生活是我的,我要捍卫和维护它的完整,与一切地狱势力抗争。"②约翰逊提出"精神的健全"这一概念是基于他对黑人的主体性的思考和对黑人性的解读。从他的文学创作和社会文化批评来看,他对这一概念的阐释强调两个方面,即精神的完整和独立,以及道德上的诚实。他鼓舞美国非裔不要在精神上"放弃阵地",不要在道德上放弃诚实,即不放弃对真实的诚实态度。语言作为人类表征活动的重要媒介,在表征真实方面发挥着非常重要的作用。

　　美国非裔从语言表征的客体到表征的主体的复位蕴含着他对真实和自由的诉求。种族化的表征符号指称的是虚构或想象的世界,虽然能够被人们理解但与真实关联较少,甚至毫无关联,投射着占主导地位的文化对他者的偏见和焦虑。"语言是一种建构,具有形成真实的能力"③,语言的反表征往往借助语言的这种力量还原真实的世界。"每个人头脑中的'概念的地

---

　　① Lewis R. Gordon, What Fanon Said: A Philosophical Introduction to His Life and Thought. New York: Fordham University Press, 2015, p. 25.

　　② James Weldon Johnson, Negro Americans, What Now? New York: The Viking Press, 1935, p. 103.

　　③ Lewis R. Gordon, What Fanon Said: A Philosophical Introduction to His Life and Thought. New York: Fordham University Press, 2015, p. 25.

图'都是不同的,我们会以完全不同的方式解读或理解世界。"①固定一个符号和一个概念之间的关系的规则是表征的"密码",这些"密码"是社会惯例的结果,规定人们阅读和解读人和事物的方式②,它们作为表征的范式约束着作为主体的人的表征自由。语言的反表征是在解构占主导地位的语言表征系统的"密码"的基础上超越它,获得更大的表征自由,主动参与意义的生产和交流,并且为人们提供更多的阅读方式。

第二节　语言:存在的动态标记

人类的处境并非纯粹生存的问题。美国非裔既以个体的名义生存与存在,也以族群的名义生存与存在。语言是美国非裔参与意义生产的重要媒介。他通过语言对社会现实和自己的生活经验做客观的表征和主观的阐释,以语言标记自己的存在。语言是美国非裔的存在的动态标记,它标记美国非裔的生活经验和思想情感,标记他对自己的存在处境的理解和对存在意义的追寻,只要他仍在思考自己的存在处境,语言的标记活动就是一个无限的过程。

费迪南德·D.索绪尔和米歇尔·福柯在讨论语言表征和话语表征时没有聚焦作为主体的人,但恰恰是作为主体的人在语言和话语的表征活动中扮演着非常重要的角色,人作为表征的主体发挥的作用不可被忽略。美国非裔通过文学、艺术等方式的语言表征可以帮助他在美国公众中间形成一些共同的"概念地图",这对唤醒和改变公众的意识,促进人们客观地看待

---

① Stuart Hall, "Introduction," Stuart Hall (ed.), Representation: Cultural Representations and Signifying Practices. London, Thousand Oaks and New Delhi: SAGE Publications Ltd, 1997, p. 18.

② Stuart Hall, "The Work of Representation," Stuart Hall (ed.), Representation: Cultural Representations and Signifying Practices. London, Thousand Oaks and New Delhi: SAGE Publications Ltd, 1997, pp. 28-29.

种族现实有着重要意义。语言的反表征是与占主导地位的语言表征系统的积极对话。

　　符号承载意义,作为言说者的美国非裔既播撒符号也超越符号。在跨种族的言语交流中,美国非裔是言说者之一,他的"言语"是白人听众或读者不能充分甚至不能准确解读的符号,这些符号产生的意义往往处于滑动中,滑离言说者进入到不确定或伪装的领域。言说是美国非裔在与他人、与世界的关系中"出席"的形式之一,他总是让他的语言像美国黑人音乐那样"自然生长"①(jes'grew)。美国非裔的语言聚集了词语、声音、节奏和身体语言等表征符号,但往往发散出许多超越符号所指的意义。

　　"表征较少作为一个单向的传播,更像是对话的模式。它是对话性的,维持这种'对话'的是共享的文化密码的在场,它不能保证意义会永远保持稳定——尽管想要固定意义是权力介入话语的原因"②。也就是说,表征活动生产和交流意义的过程是一种对话,体现"言说—理解"的双向互动关系。然而,种族化的表征系统在生产和交流意义时,往往忽视或拒绝与其他意义的"协商",它以支配者的身份进入社会文化话语体系并占据优势地位。促进主体之间的有效交流是表征最原初和最基本的目标。作为言说者的美国非裔如果想要摆脱美国社会的种族化的表征的束缚,需要超越符号本身,超越种族化的表征的"密码"。

　　在美国非裔的发展历程中,他在读写方面的学习和运用曾受到阻碍和限制,美国南方在奴隶制时期禁止黑人奴隶学习读写,而种族隔离时期的一些法律限制黑人接受教育和学习读写等基本技能。因此,就像黑人民间布

---

　　① 约翰逊用"自然生长"一词来描述拉格泰姆、布鲁斯等黑人音乐的自然发生现象,黑人音乐取得的一些效果,尤其是对听众的反应和回应的驱动,往往并不是刻意为之,而是自然而然地产生的。"自然生长"在肯定美国非裔的艺术天赋和才能的同时,强调自由是艺术创作的生命。

　　② Stuart Hall, "The Work of Representation," Stuart Hall (ed.), Representation: Cultural Representations and Signifying Practices. London, Thousand Oaks and New Delhi: SAGE Publications Ltd, 1997, p. 10.

道者一样,美国非裔的语言表达是先从聆听和口头言语开始的。"最早的布道者一定是通过在奴隶可以参加的白人教堂里聆听《圣经》的诵读或布道,实实在在地牢记了《圣经》的许多内容。他们是第一批学习阅读的奴隶,他们的阅读仅限于《圣经》,特别是《旧约》中更加戏剧化的段落。"①然而,黑人民间布道者没有止步于通过重复这些段落阐释《圣经》文本,而是通过他们的艺术创造把它们作为原点,生发出更多贴近黑人生活经验和表达特色的布道词。聆听和言说的一个共同要素是声音,声音在美国非裔的言说中能够描绘图画并产生独特的意义,例如黑人民间布道者的嗓音便是"一种美妙的乐器,可以让他从深沉忧郁的低语变调到毁灭性的雷鸣"②。约翰逊曾在堪萨斯城的黑人教堂里听到过这种嗓音,当时令他印象深刻的那位布道者:

> 在讲坛上走来走去,简直就像跳着某种富有节奏的舞蹈,他把他的美妙的声音发挥得淋漓尽致,一副嗓音——我该说什么?——不是一种风琴或小号的声音,而是一种长号,这种乐器拥有其他所有乐器的表达宽广和多样的人类嗓音的情感的力量——而且更加广阔。他吟诵、抱怨和恳求,——他吼叫、怒喝和轰隆。我坐在那儿入了迷;而且我不由自主地被深深打动;这在我身上产生了情感作用,让我无法抗拒。③

布道者在声音中言说,他的言语超越了他的身体符号。有声的言语在美国非裔的生活和艺术中扮演着重要的角色,甚至连他对星辰的感知也是有声的和动态的,"我听见星辰仍在歌唱/唱给美丽寂静的夜晚/当它们悄无

---

① James Weldon Johnson, "Preface," God's Trombones: Seven Negro Sermons in Verse. New York: The Viking Press, 1927, p. 4.

② James Weldon Johnson, "Preface," God's Trombones: Seven Negro Sermons in Verse. New York: The Viking Press, 1927, p. 5.

③ James Weldon Johnson, "Preface," God's Trombones: Seven Negro Sermons in Verse. New York: The Viking Press, 1927, p. 6-7.

声息地疾速飞过/继续他们往西的飞行"①。正是因为声音是美国非裔言语的关键元素，因此约翰逊把他的诗集命名为《上帝的长号》。长号"这种乐器及这个词的音调和音质正好可以表现古时黑人布道者的嗓音。而且，它们还有传统的爵士乐含义"②。约翰逊以长号这种唯一具有完整的半音阶和充满力量的铜管乐器来"模拟"黑人布道者的嗓音。作为言说者的美国非裔注重用声音表现和带动情感变化，进而生产或者丰富意义。黑人民间吟游诗人和布道者就像天堂里吹响银色长号的天使加布里埃尔，他们吹响的号角既是对灵魂的召唤也是正义审判的警示。根据索绪尔的观点，在语言表征中能指之间的差异在意指③，因此可以说表征是一种基于差异的意义生产。然而，在作为言说者的美国非裔这里，语言的表征不仅基于差异，也基于共性生产意义，美国非裔常常用相似的能指意指相似的意义，强调人类的共性。由约翰逊（作词）与詹姆斯·罗萨蒙德·约翰逊和鲍勃·科尔共同创作的拉格泰姆歌曲《竹树下》（"Under the Bamboo Tree"，1902）以黑人自然天真的爱情观对比西方工业社会"实用"的爱情观，以美妙动人的爱情情景意指浪漫是人类爱情的共性。《竹树下》描写一位祖鲁和非洲公主之间单纯挚热的"丛林爱情"，歌词在朗朗上口的节奏中勾勒出灵动的画面：

> 丛林里住着一位少女
>
> 黑色的皮肤但有皇家血统
>
> 有一次留下深刻印象
>
> 给一个玛塔博洛的祖鲁

① James Weldon Johnson, Fifty Years and Other Poems. Boston: Cornhill Company, 1917, p. 27.

② James Weldon Johnson, Along This Way: The Autobiography of James Weldon Johnson. Boulder: Da Capo Press, 2000, p. 378.

③ Stuart Hall, "The Work of Representation," Stuart Hall (ed.), Representation: Cultural Representations and Signifying Practices. London, Thousand Oaks and New Delhi: SAGE Publications Ltd, 1997, p. 32.

每天早晨他都会

在竹树下

等待见到他的爱人

然后他会对她唱

如果你爱我,就像我爱你

我们同样爱彼此

我想说,就在今天

我要为你改姓氏

因为我爱你,真诚地爱你

如果你也爱我

一人像俩人生活,俩人像一人生活

在竹树下

以这样单纯的丛林方式

他每天像少女表达心意

唱出他想说的话

一天他捉住她,温柔地拥抱她

在翠绿的竹树下

他请求她成为他的女王

黑肤色的少女从未像现在羞怯

跟他一起歌唱

这个小故事奇异但真实

玛塔博洛常常讲述

这个祖鲁如何追求

他的丛林妻子,在热带的树荫

> 虽然场景距离数英里
>
> 此刻就在家中我敢说
>
> 你会每天听到某个祖鲁
>
> 滔滔不绝地唱着这些温柔的歌词①

　　歌唱是黑人种族偏爱的一种言说形式，纵然身处险境他们也从未放弃过言说——"如果道路越来越黑暗/悲伤阴暗的翅膀将它遮挡/喉咙里充满昂扬的蔑视/我用音符刺破黑暗/歌唱，歌唱"②。《竹树下》同样借歌唱来言说，把爱情仪式化，突出追求美好的爱情是人类共同的愿望。著名作家T. S. 艾略特曾在他的作品《斯威尼·安格尼斯特》（"Sweeney Agonistes"，1932）中借鉴这首作品来创作"冲突的碎片"部分，由此展开对东西方文明的反思。艾略特的歌曲故意对《竹树下》里描绘的爱情进行戏仿，反讽西方人的一种较为世俗和轻佻的谈情说爱的场面："在竹了下/竹了 竹子/在竹树下/俩人像一人生活/一人像俩人生活/俩人像三人生活/……告诉我在哪一片树林/你想与我调情/在木菠萝、榕树还是棕榈叶下/或者竹树下/哪一棵古树我都可以/哪一片树林都一样好"③。这些歌词颠覆西方文化中的"白人性"和"文明"的神话，揭示野蛮和文明并非绝对范畴。艾略特对《竹树下》的借鉴似乎更清晰地揭示了这首歌曲一方面通过运用丛林、少女、祖鲁、歌唱、等待等能指意指人类对美好爱情的共同追求，另一方面又表征了黑人对爱情的理解和追求不同于西方文明。约翰逊在这首歌中表现出黑人的浪漫情调和他们对心灵契合的爱情的追求，是对黑人刻板化形象对黑人的性能力和性欲望的夸大和渲染的修正；而艾略特以"调情"这一强烈

---

① Don Cusic, James Weldon Johnson: Songwriter. Nashville: Brackish Publishing, 2013, p. 173-174.

② James Weldon Johnson, Fifty Years and Other Poems. Boston: Cornhill Company, 1917, p. 52.

③ David E. Chinitz, T. S. Eliot and the Cultural Divide. Chicago and London: The University of Chicago Press, 2003, pp. 114-116.

的性象征戏仿西方文明对黑人种族的想象。

后来成为黑人领袖和作家的约翰逊从恐惧公开发言到在主日学校的演讲中表现笨拙，再到成为雄辩的演说家，他经历的这些转变受到一种表达自我和理解世界的强烈愿望的驱动。在写给杜波依斯的一篇备忘录中，他引用耶和华训诫以赛亚的典故，鼓励美国非裔发声，"就像耶和华对以赛亚说的话那样，'大声疾呼，不遗余力，像一个喇叭那样提高嗓子，向我的人民显示他们的罪过'"①，美国非裔应该把未加修饰的、真实的事实向人们言说，让更多的人摆脱冷漠的态度，积极参与两个种族之间的对话。他的言语要"像美妙宛转的和弦／或者像黑暗里燃烧的烽火／或者如飞箭般疾飞"②。作为言说者的美国非裔往往通过声音和节奏在听众中间形成一种响应，把言说的内容和精神传递给人们，这种言说超越了言语符号本身。

美国社会的种族化的表征系统通常把美国非裔与奴隶制、殖民主义和帝国主义的历史和现实关联，给他"装上"被奴役和被支配的卑微的"面孔"，固定他的"不成熟和欠文明"的人类形象。种族化的表征系统总是"选择性"地表现美国非裔生活和文化的某些时期和某些方面，而作为作者的美国非裔一直在做的是表征美国非裔生活和文化的更多的和更丰富的方面。种族化的表征系统所编写的关于美国非裔的文本对"种族"的意义产生了影响。它把"种族差异"表征为"他者的差异"，通过表征差异强调优越性，简化和本质化这些差异，通过刻板化形象来固定这些差异，划分和固定着这些差异的主体的"他者"地位。

作为作者的美国非裔创作关于美国非裔个体和族群的文本，他们的"诗

---

① James Weldon Johnson, "Memorandum from Mr. Johnson to Dr. Di Bois: Re: Crisis Editorial" (1922), J James Weldon Johnson, The Selected Writings of James Weldon Johnson: Volume II Social, Political, and Literary Essays, Sondra K. Wilson (ed.). New York and Oxford: Oxford University Press, 1995, p. 45.

② James Weldon Johnson, Complete Poems. New York: Penguin Books, 2000, p. 111.

学介入"有着重要的政治和文化意义。文本可以被作为述行的主体来阅读①,文本创作是诗意的行动。当作者完成一个文本时,他不仅创作了一个物质形态的文本,而且在这个文本空间开启了一个"意指"的游戏。美国非裔作者如果要赋予文本黑人种族独特的音调和色彩,他们需要超越文本本身。

写作是一种意指的行为,它主动与占主导地位的文化的表征机制竞争和协商,翻转旧意义和生产新意义。通过文学打破美国非裔的刻板形象,这是以新的表征抗议和挑战占主导地位的文化对美国非裔的表征,甚至替代旧的表征、生产新的意义。在人类形成知识的过程中,人类总是在"非此即彼"的正反面关系中认识人、事物和事件。这种认知模式以"区分"为思想内核,在为人们理解人和事物提供诸多便利的同时,过度简化了人与人之间、人与事物之间的关系形式,排除了许多其他的可能性。作为作者的美国非裔需要超越以"区分"为思想内核、"简化"现实的语言文本,提供包括更多的和更真实的关系形式的语言文本。

文本是由写作固定的话语,有揭示世界的力量。②作为作者的美国非裔通过书面的文本表现现实和阐释现象,建构一个个意义场。美国非裔创造文本的意义在于邀请读者在文本中理解自己和他人在世界上存在的轮廓和方式。写作和言说都是有意义的行动,文本和言语向读者和听众发出对话的"邀请",它们指涉与对话的参与者相关联的共同情境,邀请他们一同思考文本和言语涉及的现象或问题,思考人类行动(human action)的意义。

约翰逊关注语言是美国非裔的社会、文化和艺术存在的动态标记,强调语言与真实之间的联系,通过文学揭示种族化的表征系统对美国非裔的形象的虚构。约翰逊反对种族化的表征对真实"不诚实"的立场,因为这种"不

① Lesley Larkin, Race and the Literary Encounter: Black Literature from James Weldon Johnson to Percival Everett. Bloomington: Indiana University Press, 2015, p. 4.

② Paul Ricur, From Text to Action: Essays in Hermeneutics, II, Kathleen Blamey, John B. Thompson (trans.). Evanston: Northwestern University Press, 1991, pp. 106, 167.

诚实"的立场是对真实的逃避和否定,是一种拒绝选择的选择。他认为语言形成和改变真实的力量不该被忽略,主张美国非裔主动运用语言表征黑人的真实,建构他们作为言说者和作者的主体性以及美国非裔文学的主体性。

第三部分

约翰逊的作品在文化维度上的表征策略与文学书写

　　语言和文化生产和建构意义,文化依赖于它的参与者有意义地解读他们周围发生的事情,它既关于概念和思想,也关于感受、情感、归属和身份。①文化表征形成文化话语②,而文化话语建构人们看待文化事物和实践文化活动的范式,例如合适或不合适、属于或不属于、"我们"或"他们"等。约翰逊通过他的艺术创作与批评进行文化表征和反表征,表现美国非裔的文化生活、文化心理以及他对美国文化的贡献,反映美国非裔的思想和精神。

　　种族化的文化表征系统生产了一些关于美国非裔及其文化的不真实的和消极的意义,例如黑人"不美""欠文明""无传统"和"在思想和创造力上低劣",黑人文化"原始""落后"和"情感过度"。这些意义影响着人们的生活经验,特别是他们对自我身份和他人身份的定义。约翰逊在他的艺术创作和批评中解读种族化的文化表征和它生产的关于美国非裔的意义,而且通过表征和反表征表现美国非裔的文化生活和文化贡献。约翰逊的文化反表征往往讲述不同的故事,塑造不同的形象,表征不同的概念,是对种族化的文化表征系统的修正和补充。他在作品中书写美国非裔知识阶层的文化心理,解读他们的"双重意识"、他们经历的心理冲突和精神危机,以及他们与底层黑人的认同缺失。美国非裔知识阶层对历史与现实、城市与乡村的理

---

　　①　Stuart Hall, "Introduction," Stuart Hall (ed.), Representation: Cultural Representations and Signifying Practices. London, Thousand Oaks and New Delhi: SAGE Publications Ltd, 1997, pp. 2, 5.

　　②　在斯图亚特看来,米歇尔·福柯对"话语"的界定——"话语是一组陈述,为讨论提供一种语言——一个表征某个历史时刻的某个具体话题的知识的方式……话语与以语言为媒介的知识生产相关。但由于所有的社会活动都涉及意义,意义塑造和影响我们做的事情——我们的行为——一切活动都有话语的方面",指出了话语在我们日常的社会文化生活中的"普遍性",我们的社会文化活动在一定程度上都具有话语的方面,话语有语言的和行为的双重方面[Stuart Hall, "The West and the Rest," Formations of Modernity, Stuart Hall, Bram Gieben (eds), Oxford: Polity in association with Open University, 1992, p. 291. ; Stuart Hall, "The Work of Representation," Stuart Hall (ed.). Representation: Cultural Representations and Signifying Practices. London, Thousand Oaks and New Delhi: SAGE Publications Ltd, 1997, p. 44.]。

解折射出他们强烈的种族意识和对种族问题的思考,也反映出他们在重构
文化身份中的挣扎。

　　作为文化考古学家的约翰逊严肃地考察种族与人性,他对黑肤色之美
和黑人文化之美的阐释,为 20 世纪 60 年代的黑人艺术运动奠定了思想基
础和理论铺垫。他呼吁黑人同胞超越美国社会的种族话语的禁锢,重新认
识黑肤色的自我,为自己的种族和种族文化感到自豪。实际上,美国非裔始
终参与着美国文化的发展,布鲁斯音乐、爵士乐、黑人灵歌等非裔文化形式
早已是闻名世界的美国文化的一部分。美国非裔在展现他的文化个性和与
美国文化融合的过程中重构着他的种族身份。

第七章

约翰逊对美国非裔知识阶层的文化心理的书写

　　种族化的文化表征系统对美国非裔的表征是选择性的,它选择表征他的外形特征,却忽略表征他的思想和创造力;它选择表征他的"冲动的、暴力的"行为,却忽略表征他的内心生活;它选择表征他的"懒惰和无知",却忽略表征他的真诚与坚韧;它选择表征他的文化的"原始和粗俗",却忽略表征他的文化的"价值和魅力。"这些"选择"和"忽略"在表征活动中发挥作用,影响着文化话语的形成。种族化的文化表征的狭隘的"选择"阻碍了跨种族的文化交流。托尼·莫里森曾用一个鱼缸精妙地比喻了崇尚"白人性"的社会文化语境所形成的表征非裔的秩序:

　　　　我像是一直在端详一个鱼缸——看见金色的鱼鳞静悄悄地滑动和拂过,看到绿色的鱼尾、鱼鳃倾斜时产生的白色;看到缸底由卵石和细小的错综缠绕的绿色蕨类植物围成的城堡;看到几乎纹丝不动的水、鱼的排泄物和食物残渣的斑点碎屑以及正游向水面的安静的水泡——突然我看到了鱼缸本身,那个透明的(和无形的)的构造,正是鱼缸的存在使它里面的那种有序的生活得以在比它更大的世界里存在。①

---

　　① Toni Morrison, Playing in the Dark: Whiteness and the Literary Imagination. Cambridge and Mass. : Harvard University Press, 1992, p. 17.

　　莫里森批评的是美国人表达自我和表征非裔的范式，她在提出鱼缸的比喻之后进一步指出，"变得显而易见的是那些不言而喻的方式，美国人选择它们来通过一个有时寓言的，有时隐喻的，但总是令人窒息的，对非裔及其语言文化的出席的表征中来谈论他们自己"①。白人性对美国人的表达和表征活动的"规约"已经被自然化和常态化。在美国的社会文化生活中，人们进行表征和表达的范式以白人性为语境，并受到这个语境的规约和调控。白人性对人们的表达和表征范式的规约影响着人们对美国非裔的认识和想象。

　　在美国的社会文化生活中，白人性是意义的语境，提供了衡量每一个群体的规范和范畴，但是它的约束作用往往被我们忽视，因为我们主要关注"鱼缸"里面的东西——水和鱼，而忽略了"鱼缸"这个透明的物体统摄着的空间、运动和秩序。在约翰逊之前的一些美国非裔作家为打破这种固定的秩序做出了努力，从不同方面反映黑人大众的内心生活，具有重要的社会文化价值。但是，约翰逊的《原有色人》是"美国文学中对美国非裔做过最复杂的人物心理刻画的作品之一"②，它对美国非裔知识阶层的心理书写凸显出一种更加强烈的打破沉默、自我表征的意图和力量。"从最早的逃奴自传到杜波伊斯、切斯纳特的最优秀的小说，都被'证明黑人完整的人性的愿望'激励着"③，《原有色人》对美国非裔知识阶层的心理书写，是对"黑人没有思想或黑人不会思考"这一种族偏见观念的一个有力驳斥。原有色人对自己和黑人种族的存在处境，对美国的种族问题的思考深刻且带有强烈的自我意识。《原有色人》对美国非裔知识阶层的心理冲突和文化观的书写生动地表

　　① Toni Morrison, Playing in the Dark：Whiteness and the Literary Imagination. Cambridge and Mass.：Harvard University Press，1992，p. 17.

　　② Daniel S. Burt ed.，The Chronology of American Literature，America's Literary Achievements From the Colonial Era to Modern Times. Boston and New York：Houghton Mifflin Company，2004，p. 326.

　　③ William L. Andrews，"Introduction," James Weldon Johnson，The Autobiography of an Ex-Colored Man. New York：Penguin，1990，pp. xviii-xix，xxv.

现了他们的思想世界。

　　责任像个幽灵，总是潜随着约翰逊。从他在大学期间创作的诗歌看来，约翰逊在青年时期也像许多黑人一样，经历过情感与理性的挣扎，也曾孤独、疲惫、焦虑和悲伤，他努力地辨清自己的责任是什么，苦心地探索着未来的道路该怎么走。他与原有色人的不同在于，他不仅没有失去行动力，而且通过语言和行动履行自己的责任。这种行动力让他感到自由——履行责任"不是件令人厌烦的工作/我必须没有回报地履行/因为我的回报在行动中/在我做我想做的事情的过程中"①。

　　正如约翰逊在《原有色人》的那篇以出版商署名的自序（1912）中所做的"承诺"——"在这本书中，一道帷幕仿佛被拉开：读者可以看见美国黑人的内心生活"②，在黑人和白人两个种族之间的那道厚墙背后的，是一颗始终背着重负和在心理矛盾中挣扎的黑肤色灵魂。原有色人局内人和局外人的双重身份让他得以冷静客观地观察美国种族关系的现实。他细心地描绘了他自己的以及他观察到的其他美国非裔知识阶层的文化心理，尤其是他们的"双重意识"、他们在个人成功和族群责任之间的挣扎。

　　原有色人的身上有着白人和黑人两个种族的血统，面对着"应该归属于哪一个种族"的身份危机，痛苦地挣扎在美国人、非裔和白人的三重意识之间。他在十岁时经历了种族意识的觉醒，年幼的他被"白人种族比黑人种族优越、黑人与白人之间界线分明"的种族"知识"击得粉碎。尽管当时的原有色人还不能完全理解这些"知识"，却被迫开始思考"我是谁"和"我应该以什么身份在世界上存在"的问题，而他的母亲对前一个问题的回答，"你既不是'黑鬼'也不是白人"③早已揭示他的跨种族身份，他在成年后的有意识的种

----

①　James Weldon Johnson. Complete Poems. New York: Penguin Books, 2000, p. 191.

②　James Weldon Johnson, "Preface," James Weldon Johnson, The Autobiography of an Ex-Colored Man. Boston: Sherman, French & Company, 1912.

③　James Weldon Johnson, The Autobiography of an Ex-Colored Man. Boston: Sherman, French & Company, 1912, p. 16.

族冒充实际上并非"冒充"。因为跨种族的身份,原有色人对美国非裔知识阶层的"双重意识"的感受和观察更加深刻。约翰逊认为"白肤色的黑人冒充白人是'种族戏剧',它揭示这一'戏剧'的背后正在上演的矛盾和冲突"①,这些矛盾和冲突在美国非裔知识阶层的"双重意识"中表现得尤为突出。

约翰逊认为,双重意识迫使美国非裔在他与美国的关系上"不仅担负着普通人必须担负的职责,还有美国的每一个黑人不得不承担的那些特殊的责任和重负"②。原有色人受同学"闪亮"的毕业演讲激发,很早就萌生了为黑人种族奉献的理想。像原有色人一样,许多美国非裔知识分子总是有意识地思考他们自身的存在处境和他们与世界的关系。他们总是比普通的黑人民众更加强烈地意识到自己肩负的种族责任,因此在精神上常常感到焦虑和孤独。那种孤立无援的感受就像"闪亮"在毕业典礼上独自面对台下的白人观众演讲时的心情。原有色人常常有一种深深的被迫感和孤独感。虽然有书籍和音乐长期做伴,但是童年时期的他已经开始在人际交往中感到局促。因为孤独和情感的压抑,他甚至有些过度感伤和敏感,"有时在弹奏钢琴时会在结尾或中间从座位上跳起,抽泣着扑到母亲的怀抱里。她的爱抚和眼泪只会鼓励这些感伤的歇斯底里的发作"③。当在剧院偶然遇见自己的白人父亲和同父异母的妹妹时,他清晰地感到他的处境的荒凉和孤独,感到窒息。④因为不愿受到外界的偏见伤害,他只好进行一种自我隔离,蜷缩在自己的小世界里,但是由于缺乏与他人的交流,他不但感到绝望的孤

---

① James Weldon Johnson, "Preface," James Weldon Johnson, The Autobiography of an Ex-Colored Man. Boston: Sherman, French & Company, 1912.

② James Weldon Johnson, Along This Way: The Autobiography of James Weldon Johnson. Boulder: Da Capo Press, 2000, p. 78.

③ James Weldon Johnson, The Autobiography of an Ex-Colored Man. Boston: Sherman, French & Company, 1912, p. 25.

④ James Weldon Johnson, The Autobiography of an Ex-Colored Man. Boston: Sherman, French & Company, 1912, p. 132.

独,而且变得敏感。这又一次说明布克·T.华盛顿提出的"手和手指"①的跨种族交往方式过于理想主义,它低估了作为主体的人与他人之间的相互联系。这种孤独感同样表现在原有色人的黑人医生朋友等美国非裔知识分子的身上。美国非裔知识阶层的黑人意识使他们的种族使命感更加强烈,促使他们对种族问题保持着敏锐的观察,但同时也增加了他们的精神重负,影响着他们对自我和世界的理解。正如约翰逊的洞见,美国非裔知识阶层对种族问题的过度热心有时会阻碍他们进步和平衡地看待事物。②

在某种程度上,美国非裔在双重意识之间的挣扎是在抗衡种族偏见对他的潜意识和自我意识的影响。原有色人甚至用恶作剧来缓和双重意识带来的精神危机。早在故事开篇,他就直言不讳地袒露自己"想要对社会施行一个恶作剧"的叙事动机。当他顺利"冒充"白人取得经济上的成功并进入上流文化圈后,他常常从"恶作剧"中得到一种"愉悦"——"我的社会地位的反常总是强烈地引起我的幽默感。我经常在内心嘲笑一些对黑人不太赞美的话;而且不止一次,我想大声抗议,'我是个黑人,我不赞成一滴黑人血液便表示一个人不合适'。许多夜晚,当我在度过一个愉快的夜晚之后回到自己的房间,我都会开怀大笑,我在开一个绝妙的玩笑"③。他在"恶作剧"的

---

① 1895年9月18日,布克·T.华盛顿在亚特兰大棉花博览会上演讲,他提到,黑人有必要宣告,"在一切社交的事物中,我们是分开的五个手指,在所有对物质文明必不可少的事物中,我们是一只手"。约翰逊认为"这个比喻经不住逻辑分析,除了说分开的手指(尽管只是在社交上)能够构成一只敏捷的手,含意是不适当的之外,它还提出了一个无限的问题:'一切对物质文明必不可少的东西'包括什么? 除去华盛顿博士的白人听众们认为'纯社交'的东西,剩下的便没有多少余地了,或许只是事物的底基面了,人们在上面像手一样协作"(James Weldon Johnson, Along This Way: The Autobiography of James Weldon Johnson. Boulder: Da Capo Press, 2000, p. 311-312.)。这里,约翰逊暗示,同样生活在美国的社会中,黑人和白人在社交的事物中绝对的"隔离"是脱离实际的和不可能实现的。而且,禁止正常的社交会对人们的自尊造成损害。他的观点一方面肯定了作为主体的人与他人之间是相互关联的,另一方面强调人在社会生活中享有的自由应该得到尊重,人与人之间交往的愿望和自由不该被压抑和限制。

② James Weldon Johnson, The Autobiography of an Ex-Colored Man. Boston: Sherman, French & Company, 1912, p. 180.

③ James Weldon Johnson, The Autobiography of an Ex-Colored Man. Boston: Sherman, French & Company, 1912, p. 193.

心理和行为中暂时逃离双重意识的撕扯,这是他对肤色界限的象征性的反抗,让自己在双重意识的压抑下找回一点作为人的自由和主体性。

原有色人虽然在他的恶作剧——跨越肤色界限和以主体身份叙事的行动中取得成功,却又"模模糊糊地感到不满足和后悔,甚至悔恨,为此一直都在寻求慰藉"①。在原有色人的种族意识觉醒之前,他对黑色有一种自然的喜爱。当他站在母亲身边,一边看着她弹奏一边自己乱按琴键时,他特别喜欢黑色的琴键,母亲弹唱古老的南方歌曲(很可能是黑人灵歌)的那些夜晚是他童年最快乐的时光。在学钢琴时,他不喜欢受缚于音符,而是喜欢凭记忆弹奏和即兴发挥(黑人音乐的特点)。原有色人的种族意识在他者对他的凝视中觉醒,当时还是孩子的他茫然失措地认识到自己的黑人血统和身份。尽管他的母亲千方百计地想保护他,不想让他过早地知道种族的现实和黑人的处境,但他到底还是"过早"地接触到了种族"知识",他为此产生的心理创伤在多年之后才得以愈合。

此后,他在"寻找自我和失去自我"的迷宫里行走,"通过他人的眼睛看世界,思想被左右,语言被规定,行动被一个起支配作用的、四处渗透的观点限制,这个观点的力量和重量越来越大,直到他最终意识到它包含的巨大和实实在在的事实"②。这里的观点指种族偏见,原有色人对它的了解从模糊到清晰,再到深刻。原有色人的母亲和原有色人都对他们的孩子刻意规避"种族"现实,这一现象在美国非裔的现实生活中比较常见。美国非裔知识阶层的很多人总是尽可能地让自己的孩子晚一些知道"种族"和黑人的现实。

孩子的未来问题对于黑人父母来说是个大难题。除了一般青年人

---

① James Weldon Johnson, "Preface," The Autobiography of an Ex-Colored Man. Boston: Sherman, French & Company, 1912.

② James Weldon Johnson, The Autobiography of an Ex-Colored Man. Boston: Sherman, French & Company, 1912, p. 19.

要面对的那些东西以外,等着每个有色人孩子的是重重的限制和铜墙铁壁般的阻碍;鉴于父母对那些情况很清楚而孩子却一无所知,这个难题近乎痛苦。有些父母甚至直到最后一刻还在避免让孩子知道那些苦涩的现实;不那么敏感的父母的孩子很可能自幼就不得不领悟到这些情况。没有黑人父母可以肯定地说哪一种方式更明智,因为哪一种都可能给孩子带来精神灾难。[①]

如果让孩子知道他身上的黑人血统和他即将面对的生活和命运,可能会给孩子带来精神灾难,而这种精神灾难尽管终究会得到一定程度的克服,但它象征着在世世代代的有黑人血统的人们中间"传递"的一种精神阵痛,它包含的"人—黑人"的二元对立所带来的创伤往往难以弥合。

原有色人在双重意识的挣扎中总是对他的黑人性抱有一种"弥补"的心态。为了生存的便利,一方面原有色人有意或无意地隐藏自己的黑人性,另一方面他的黑人性却在慢慢地显现。这首先表现在他对音乐的把握上,他"能用钢琴的脚踏板使钢琴成为和谐的、歌唱的乐器,是因为他总是以悲伤的突转和抑扬顿挫的节奏重现母亲常常唱的那些古香古色的歌曲"[②]。事实上,他一刻也没有忘记过自己的黑人身份,在向他心爱的白人女音乐家坦露他的身份秘密之后,对方惊诧的表情让他万分难受,"她以一种粗野的和死死盯着的眼神凝视我,仿佛我是她从未见过的某样东西。在她奇异的眼光里我感到自己在变黑,变得魁梧,头发也开始卷曲"[③]。在感到自己的"表演"仅仅取得了外在效果时,他开始怀疑他扮演白人男人这个角色的能力,"'停止认为'做一个白人是一种恶作剧……我看着她,看她是不是在仔细检

---

① James Weldon Johnson, Along This Way: The Autobiography of James Weldon Johnson. Boulder: Da Capo Press, 2000, p. 56.

② James Weldon Johnson, The Autobiography of an Ex-Colored Man. Boston: Sherman, French & Company, 1912, pp. 24-25.

③ ames Weldon Johnson, The Autobiography of an Ex-Colored Man. Boston: Sherman, French & Company, 1912, p. 200.

查我,看她是否在我身上找出让我不同于她认识的其他男人的方面"①。原有色人在社会生活中越是被迫地隐藏他的黑人性,他想要"弥补"他的黑人性的渴望就越强烈。他越是隐藏自己身上的黑人痕迹,就越想接近黑人的文化,越想与黑人同胞寻求认同。他选择以白人身份在社会中生存,在精神上却向往黑人性,这种矛盾是悲剧性的,是压抑的社会环境限制人的生活选择的结果。

原有色人穿梭在黑人的世界和白人的世界,在黑人身份和白人身份之间转换,他的双重意识在他对社会现实和黑人同胞的了解中逐渐深化。他上小学时,对班级排座的"规则"反映的"不公平"有了初步印象,排座规则规定能准确拼出自己在队列里的序号的学生可以得到相应的位置。原有色人当时的内心独白为他后来观察黑人处境埋下了伏笔,"那么小的时候,整个过程的不公平就给我留下了印象,当我看见排在队列后面的人,从'第十二'到'第二十',我对那些为了保住一个低微的位置而不得不拼读那些单词的人感到抱歉"②。他很快发现学校里包括学习优秀的"闪亮"在内的黑人男孩和女孩在某个方面受到"轻蔑"。原有色人对黑人的关注从外在转移到他的内心和精神。他从刚上学时觉得一些黑人男孩"就像野蛮人"③,认识黑人朋友"闪亮"之后以他的外形特征(黑得发亮的脸、闪亮的眼睛和白晶晶的牙)为他取了带有贬义的绰号"闪亮",曾经在还不知道自己的黑人身份时跟着白人孩子向一个黑人男孩扔石头;到他在种族意识觉醒后慢慢认识到,种族偏见"施加在每一个美国黑人身上的矮化、歪曲和变形的影响。他被迫从一个黑人的视角,而非从一个公民,或者一个男人,或者一个人的视角去看

---

① James Weldon Johnson, The Autobiography of an Ex-Colored Man. Boston:Sherman, French & Company, 1912, p. 195.

② James Weldon Johnson, The Autobiography of an Ex-Colored Man. Boston:Sherman, French & Company, 1912, p. 10.

③ James Weldon Johnson, The Autobiography of an Ex-Colored Man. Boston:Sherman, French & Company, 1912, p. 8.

待一切事物"①。他通过阅读主动了解希伯来子孙苦难的历史、美国的历史和大卫王、力士参孙、弗雷德里克·道格拉斯等黑人英雄的事迹，想要从阅读中了解事实。

原有色人的白人恩主劝告他，在力量巨大的敌对因素面前"试图纠正不公正和缓解整个世界的痛苦，是浪费力气"②，选择逃避责任是最适合的出路。这一劝告对原有色人最终失去投身黑人种族事业的勇气和行动力影响很大。为了克服自己的双重意识，原有色人选择了美国人的身份，却始终没有彻底摆脱黑人的意识。他从来没有真正摆脱过双重意识的影响，甚至是在他的圆满的跨种族婚姻生活中，他也感到"一种新的恐惧困扰着我，一种我无法解释的恐惧，没有由来的。但它从未离开过我。我始终在害怕她会在我身上发现一些她会潜意识地归因于我的血统而非人性的缺陷的缺点"③。他有自私的欲望，也有无私的志愿，他想"以古典音乐的形式表达美国黑人的一切快乐和悲伤、希望和理想"④，通过音乐让更多人了解黑人。

原有色人观察着美国非裔知识阶层的文化心理，包括作为"有才能的十分之一"的黑人"闪亮"和在前往波士顿的船上偶遇的黑人医生朋友等。他观察到美国非裔知识阶层的身上比较明显地体现着因种族偏见造成的黑人的双重人格。黑人的思想总是被夸大和歪曲，黑人无法对其他种族的人们"坦诚"，"他有一个方面只在他自己的种族同胞中显露"⑤。只要种族差异仍然发挥作用，美国非裔的双重意识和双重人格就会继续存在，束缚着黑人

---

① James Weldon Johnson, The Autobiography of an Ex-Colored Man. Boston: Sherman, French & Company, 1912, p. 19.

② James Weldon Johnson, The Autobiography of an Ex-Colored Man. Boston: Sherman, French & Company, 1912, p. 163.

③ James Weldon Johnson, The Autobiography of an Ex-Colored Man. Boston: Sherman, French & Company, 1912, p. 205-206.

④ James Weldon Johnson, The Autobiography of an Ex-Colored Man. Boston: Sherman, French & Company, 1912, p. 145.

⑤ James Weldon Johnson, The Autobiography of an Ex-Colored Man. Boston: Sherman, French & Company, 1912, p. 19.

作为主体的人的自由。约翰逊曾在自传中描述过他在异国他乡暂时逃离开"双重意识"的自由感——在法国，"我忽然自由了；摆脱了即将遇到的不适、不安全和危险；摆脱了"人—黑人"二元对立的矛盾和冲突，以及它迫使我在思想和行为上的应变；摆脱了对各种各样的禁止和禁忌的许多明显或微妙的调整的问题；摆脱了特殊的嘲弄、特殊的宽容、特殊的屈尊降贵、特殊的同情；像一个人那么自由"①。他在法国感到的自由反衬出他在美国受到的双重意识的压抑，"人—黑人"和"黑人—美国人"的二元对立折磨着他的意识和精神。

《原有色人》表现美国非裔知识阶层与底层黑人的认同缺失。原有色人在经历过那次"打击"（发现自己有黑人血统）之后"非常厌恶被与黑人孩子归在一起"②。在取得和品尝了白人的物质成功之后，他才最终感悟自己"为了一碗汤粥出卖了自己生来的权利"③。在此之前，他一直没有完全接受自己的黑人性，从冷漠到憎恨，从憎恨到接受再到为之自豪，他对他的黑人性的认识是曲折的。

原有色人起初反感底层黑人，当他在亚特兰大的街上第一次看到很多底层黑人时，这些人邋遢懒散的外形和吵闹让他在心里感到近乎厌恶。他两次去南方却都没有实现他的初衷：第一次是去亚特兰大上大学，最后却在烟厂做工人和"朗读者"；第二次是去收集黑人音乐素材，却因目睹一起残暴的私刑受到精神冲击，返回了北方。虽然他意识到自己与黑人种族的血肉联系，意识到黑人民间文化的价值，但他向黑人同胞和黑人文化靠近的两次行动均以失败告终，这暗示着他不可能充分理解黑人及其文化，难以与黑人

---

① James Weldon Johnson，Along This Way：The Autobiography of James Weldon Johnson. Boulder：Da Capo Press，2000，p. 209.

② James Weldon Johnson，The Autobiography of an Ex-Colored Man. Boston：Sherman，French & Company，1912，p. 21.

③ James Weldon Johnson，The Autobiography of an Ex-Colored Man. Boston：Sherman，French & Company，1912，p. 207.

同胞取得更深的认同。

原有色人观察到美国非裔知识阶层缺乏对底层黑人的认同。他们感到底层黑人"常常支配公众对整个种族的观点"[①]。原有色人的黑人医生朋友曾尖锐地评价那些底层黑人：

> 你看那些懒惰、游手好闲、一无是处的黑人（darkies），他们配不上别人为他们掘墓；但他们是给偶尔的观察者产生种族印象的那些人。因为他们总是显眼地出现在街角，而我们这些剩下的人在努力工作，你知道十几个游手好闲的黑人比五十个相同阶层的白人形成一个更大的群体，在这个国家产生一个更糟糕的印象。但是他们不应该代表种族。我们才是黑人种族，黑人种族应该以我们来被判断，而不是他们。[②]

黑人医生把影响公众对美国非裔的消极印象的责任归咎到那些处于社会边缘的底层黑人的身上，而没有更深刻地认识到他们的生活处境是"环境的产物"，这类黑人的出现并非是造成公众对美国非裔的消极印象的根本原因。在主导文化中，美国非裔被对象化为一个抽象的集体符号，美国非裔作为个体的人和一个族群的主体性被忽视了。

事实上，原有色人的一生都在"阅读"种族，他在"阅读"中总是因为发现真实而感到羞耻。他感到被羞辱、感到耻辱，不是因为将种族偏见思想内化，而是因自己是"低劣的"黑人种族的一员而感到自卑。他的羞耻感源于残酷荒谬的种族现实，源于他对这些现实的体验和思考。当一个卢森堡的青年问他关于美国私刑的丑陋传闻时，他为他的美国人身份羞耻；在目睹了私刑的种族暴力之后，他为白人种族和国家感到羞耻；当他在实现"白人的成功"后，回顾自己的音乐理想时，因自己的渺小和眼光短浅感到羞愧。在

---

①　James Weldon Johnson, The Autobiography of an Ex-Colored Man. Boston: Sherman, French & Company, 1912, p. 75.

②　James Weldon Johnson, The Autobiography of an Ex-Colored Man. Boston: Sherman, French & Company, 1912, pp. 152-153.

《圣经》中,以扫轻看了他长子的名分,为了一碗红豆汤把长子的名分和财产继承权轻易地出卖给了弟弟雅各(《创世纪》25:29-34);而原有色人看轻了自己的黑人身份,为了物质生活和个人成功放弃了作为黑人继承和发展黑人音乐的权利,放弃了为黑人种族事业奋斗、参与创造种族历史的机遇。如果把原有色人的心理独白跟《五十年》这首同样提及"生来的权利"的诗歌关联,我们可以理解歌词的深层意义。《五十年》于1913年1月1日发表在《纽约时报》,回顾了美国非裔从1619年至1913年的历史。诗歌在第六节和第八节提及出生权:

> 这片土地是我们的,因我们在此出生,
> 这片土地是我们的,因我们受尽艰辛;
> 我们曾翻过它的处女地,
> 我们的汗水涵养它的沃土。
> 不!站直了,不要畏惧,
> 因为我们的敌人令此合理——
> 我们在这里买了子孙的名分,
> 我们付出了过多的代价。[1]

原有色人懊悔地感到自己为了一点"汤粥"出卖的"出生权"是美国非裔在美国这片土地上生活和开拓的历史所赋予的权利,美国非裔是美国的历史和文明的参与者,他应该毫无畏惧地认领他在这片土地上的"子孙名分"。然而,原有色人在他的独白中意指的出生权不限于这层含义,还包括美国非裔继承和发展他们的黑人文化的权利。美国非裔文化在表现黑人文化个性的同时,已经体现出与美国文化、世界文化的交融。

原有色人的羞耻感一方面源于他的男子气概的某些特征被占主导地位

---

[1] James Weldon Johnson, Fifty Years and Other Poems. Boston: Cornhill Company, 1917, pp. 2-4.

的社会文化否定和削弱，另一方面源自他为人们在种族偏见的思想和行动中表现出的人性的黑暗面感到耻辱。在种族偏见的思想和行动中，人与人之间、同胞与同胞之间相互对立和压迫，种族偏见播下的种子结出暴力和非正义的苦涩果实。一个交往了三个多世纪的种族，却不记得黑人奴隶的双手开垦了新大陆的处女地，不记得黑人妈妈对白人孩子的养育之情，不记得黑人士兵在国家的每一次危机中的英勇献身。

原有色人在目睹南方的一次残暴的私刑时，他的羞耻感被推向了极点：

> 一股巨大的羞耻和羞愧浪潮充满我的全身。羞耻的是我属于一个可以被如此对待的种族；为我的国家感到羞耻，它是世界上的民主典范啊，会是世界上唯一一个文明的，如果不是唯一的，国家、人类在那里会被活活烧死的国家。我的心里很痛苦。我能理解为什么黑人被引导去同情甚至是他们的最糟糕的罪犯，在可能的时候去保护他们了。由于普通人性的驱使，他们只会做得更多。①

原有色人感到无法忍受的羞耻，一方面是难以接受文明的和有着宗教信仰的国家和它的国民竟然实施或纵容像私刑这样的残暴行为，这是一种历史的倒退；另一方面是羞耻于自己被与一个受到的对待比动物还糟糕的族群联系在一起②。私刑在南方重建时期至19世纪末层出不穷，它的残忍和暴力是对人性和公义的冲击。约翰逊在了解和亲身调查过一些私刑的暴行之后，他的"反应从激烈却无力的愤怒到沮丧不已"③。直到21世纪的今天，仍有许多美国非裔知识分子对私刑的历史保持着批判，对它留下的沉痛记忆保持警醒。

---

① James Weldon Johnson，The Autobiography of an Ex-Colored Man. Boston：Sherman，French & Company，1912，p. 184.

② James Weldon Johnson，The Autobiography of an Ex-Colored Man. Boston：Sherman，French & Company，1912，p. 187.

③ James Weldon Johnson，Along This Way：The Autobiography of James Weldon Johnson. Boulder：Da Capo Press，2000，p. 362.

《原有色人》是一个微观的话语。"隐形"是原有色人在面对种族化的社会和文化体制的压迫时采取的生存方式。原有色人的羞耻感隐喻着种族偏见和种族暴力对美国非裔的男子气概的削弱。正因为他的男子气概受到一定程度的削弱,原有色人难以面对他的真实的自我。此外,他的羞耻感反映了美国非裔知识阶层对美国的种族现实和黑人的存在处境的高度自觉的反思。

除了经历激烈的心理冲突之外,美国非裔知识阶层希望在美国的社会文化生活中得到严肃地对待。他们对历史与现实、城市与乡村的理解反映了他们的文化观和他们对美国非裔的文化生活的思考。美国非裔知识阶层对历史与现实的阅读揭示他们对美国非裔被"去历史化"的质疑,他们对城市与乡村的理解则表现他们对美国现代生活的感受和思考。

1922 年,著名的美国非裔作家威廉·皮肯斯在一次纽约市公立学校的意见听取会上表示,"黑人在很大程度上被美国历史'遗漏',甚至是他作为杰出成就的取得者的那些部分"[1],他呼吁把黑人所发挥的作用纳入美国历史。在知道那次意见听取会的主题是"美国历史上的爱国主义"的语境下,我们更能理解皮肯斯的呼吁是对美国非裔被"去历史化"的处境的抗议。原有色人在学习美国历史时发现内战的故事总是被以一种压缩和跳过的风格讲述,美国非裔的经验在 19 世纪末至 20 世纪初的正统学术中很少被历史化。然而,他从基于社会现实的虚构文学中找到了"补充",认为《汤姆叔叔的小屋》是一幅公正和忠实的关于奴隶制的全景图。它让我看到我是谁,我是什么,我的国家怎么看待我的。实际上,它给了我支撑"[2]。而且,他通过叙事回顾自己的个人历史,意图从历史中得到"新生"。原有色人对历史的

---

① Sondra K. Wilson (ed.), In Search of Democracy: The NAACP Writings of James Weldon Johnson, Walter White, and Roy Wilkins (1920—1977). New York and Oxford: Oxford University Press, 1999, p. 46.

② James Weldon Johnson, Along This Way: The Autobiography of James Weldon Johnson. Boulder: Da Capo Press, 2000, p. 40.

阅读反映了美国非裔知识阶层对历史的关注,历史的阅读为美国非裔知识阶层提供了思考现实的起点。

　　19 世纪末至 20 世纪的前 20 年,尽管美国非裔在财富积累和教育方面取得一定的进步,但在其他方面的地位实际上是恶化的,南方的观点比以前更极端,北方人则变得越来越冷漠,甚至对黑人怀有敌意。[①]美国非裔知识阶层对历史的阅读是寻求文化根源和建构文化身份的表现,历史"在侮辱面前给予黑人尊严,在关于劣等性的观点面前提供要求平等的论据"[②]。事实上,原有色人的心理冲突反映美国非裔知识阶层的文化生活聚焦的三个因素——历史、种族和传统。"历史意识提供了一个语境可以帮助我们审视今天的叙事"[③],美国非裔知识阶层在历史的阅读中思考现实。中年时期的约翰逊曾利用歌曲创作的空闲时间到哥伦比亚大学学习英语、历史和戏剧,他主张"教授美国非裔非洲史和美国非裔史,让学生在美国和世界史的语境下了解这些历史,增强他的种族自豪感"[④]。这一主张鼓励受过教育的和有知识的美国非裔在历史的语境中理解黑人种族,理解他的黑人自我与他人和世界的关系。

　　原有色人观察到"黑人中的进步分子的处境往往非常困难。他们是承担种族问题的整个重压的黑人;它很少烦恼其他人,我相信有时支撑他们的唯一东西是他们知道他们站在正义的一边。这类黑人从生活中得到了许多的愉悦;他们的存在远非对他们的处境的长叹。他们从无知和贫穷的混乱

---

　　① August Meier, Negro Thought in America, 1880—1915: Racial Ideologies in the Age of Booker T. Washington. Ann Arbor: University of Michigan Press, 1988, p. 1.

　　② August Meier, Negro Thought in America, 1880—1915: Racial Ideologies in the Age of Booker T. Washington and Ann Arbor: University of Michigan Press, 1988, p. 263.

　　③ Brad Evans, Henry A. Giroux, Disposable Futures: The Seduction of Violence in the Age of Spectacle. San Francisco: City Lights Books, 2015, p. 116.

　　④ Eugene Levy, James Weldon Johnson: Black Leader, Black Voice. Chicago: The University of Chicago Press, 1973, p. 342.

中发展出一种他们无需感到羞愧的社会生活"①。19 世纪 80 年代至 20 世纪 20 年代,美国非裔知识阶层内部虽然在寻找发展道路的问题上存在观点的分歧,但比较一致地倡导黑人同胞发挥自助和种族团结的精神,在社会生活的各个领域积极寻求发展。然而,美国非裔知识阶层对黑人的现实和文化的理解并不总是积极的,他们曾"屈尊俯就地看待或者轻视"②黑人民间文化和黑人布道者、黑人歌唱者等民间艺术家,这主要是由于他们对黑人历史和文化传统缺乏深入的理解。例如,受过教育的阶层为被称为"奴隶歌曲"的黑人灵歌感到羞愧,更愿意唱书上的赞歌。③ 原有色人在从纳什维尔开往亚特兰大的列车的吸烟隔间听到了一场关于种族问题的讨论,一位参加过内战的北方联军老兵在驳斥那位来自得克萨斯的棉花种植园主的白人优越论时,强调了黑人为世界文明奠定的基础。约翰逊巧妙安排一位北方的反种族主义的白人开明人士指出黑人在世界文明历史上的重要地位,批评美国非裔知识阶层中间存在的为黑人文化感到羞愧的心态。

《原有色人》1912 年版的封面比较朴素,采用紫红色;1927 年版的封面则由著名的美国非裔画家亚伦·道格拉斯(Aaron Douglas)设计,描绘的是一个现代世界。亚伦使用乡村风景和现代城市的高楼大厦设置背景,运用人、工厂和高楼大厦的剪影和阴影,以一个黑人男性人物的身影为画面的中心。黑人男子的眼睛望向前方,至于在凝望什么不得而知,封面的橙色背景象征火焰和炽热,表现出人的焦虑、紧张和困惑。这一封面设计演绎的是小说原文中的"我又一次凝视着纽约的高楼大厦,想知道那个城市为我准备了

---

① James Weldon Johnson, The Autobiography of an Ex-Colored Man. Boston: Sherman, French & Company, 1912, p. 79.

② James Weldon Johnson, The Autobiography of an Ex-Colored Man. Boston: Sherman, French & Company, 1912, p. 172.

③ James Weldon Johnson, The Autobiography of an Ex-Colored Man. Boston: Sherman, French & Company, 1912, p. 178.

一个什么样的未来"①这句话,应和了小说文本的开放性和无限性。《原有色人》不仅塑造了原有色人这么一个城市非裔的人物形象,透过他的故事描述了纽约的都市生活,而且表现了美国非裔知识阶层对城市与乡村的认识。

原有色人喜爱城市的喧闹和现代生活,甚至在参观亚特兰大大学时也对工业楼尤其感兴趣,他对城市的印象主要基于纽约、华盛顿、波士顿这三个城市。作为作家的约翰逊和原有色人在对城市的喜爱方面是相似的。他在《我的城市》("My City",1917)一诗中表达了他对他所生活的城市纽约、他的家园曼哈顿的热爱。诗人反问自己,假若即将跨入死亡的不可知的黑暗的入口,失去什么会是最痛苦的,答案不是树木、花香、歌唱的鸟儿、悠然的牧群——

> 而是,啊！曼哈顿的景象和声音,她的气味,
>
> 她的人群,她的活力,还有刺激
>
> 是她生命的一部分,她的微妙的咒语,
>
> 她的华丽的高楼,她的大道,她的贫民窟——
>
> 啊,上帝！简直是难以言表的莫大遗憾,
>
> 死去,再也看不到我的城市。②

然而,城市对于美国非裔知识阶层来说也并非尽善尽美的"乐土",他们在城市里时常感觉到自己像是被驱逐和遗弃的人,缺乏归属感。原有色人对纽约这个国际大都市洞察深刻,他觉得她是一个女巫,导演着城市生活的诱惑与残酷、浮华与暴力。

---

① James Weldon Johnson, The Autobiography of an Ex-Colored Man. Boston: Sherman, French & Company, 1912, p. 187.

② James Weldon Johnson, Complete Poems. New York: Penguin Books, 2000, p. 66.

纽约市是美国最致命的迷人的东西。她像一个巨大的女巫坐在美国的大门口,展示着她迷人的白色的脸,把她扭曲的手和脚藏在她宽大的衣服褶皱下,不断地怂恿着远方成千上万的人,诱惑那些漂洋过海的人驻足不前。所有这些人成为她的反复无常的牺牲品。有的人,她立即就把他们碾碎在脚下;有的人,她把他们沦为在展览馆里被展览的奴隶;还有的人,她宠爱和抚弄,让他们高高地骑在财富的气泡上;突然一下呼气,她吹破了气泡,嘲弄地大笑,看着他们坠落。[1]

原有色人感到生活的刺激是这个城市的一股可怕的力量。他曾在这个城市当过赌徒和拉格泰姆演奏者,在灯红酒绿的夜生活中放浪形骸,也是在这个城市开始形成一种投机的生活态度。他先是放弃了上大学选择了在雪茄厂当工人,然后放弃在雪茄厂的工作选择了赌博,最后放弃了音乐理想,选择了商业;也是在这里他实现了他的"白人的成功"。城市不是繁华绚丽的天堂,它也有残酷黑暗的一面,原有色人观察到很多有理想、有智慧的黑人青年都陷入了城市的"堕落生活的魔咒"[2]。约翰逊的诗歌《白人女巫》("The White Witch", 1917)对城市的黑暗面进行了象征的提炼。这首诗的意义非常丰富,可以从多个视角来解读。从他对城市的书写来看,他把像纽约这样的美国大都市凝缩为"白人女巫"这一意象,将她们的光彩绚丽、诱惑危险、残酷狡诈表现得淋漓尽致。美国非裔就像是"白人女巫"早已锁定的猎物,难以招架她的诱惑。约翰逊似乎在以诗歌的象征世界警示非裔同胞要当心城市的双重面孔,小心城市的诱惑与陷阱,提醒他们切勿迷失自我,因为"她的眼色中有陷阱,她的笑容中有毁灭"[3]。

---

① James Weldon Johnson, The Autobiography of an Ex-Colored Man. Boston: Sherman, French & Company, 1912, p. 86.

② James Weldon Johnson, The Autobiography of an Ex-Colored Man. Boston: Sherman, French & Company, 1912, p. 111.

③ James Weldon Johnson, Fifty Years and Other Poems. Boston: Cornhill Company, 1917, p. 19.

　　比起物质水平较低的乡村生活，美国非裔知识阶层更青睐富于现代文明气息的城市生活，因为他们在城市中的文化生活更为丰富。原有色人对南方乡村生活的感受在一定程度上反映了这种倾向，他对乡村的了解集中在亚特兰大、里士满、纳什维尔和梅肯。南方乡村色彩单一、布局杂乱、建筑简陋的景象让他感到沮丧，他忍受不了"肥腻的培根、萝卜头、玉米面包"①等粗糙的食物和相对较差的卫生条件。作为作家的约翰逊对乡村生活的感受与原有色人亦有相似。他在大学时期到佐治亚的乡村学校教书的经历让他接触到乡村黑人的生活，了解到那里的黑人孩子接受公立学校教育的情况。他后来在《在乡村教书的第一周后》（"After My First Week Teaching in the Country"）一诗中表达了自己对乡村生活的最初感受。约翰逊明显更偏爱城市生活，对乡村生活的单调和沉闷感到厌倦。他幽默地把粗糙的和硬邦邦的饼干和派比作铠甲、炸弹和炮弹，可以"磕死"一匹骡子，他感慨"啊！还我的城市生活/以及它意味的一切/即使让我在老亚特兰大大学/每周以豆子为食"②。诗人怀念城市的景观，难忍乡村粗糙的食物，厌倦野猪和草地，同时为乡村黑人在理解知识上表现出的吃力感到"头疼"，打扮花哨的乡村男女让他感到乏味。青年时代的约翰逊更喜欢城市的激动人心的氛围，不喜爱乡村生活的粗糙和单调。然而，晚年的约翰逊在经历了生活的艰辛并与种族偏见长期的斗争之后，他是喜爱新英格兰地区的乡村生活带给人的宁静和纯净的。他拒绝了亚特兰大大学校长、美国驻海地大使等职位的诱惑，和太太格蕾丝在马萨诸塞州的大巴林顿买下一个旧农场，把谷仓改造成一栋村舍。他每年都会在那里度过一些日子，休养身心和继续进行文学创作。

　　城市和乡村对美国非裔知识阶层对"种族"的理解产生影响。南方乡村

---

　　① James Weldon Johnson, The Autobiography of an Ex-Colored Man. Boston: Sherman, French & Company, 1912, p. 166.

　　② James Weldon Johnson, Complete Poems. New York: Penguin Books, 2000, p. 175.

黑人的生活让原有色人接触到许多关于"种族"的赤裸裸的现实,包括那场残酷的私刑,了解到乡村黑人落后的教育和文化水平。北方的城市生活使原有色人感受到种族偏见渗透到日常生活的各个角落,了解到城市黑人在经济和种族偏见的压迫下寻求生存的挣扎。美国非裔知识阶层对城市和乡村的理解揭示了他们对美国的现代生活和黑人的文化处境的思考。

第八章

黑人美学的先声:约翰逊论黑人之美

文化是我们共享的意义的地图。① 种族化的文化表征系统对美国非裔及其文化的表征常常脱离它的真实的和鲜活的语境。种族化的文化表征系统投射的关于黑人的意象是"丑陋的""原始的"和"邪恶的"。意义并不稳定,保持着变化,它永远不能被最终确定。②因此,新的表征活动和表征方式可能改变意义、促进新的文化话语的生产。约翰逊曾在《原有色人》的自序中指出,"许多书已为反对或肯定黑人做了特别的抗辩,但这些书夸大了黑人的罪恶或美德。这是因为几乎这些作家中的每个人都把美国黑人作为一个整体来讨论;每一个作家都用这个种族中的某一群人来证明他的观点"③。在当时和之前的美国文学作品中,美国非裔作为具有主体性的个体极少得到严肃地对待,而他作为一个族群又往往被降格和歪曲。在这一文化语境下,约翰逊的作品意图克服主导文化的"权威知识"对黑人进行自我

---

① Stuart Hall, "The Work of Representation," Stuart Hall (ed.), Representation: Cultural Representations and Signifying Practices. London, Thousand Oaks and New Delhi: SAGE Publications Ltd, 1997, p. 29.

② Stuart Hall, "The Spectacle of the 'Other'." Stuart Hall (ed.), Representation: Cultural Representations and Signifying Practices. London, Thousand Oaks and New Delhi: SAGE Publications Ltd, 1997, p. 274.

③ James Weldon Johnson, "Preface," The Autobiography of an Ex-Colored Man. Boston: Sherman, French & Company, 1912.

表征的约束，表征和解读黑人及其文化的美丽和力量。他运用许多关于黑人及其文化的"积极"意象替换种族化的文化表征系统的"消极"意象。他对黑人及其文化之美的表征注重黑人经验的多元性，但并不逃避黑人及其文化的局限性。

第一节　黑肤色之美

在种族化的文化表征系统中，美国非裔往往被简化、抽象和客观化为他的身体，他的身体进而被简化为他的黑肤色（黑人种族的以黑肤色为代表的外形特征）。一方面，他没有被作为具有主体性的人来表征；另一方面，他的"黑肤色"被强加了"丑陋""污秽""罪恶"等负面意义。种族化的文化表征系统对黑肤色的表征所产生和传播的消极意义使黑肤色的或有黑人血统的美国非裔在自我认知方面遭遇困境。约翰逊的作品对种族化的文化表征进行反表征，表现和歌颂黑肤色之美。

约翰逊的作品肯定黑肤色是一种自然的美，无论是黑肤色的男性、女性，还是黑人孩子。他的小说《原有色人》毫不吝啬对"闪亮"（Shiny）和音乐家"歌唱的约翰逊"的黑肤色的赞美，甚至让原有色人在凝视自己的镜像时也注意到他那光泽柔和的黑色卷发的美丽。瘦小的"闪亮"站在小学毕业典礼的讲台上演讲，"他黑黑的脸上闪耀着智慧和真诚，简直英俊极了……那个男孩勇敢地挥舞着瘦弱的、黑肤色的手臂发起一场不平等的战争，触动了他的观众的心弦，在他们心里掀起一波同情和欣赏的浪潮"①。约翰逊在自传中描述了年少的他在博览会上初见道格拉斯时受到的震撼，"没有人忘得了第一次见到弗雷德里克·道格拉斯的印象。他高大挺拔、威武健硕，雄狮

---

① James Weldon Johnson, The Autobiography of an Ex-Colored Man. Boston: Sherman, French & Company, 1912, pp. 42-43.

般的头上是浓密亮白的头发,让人即刻想到拿破仑初见歌德时的那种惊叹,‘看啊！人类的精品啊！’半个世纪以来他始终是捍卫其种族的自由与平等的无畏勇士,我对他充满了敬畏。道格拉斯是在南方演讲,可他既不畏惧也毫无保留”①。黑肤色象征的男子气概在约翰逊的父亲身上得到了很好的诠释,“他是一个穷人的小教堂的牧师,因勤劳和诚实正直赢得了他人的尊重。自我牺牲的精神并不因为他挣得了一笔资产而打折扣。他对牧师职责的履行更像是普遍的传教……父亲把基督教融入生活,他对基督教的理解和实践给我的印象很深”②。

约翰逊的《你对妈妈来说一样可爱》(“You's Sweet to Yo' Mammy Jes de Same”)等诗歌表达美国非裔对自己的黑肤色的孩子的疼爱。在《你对妈妈来说一样可爱》这首摇篮曲中,温柔的黑人母亲深情地望着摇篮里的孩子,用黑人方言轻轻哼唱,“你对妈妈来说一样可爱/这就是为什么她叫你宝贝/你的脸是黑色的,这是真的/你的头发像羊毛,也是真的,/但是,你对妈妈来说一样可爱”③。黑肤色的孩子一出生就被种族偏见的审美标准判断为“相貌难看”,他们的父母虽然感到难过悲伤,却仍然不忘向孩子表达他们的关爱,鼓励孩子要自信地成长。黑肤色之美不仅是感官之美,而且更多地表现在黑人种族乐观的性格、他们的美德和精神以及他们对美的感知和创造。黑人种族的乐观在许多美国非裔文学中都有表现,约翰逊的诗歌《乐观的山姆》(“Optimistic Sam”)则把这种乐观表现得非常洒脱——“时世艰难,钱依旧缺乏/……我从不让它烦恼我/如果天空晴朗,雨下得够长/我不会费脑阻止/让我的心思远离烦忧/那便是我的哲学”④。风雨雷电的恶劣

---

① James Weldon Johnson, Along This Way: The Autobiography of James Weldon Johnson. Boulder: Da Capo Press, 2000, pp. 60-61.

② James Weldon Johnson, Along This Way: The Autobiography of James Weldon Johnson. Boulder: Da Capo Press, 2000, p. 131.

③ James Weldon Johnson, Fifty Years and Other Poems. Boston: Cornhill Company, 1917, p. 70.

④ James Weldon Johnson, Complete Poems. New York: Penguin Books, 2000, p. 175.

天气、时常发作的风湿病、年龄的日益增长都不会破坏人们的好心情,只要骑着骡子到镇上买罐威士忌畅饮、听听班卓琴声,一切都会释然。

约翰逊认为笑是美国非裔探索出的生存技能,他对美国非裔的坚强乐观做过生动的描述——"我看到美国非裔被歧视、偏见和残暴阻碍了几个世纪,因为他们自己的无知、贫穷和无能为力而步履蹒跚。然而尽管如此,他们仍然英勇无惧、坚强不屈。我看出,支撑黑人种族缓慢而不懈地前进的力量最终在于他们自己。他们的处境可能看上去很绝望,但他们自己却并没有失去希望。最明显的证据就是他们的歌唱和笑的能力"①。黑人英雄是约翰逊诗歌中的主要人物之一,主要以英勇爱国的黑人士兵和歌唱者的形象出现。《圣彼得讲述复活节的一件事》中高大的黑肤色士兵最终进入天堂成为天使,他象征着许许多多为国家浴血战斗过的默默无闻的黑人士兵;《年轻的勇士》("The Young Warrior")中的年轻士兵劝说母亲不要祈祷他不会受伤和化险为夷,而是祈祷他用坚强的双臂为正义好好战斗。黑人战士忠诚的品质和爱国精神在《有色人中士》("The Color Sergeant")——"他倒在战斗越发激烈的前线/仍然尽忠职守/他的皮肤虽是黑色,但他的心却忠诚如他的沾着献血的军刀"②——中得到了庄严的表达。《啊!黑肤色的默默无闻的诗人》等诗歌赞美那些没有受过音乐训练的、默默无闻的黑人歌唱者和诗人,赞美他们不仅创造了艺术,而且鼓舞着黑人同胞保持坚韧的灵魂。

无论布克·华盛顿、杜波伊斯、加维等黑人领袖对"黑人的未来道路"的观点如何不同,他们都倡导黑人同胞要为自己的种族感到自豪,约翰逊同样如此。他曾在自传中记叙他在自行车修理铺经历的一件小事。一个白人带着强烈的嘲讽问他,为了做一个白人有什么东西是不会给的,他的回答是

---

① James Weldon Johnson, Along This Way: The Autobiography of James Weldon Johnson. Boulder: Da Capo Press, 2000, p. 120.

② James Weldon Johnson, Fifty Years and Other Poems. Boston: Cornhill Company, 1917, p. 11.

"无论如何,我肯定我是不会付出任何东西做你那种白人的。不,我肯定不会;我会为那种变化付出太多"①。事后,约翰逊问自己是否只是为了打击对方的傲慢才那样说,他是不是真的不想要一个白人身份。他得到的答案是那确实是他的真实想法。约翰逊的回答是自我尊重的表现,也是对黑肤色的肯定。约翰逊对黑肤色之美的肯定与19世纪末至20世纪初的"新黑人"精神相联系。"新黑人"精神昂扬、独立自主,有着种族意识和种族自豪感,希望抓住一切机遇改善条件,为取得中产阶级的社会地位和融入美国社会奋斗。②约翰逊对黑肤色之美的肯定呼吁人们重新认识黑肤色,鼓励黑人同胞自尊自信、为自己的种族感到自豪。

第二节　黑人女性之美

"对黑人而言,因为'白人的'理想在他们面前长期被作为典范,他们往往意识不到黑人女性的美丽。"③约翰逊对黑人女性之美的表征是不吝笔墨的。《她的明眸如双潭》("Her Eyes Twin Pools")、《我的小姐唇如蜜》("My Lady's Lips am Like de Honey")、《我的女孩》("Dat Gal o' Mine")、《情敌》("The Rivals")等诗歌描绘了黑人女性美丽的外貌——有的女性的神秘朦胧的双眼是星辉和黑夜的融汇,有的双唇如蜂蜜,有的美丽如向日葵,还有的皮肤黑柔如丝绒裙,双眼大如晚星,诗人为这些美丽的黑人女性感到自豪。约翰逊的作品描绘的黑人女性包括各种不同肤色的、具有黑人血统的非裔女性,正如他在亚特兰大校园里观察到的那样,她们的肤色在色

---

① James Weldon Johnson, Along This Way: The Autobiography of James Weldon Johnson. Boulder: Da Capo Press, 2000, p. 135.

② August Meier. Negro Thought in America, 1880—1915: Racial Ideologies in the Age of Booker T. Washington and Ann Arbor: University of Michigan Press, 1988, pp. 256-257.

③ James Weldon Johnson, Along This Way: The Autobiography of James Weldon Johnson. Boulder: Da Capo Press, 2000, p. 121.

度上的多样性是独特的：

> 这些女孩大多数来自佐治亚和邻州的最富裕的有色人家庭……她们的肤色从纯黑色到乳白色，各不相同。前者有乌黑的眼睛和卷曲的头发，后者有蓝色或灰色的眼睛和浅色的头发，如细腻的绢丝一般。她们中的大多数具备了棕肤色人的所有色度和细微特征，有卷发和清澈温柔的眼睛，这是具有黑人血统的女人的特点。这种肤色和色度的多样与融合蕴含着温暖的美，是白种女生无法表现的……或许，人类女性的完美在肤色独特、谈吐优雅的美国有色女性这里得到了实现，她们融合了金发女人对爱的热情和黑人女性的敏感。①

约翰逊曾在自传中表达他"意识到的黑人女性之美至少包括她浓重的色彩、她的欢乐、她的笑声和歌声、她继承自非洲丛林的婀娜迷人的姿态"②。他曾在州黑人教师协会年会上碰见过这样一个散发着奔放之美的黑白混血女子：她的脸色彩丰富，静态的五官之美与动态的神情完美结合，真是一张画家都会惊叹的美丽的脸！海地黑人农妇轻盈的姿态也给他留下深刻的印象——"农妇们非常能干，她们几十个人、几百个人地带着农产品和园艺产品到镇上的集市。她们把篮子顶在她们的缠着彩色头巾的头上，耳朵上的金色大耳圈随着她们的脚步摇晃着，她们轻盈笔直，几乎是高傲地大步走着，仿佛许多位舍巴女王"③。然而，黑人女性的美丽不仅仅表现为她们在外貌和声音上的魅力，她们的真诚、母爱和美德是更崇高的美丽，这些美丽在约翰逊的诗歌中得到了丰富的诠释。

《黑人妈妈》（"The Black Mammy"）中，黑人妈妈慈祥的黑肤色脸庞、

---

① James Weldon Johnson, Along This Way: The Autobiography of James Weldon Johnson. Boulder: Da Capo Press, 2000, p. 75.

② James Weldon Johnson, Along This Way: The Autobiography of James Weldon Johnson. Boulder: Da Capo Press, 2000, p. 121.

③ James Weldon Johnson, Along This Way: The Autobiography of James Weldon Johnson. Boulder: Da Capo Press, 2000, p. 350.

粗糙但温柔的手、黑肤色的胸脯都是表征她的无私奉献的符号；而《情敌》中的黑人女孩莉兹不贪慕虚荣、善良真诚的品质让读者在感叹她温暖和美丽的外形的同时被她深深打动。在《白日的容光在她的脸上》（"The Glory of the Day was in Her Face"）一诗中，诗人用大自然的事物烘托一个女人内外兼修的美丽，"白日的荣光在她的脸上／夜晚的美丽在她的眼中／她的美丽表现出晨曦的优雅"，她的"声音像美妙的旋律，鸽子的叫声，笑容像爱的光芒，心里充满了温柔的美德。"①这个女人是谁，是恋人还是母亲？诗人并没有点明，而是创造了一个优雅美丽的女人的意象。诗人使用比喻时，脸、眼睛、声音、笑容等本体都是具体的，而白昼的荣光、夜晚的美丽、甜美的旋律和爱的光芒等喻体则是抽象的。这样的比喻方式意在表现这种黑人女性的美丽不是具体的身体之美，而是一种整体的精神和气质。

约翰逊在《原有色人》和自传《一路走来》中塑造了优秀的黑人母亲的人物形象——原有色人的母亲和作家约翰逊的母亲。原有色人的母亲是一位棕肤色的混血儿，原是他的白人父亲家的女仆。她美丽善良，热爱黑人种族，有一定的音乐才能和文化修养。她虽然被剥夺了合法婚姻的权利，但忠于爱情、勤劳坚韧，愿意为孩子付出一切。她的温暖是原有色人"没有偏离她的怀抱里的纯净与安稳太远"②的精神支撑，她是原有色人想象和认识南方及黑人文化的"启蒙老师"。约翰逊的母亲海伦·路易斯·迪耶是一个出生在拿骚的黑白混血儿，在纽约长大。她受到过良好的英语教育和艺术方面的培养，擅长歌唱。她是佛罗里达公立学校的第一位黑人女教师，也是约翰逊的第一任阅读、音乐和道德教育的老师，她是那种用爱围绕着孩子的母亲。她经历过白人圣公会教堂的种族歧视，曾在那个宣布黑人学生利文斯顿被西点军校拒绝入学的消息的礼拜日不肯唱圣歌《美国》，她"在种族方面

---

① James Weldon Johnson, Fifty Years and Other Poems. Boston: Cornhill Company, 1917, p. 24.

② James Weldon Johnson, The Autobiography of an Ex-Colored Man. Boston: Sherman, French & Company, 1912, p. 6.

是个不墨守成规的叛逆者"[①]。同样都是善良坚强、有艺术修养的黑人母亲,作家约翰逊的母亲的不同之处在于,她是美国非裔知识阶层的女性,不仅有着在城市生活的经历,而且在当地黑人同胞的教育和文化活动中发挥作用,在种族方面更加具有反叛精神。

第三节　黑人文化之美

在约翰逊解读美国非裔文化之前,威廉·威尔斯·布朗等作家和学者已开始关注非洲文明和美国非裔对世界文明的贡献。19 世纪末至 20 世纪初,随着"新黑人"精神的崛起,美国非裔对黑人历史、黑人文化和非洲文明的兴趣变得浓厚,他积极创造自己的文化生活。原有色人并非一个完全"成形"的"新黑人",但他对黑人文化的理解蕴含着强烈的种族自豪感。他拒绝接受美国占主导地位的文化关于黑人文化是"原始和欠文明的"的刻板化观念,而是在对黑人文化的解读中肯定它的创造性和魅力。

黑人种族对世界文明的萌芽和发展的贡献长期以来受到欧洲中心主义文明的否定,"历史的缔造者们虽然承认古埃及文明,却宣称古埃及人是白人。然而,斯芬克斯及其他埃及的早期历史遗迹的特征和密西西比河河岸的船只上典型的甲板工人的特征一样,都是黑人的"[②]。美国非裔的文化艺术常常被降格为模仿,例如黑人灵歌就曾被认为是对欧洲民间音乐的模仿

---

①　James Weldon Johnson, Along This Way: The Autobiography of James Weldon Johnson. Boulder: Da Capo Press, 2000, p. 10.

②　James Weldon Johnson, "Africa at the Peace Table and the Descendants of Africa in Our American Democracy" (1919), James Weldon Johnson, The Selected Writings of James Weldon Johnson: Volume II Social, Political, and Literary Essays, Sondra K. Wilson (ed.). New York and Oxford: Oxford University Press, 1995, p. 201.

或对欧洲曲调的改编。[①] 黑人灵歌源于美国奴隶制时期的种植园生活,生发于野营会(camp meeting)、祈祷会等黑人集体聚会。19世纪70年代,菲斯克大学的禧歌合唱队在美国和欧洲巡演时将黑人灵歌全面推向美国和欧洲的公众。杜波依斯、凯利·米勒等非裔学者在溯源美国非裔文化时总是会提及黑人灵歌,但美国非裔对黑人灵歌的真正的理解经历了一个曲折的过程。美国非裔中产阶级和知识阶层曾认为它和步态舞一样都是屈辱历史的象征和对黑人种族的贬低,因此在很长一段时期内遗忘、蔑视和否定它。

约翰逊的弟弟,著名的美国非裔音乐家詹姆斯·罗萨蒙德·约翰逊在他的音乐创作初期对黑人民间歌曲有些轻视。他一方面认为那些歌曲与奴隶制的历史和黑人在美国的屈辱经历相联系,另一方面因受到西方古典音乐教育的影响,感到他"作为音乐学院的学生,把奴隶音乐放入他的曲调是有失尊严的。他当时还没有学会重视美国奴隶的声乐作品和歌唱风格"[②]。因此,当科尔和约翰逊建议他把《没人知道我看见的烦恼》("Nobody Knows the Trouble I've Seen")的曲子作为《竹树下》的开头时,他是拒绝的。然而,随着罗萨蒙德在音乐创作实践上的积累和他对这些歌曲的了解的加深,他对灵歌等美国黑人民歌的态度和理解发生了转变。1925年和1926年,他与约翰逊先后合编出版了《美国黑人灵歌集》和《美国黑人灵歌集 第二部》;1937年,他在他的《在歌曲中前进:美国黑人音乐年代概述》中不仅继续改编了其他的一些灵歌作品,而且在前言中充满自豪地赞美了黑人灵歌对美国音乐的贡献和对黑人文化的价值。他认为,"这些传统歌曲(灵歌)是黑人音乐家在节奏旋律方面取之不尽的源泉,它们在一代又一代美国非裔之间传承,为美国音乐的发展做出了独特的贡献",并且用一首小

---

① James Weldon Johnson, "Preface" to Book One, James Weldon Johnson, James Rosamond Johnson (eds.), The Book of American Negro Spirituals (Two Books in One). New York: The Viking Press, 1969, p. 17.

② David Gilbert, The Product of Our Soul: Ragtime, Race, and the Birth of the Manhattan Musical Marketplace. Chapel Hill: The University of North Carolina Press, 2015, p. 68.

诗向音乐青年们寄予希望——"回归,美国的音乐青年/回到一个底层人民的歌曲/牢牢地抓住他们的风格/丰富和摇摆它们/在美国音乐的摇篮里"①。

约翰逊借原有色人之口指出,黑人灵歌是体现美国黑人的原创性和艺术思想的四个事物之一,和雷穆斯叔叔故事、拉格泰姆音乐、步态舞一起证明了黑人可以创造产生普遍影响和吸引力的事物的能力。约翰逊认为黑人灵歌"对《圣经》作了释义或改述。有一些超越释义的东西——风格的改变;希伯来的艰苦严厉的东西减少了,一个黑人的美丽被注入"②。黑人灵歌不仅是美国黑人的美丽的艺术创造,而且对美国文化和世界文化做出了贡献。

值得注意的是,约翰逊对黑人及其文化的解读并不是一味地强调它美的方面而刻意掩饰它的局限,他的作品总是客观地反映和批评黑人及其文化的问题和局限。例如,《原有色人》中出现了偷窃原有色人大学学费的黑人列车乘务员、纽约黑人聚集区迷恋享乐的富有黑人、冲动鲁莽的黑人青年等。《一路走来》表现了佐治亚的亨利县小镇上的黑人教育委员会成员们刻板的教学思维和哈莱姆生活严酷的方面。黑人文化是美国非裔表征和阐释自我的媒介,也是他理解自己和他人的重要资源,美国非裔对灵歌的认识很好地说明了这一点。"1910年代以来,黑人对灵歌的价值和美的重新觉醒标志着种族意识的一个崭新阶段的开始,标志着黑人对他自己的艺术素材的态度的转变;他的凝视向内转向他自己的文化资源。"③约翰逊对黑人文

---

① James Rosamond Johnson，"Introduction，" James Rosamond Johnson（ed.），Rolling A-long in Song：A Chronological Survey of American Negro Music. New York：The Viking Press，1937，pp. 10，24，27.

② James Weldon Johnson，"Preface" to Book One，James Weldon Johnson，James Rosamond Johnson（eds.），The Book of American Negro Spirituals（Two Books in One）. New York：The Viking Press，1969，p. 38.；James Weldon Johnson，The Autobiography of an Ex-Colored Man. Boston：Sherman，French ＆ Company，1912，p. 84.

③ James Weldon Johnson，"Preface" to Book One，James Weldon Johnson，James Rosamond Johnson（eds.），The Book of American Negro Spirituals（Two Books in One）. New York：The Viking Press，1969，p. 49.

化之美的发掘启发人们重新认识黑人文化,启发黑人同胞重新认识自己的文化传统。

约翰逊关注美国非裔民间文化和艺术的历史性。美国非裔诗歌记录和解读美国非裔的生活经验和他对现实的思考。美国黑人灵歌帮助黑人在奴隶制中生存下来,帮助他们记录奴隶制和南方重建的历史记忆,保持他们的精神的健全和正直,表达他们的美感和深切的宗教情感。黑人在拉格泰姆狂欢的节奏中表达他们对生活的纯粹快乐的敏锐感受,拉格泰姆在19世纪末至20世纪初从美国黑人舞曲变成了美国音乐中的一种。而黑人布道在培养黑人领袖和加强黑人大众的团结方面发挥了不可忽略的作用。这些都是美国非裔民间文化和艺术的历史性的表现。约翰逊在19世纪末20世纪初介绍和解读美国非裔民间文化和艺术,包括诗歌、灵歌、拉格泰姆和布鲁斯等。这些文化和艺术形式往往被贴上"粗糙""原始"和"情感过度"的标签,被认为是缺乏思想和艺术性的,因而长期被美国的艺术和思想殿堂拒之门外。约翰逊介绍和阐释它们的智慧、情感、创造性和艺术性,以及这些文化和艺术形式背后深邃的黑人灵魂,意图重塑美国非裔的文化身份,重建美国非裔文化的主体性,促进美国非裔文化从美国文化世界的"肤色界限"中突围。

第九章

约翰逊论美国非裔对美国文化的贡献

约翰逊曾先后在小说《原有色人》、1917 年关于黑人对美国共同的文化宝库的贡献的演讲、《美国黑人诗集》和《美国黑人灵歌集》的序言以及自传《一路走来》中提及或论述美国非裔对美国文化的贡献。美国非裔文化对美国文化的独特贡献在于它的创造力,以及它对文化规训的批评和对多元文化的肯定。

第一节　美国非裔音乐:拉格泰姆和黑人灵歌

"一个多世纪以来,美国黑人一直是民歌的创造者。"[1]美国非裔对事物和事物的运动的感知富于音乐性,他甚至能感受到河流唱着赞歌。约翰逊对美国非裔音乐的考古强调艺术的普遍魅力,强调普遍魅力蕴含的精神和力量正是艺术的活力所在。"在拉格泰姆欢腾的节奏中,黑人表达他的难以压抑的乐观开朗、他对生活的纯粹快乐的敏锐的反应;在灵歌中,他表达他

---

① 　James Weldon Johnson. Black Manhattan. New York: Da Capo Press, 1991, p. 111.

对美的感知和他的深切的宗教情感。"①19 世纪末 20 世纪初,拉格泰姆和黑人灵歌作为闻名世界的美国音乐继承和发展黑人的口述传统,彰显普遍的艺术魅力。拉格泰姆是美国现代生活的表达,黑人灵歌是美国对世界宗教音乐的精巧贡献。作为音乐艺术,它们产生的文化意义是深远的。

被称为"美国音乐"的拉格泰姆是"爵士乐的前身之一,改革了 20 世纪初的美国流行音乐"②,它的主要魅力在于以切分音为特色的节奏和复调结构。当原有色人在纽约的一家俱乐部第一次听到黑人演奏者演奏拉格泰姆时,他被拉格泰姆的动感和创造力震撼。拉格泰姆的节奏、和音、音调突转和它对身体反应的激发深深地吸引着俱乐部里的所有人。约翰逊观察到拉格泰姆对美国生活的"渗入":

> 它在美国生活中起的作用、世界对它的接受不能被忽略。当他们不参与如今的美国生活的急需所迫使的挣扎时,美国人一般用这种音乐打发闲暇时间。在这些时候,黑人俘获了他的捕捉者。有时,在哈莱姆的夜总会看到白人随着黑人乐队跳舞;力图甩掉深奥的文明放下的硬壳和种种抑制;试着服从于放纵的感觉和体验;想要重获生活和生命中原始的快乐的滋味;尝试回到那片原是伊甸园的丛林;总之尽力冒充有色人,我既惊讶又觉得有趣。③

拉格泰姆音乐"最早是由密西西比河沿岸小镇上的黑人钢琴演奏者开创的,这些演奏者常常即兴创造一些粗糙的、有时粗俗的歌词来搭配音

---

① James Weldon Johnson, "Preface," The Book of Negro American Poetry. New York: Harcourt, Brace and Company, 1922, pp. xvi-xvii.

② Jacqueline Goldsby (ed.), James Weldon Johnson: The Autobiography of an Ex-Colored Man: Authoritative Text, Backgrounds and Sources Criticism. New York and London: W. W. Norton & Company, 2015, p. 47.

③ James Weldon Johnson, Along This Way: The Autobiography of James Weldon Johnson. Boulder: Da Capo Press, 2000, p. 328.

乐"①,因此歌词的内容和语言往往缺少润色。约翰逊没有回避一些拉格泰姆歌曲(尤其是早期的)歌词粗俗的现象,他在"科尔—约翰逊兄弟三人组"通俗歌曲创作时期,有意识地提高歌词的水准并对一些早期的拉格泰姆歌曲进行改编。"三人组改变了歌词的内容,并且在一定程度上改变了拉格泰姆音乐作品的种族内涵。"②随着拉格泰姆音乐的发展,它在题材和内容上从表现黑人和黑人生活延伸到描绘美国生活的许多方面,讲述美国生活的故事,"变成美国用来表达它自己的音乐习语"③。拉格泰姆音乐体现黑人音乐自然的情感迸发和"自由生长"的"衍生"力量,布鲁斯、爵士乐等后来的通俗音乐都受到这种"衍生"力量的影响。

拉格泰姆音乐的"纯真质朴"是美国非裔对流行文化的独特贡献。它朴实简约的歌词有一种情感和思想的感召力,"包含某种难以界定却能感受到的东西。听众总是会自然而然地陷入思考,同情歌曲中的人物"④。拉格泰姆的纯真质朴实际上源于美国非裔文化崇尚自然、批判工业文明的内在精神。自然是美的,人的心灵在自然中汲取力量和快乐;人类的工业文明对自然的破坏是丑陋的,它让心灵变得贪婪和偏执。约翰逊的诗歌《艺术与商业》("Art vs. Trade")以拉格泰姆的风格将工业和商业对人类精神生活的损害和对真理的玷污娓娓道来。商业和工业占领了生活,生活就像一只章鱼,为了满足它的贪欲把一切光彩夺目的和最好的东西拖进它那污秽发臭的胃里,它动摇真理并扼住艺术的喉咙。诗歌的结尾抛出一个严峻的问

---

① James Weldon Johnson, "Preface," The Book of Negro American Poetry. New York: Harcourt, Brace and Company, 1922, pp. x-xi.

② David Gilbert, The Product of Our Soul: Ragtime, Race, and the Birth of the Manhattan Musical Marketplace. Chapel Hill: The University of North Carolina Press, 2015, p. 67.

③ James Weldon Johnson, "Preface" to the Second Book of Negro Spirituals (1926), James Weldon Johnson, James Rosamond Johnson (eds.), The Book of American Negro Spirituals (Two Books in One). New York: The Viking Press, 1969, pp. 16-17.

④ James Weldon Johnson, "Preface," The Book of Negro American Poetry. New York: Harcourt, Brace and Company, 1922, p. xiii.

题——对于头脑和心灵、商业和艺术，我们究竟应该如何保持它们之间的平衡？

在这首诗中，人变成物质财富的奴隶，生活的追求是不停地满足自己永无止境的欲望，失去了心灵的纯真和精神的追求。拉格泰姆的纯真质朴同样表现在它所传递的价值观和爱情观上，这在由约翰逊作词的《阿拉美丽的女儿》（"Lovely Daughter of Allah", 1912）、《如果你成为我的夏娃》（"If You' ll Be My Eve", 1912）等通俗歌曲中有生动的表现。约翰逊强调"纯真质朴"对民间艺术创作的意义——"民间艺术的创作需要一些天真质朴、一些漫不经心，需要创作群体的一种思想和精神的隔离以使它的那些先入为主的标准保持中立"①。正如他在诗歌《在一幅画前》（"Before a Paint-ing"）中表达的那样，艺术的灵魂在于它的美感、生命力、爱和打动心灵的力量。与黑人灵歌相似，拉格泰姆歌曲常以传统的非洲音乐形式——领唱歌词的递增和合唱歌词的回环往复表现这种"纯真质朴"。

作为一种打破静止、唤醒欢乐的音乐，拉格泰姆对美国的现代生活做了丰富的表达。"一些黑人艺人认为拉格泰姆作为一种反思，构成了黑人城市和现代身份的一个方面，是布克·华盛顿称为'一个新世纪的新黑人'的音乐表达。"②拉格泰姆的动感的节奏和活泼的语调反映了美国现代生活的节奏和氛围。约翰逊批评美国音乐界曾对拉格泰姆的忽视和否定，艺术的经验哲学总是难以容纳更多的大众喜爱的艺术形式。正如"音乐大师给予世界的最好的东西是从人们的心灵中收集的，并经过了他的才能的'蒸

---

① James Weldon Johnson, "Preface" to the Second Book of Negro Spirituals (1926), James Weldon Johnson, James Rosamond Johnson (eds.), The Book of American Negro Spirituals (Two Books in One). New York: The Viking Press, 1969, p. 21.

② David Gilbert, "Introduction," David Gilbert, The Product of Our Soul: Ragtime, Race, and the Birth of the Manhattan Musical Marketplace. Chapel Hill: The University of North Carolina Press, 2015, p. 12.

馏'"①,拉格泰姆的创作源于人的心灵,表现人们的现代生活的经验,表达人们对现代生活的感受和理解。约翰逊不但解读了拉格泰姆对美国的生活和文化的贡献,而且以他的拉格泰姆音乐创作表现它的普遍的艺术魅力。

1933年,约翰逊在"禧歌歌手"(Jubilee Singers)的摇篮菲斯科大学演讲时指出,"灵歌是美国给予世界的最美妙、最精巧和最具特色的艺术贡献"②。他在《美国黑人灵歌集》《美国黑人灵歌集 第二部》和《美国黑人诗集》(1922)的序言中集中论述了黑人灵歌的起源、艺术特征和文化价值。黑人灵歌有过一些不同的名称,例如"种植园旋律""奴隶歌曲"等,它传递的精神信仰基于《圣经》和美国非裔对人类追求的共同价值的理解,它是"集体的表达"③。这些歌曲"在创作之初就是为集体歌唱而作。大部分是有才能的个体受到族群的压力和反应的影响创作的。歌曲中的应答大部分是行动中的族群创作的;它们很可能直接就是忽然地爆发。一首灵歌由不同群体的人唱,旋律会有不同的变化和修改,歌词也有交换和替换"④。约翰逊认为,黑人灵歌的精巧在于它以非洲音乐多变的节奏形式为载体,融合基督教叙事和美国非裔对他们的生活经验的思考,呈现出丰富的内容和形式,往往让听众情不自禁地在它的诗意中跟着它"摇摆"(swing)。

---

① James Weldon Johnson, The Autobiography of an Ex-Colored Man. Boston: Sherman, French & Company, 1912, p. 87.

② James Weldon Johnson, "Jubilee Day" (1933), James Weldon Johnson, The Selected Writings of James Weldon Johnson: Volume II Social, Political, and Literary Essays, Sondra K. Wilson (ed.). New York and Oxford: Oxford University Press, 1995, p. 416. ; James Weldon Johnson, "Preface" to Book One, James Weldon Johnson, James Rosamond Johnson (eds.), The Book of American Negro Spirituals (Two Books in One). New York: The Viking Press, 1969, p. 13.

③ James Weldon Johnson,"Preface" to the Second Book of Negro Spirituals (1926), James Weldon Johnson, James Rosamond Johnson (eds.), The Book of American Negro Spirituals (Two Books in One). New York: The Viking Press, 1969, p. 20.

④ James Weldon Johnson, "Preface" to Book One, James Weldon Johnson, James Rosamond Johnson (eds.), The Book of American Negro Spirituals (Two Books in One). New York: The Viking Press, 1969, p. 21.

　　罗萨蒙德改编出版黑人音乐集《在歌曲中前行》时指出,"过去对'美国黑人音乐的风格和特点是否使它值得被视为真正的民歌'这个问题,存在很多争议"①。在黑人灵歌的美丽和价值得到承认之前,黑人奴隶唱了它们一个多世纪,才出现为搜集和记录这些歌曲付出的有价值的努力"②。20 世纪以前,黑人灵歌的价值长期受到美国音乐界,甚至是一些黑人艺术家的否定和轻视。约翰逊通过批判性地解读黑人灵歌和在他的诗歌和歌曲创作中汲取灵歌的养分,重新阐释了它的社会和艺术价值。在约翰逊看来,黑人灵歌构成了一座艺术素材的富矿,尽管大多数歌曲的歌词本身是老生常谈,但在合唱歌词的反复和领唱歌词的递增中揭示一种真实和原初的诗意瞬间③。

　　其次,黑人灵歌的精巧在于它对人类情感的感召力,它如同试金石,能够消融敌意和跨越鸿沟。约翰逊指出,"半个多世纪(19 世纪 70 年代至 20 世纪 20 年代)以来,灵歌触动了人们的心灵,对针对黑人的偏见的冷酷的边缘起到了软化的作用"④。或许约翰逊对灵歌的情感力量的评价过于乐观,但他肯定了灵歌在结合了民歌和宗教音乐两种不同形式后为听众带来的独特的审美体验。约翰逊曾借诗歌《哦! 默默无闻的黑肤色的诗人》表达他对黑人灵歌和创造它们的黑人诗人的赞美"。"默默无闻"是由于灵歌主要是口耳相传,它的文本和作者都没有得到书面形式的记录,而且这些诗人和他们的作品因为长期得不到严肃的对待,仿佛"沉寂"了一样。同时,"默默无

　　① James Rosamond Johnson, "Introduction," James Rosamond Johnson (ed.), Rolling A-long in Song: A Chronological Survey of American Negro Music. New York: The Viking Press, 1937, p. 23.

　　② James Weldon Johnson, "Preface" to the Second Book of Negro Spirituals" (1926), James Weldon Johnson, James Rosamond Johnson (eds.), The Book of American Negro Spirituals (Two Books in One). New York: The Viking Press, 1969, p. 15.

　　③ James Weldon Johnson, "Preface," The Book of Negro American Poetry. New York: Harcourt, Brace and Company, 1922, p. xvii.

　　④ James Weldon Johnson, "Preface" to the Second Book of Negro Spirituals" (1926), James Weldon Johnson, James Rosamond Johnson (eds.), The Book of American Negro Spirituals (Two Books in One). New York: The Viking Press, 1969, p. 18.

闻"意指的匿名也隐喻黑人灵歌生长在黑人集体经验的土壤上,它是美国非裔的集体创造,表现了族群的艺术创造力。

约翰逊认为"白人歌唱者能唱灵歌——如果他们感受它。但是要感受这些歌曲,有必要了解关于它们的起源和历史的事实,接触关于它们的思想,并意识到它们在创造它们的人的经验中意味着什么……不能把灵歌仅仅作为'艺术'或作为一种对有趣奇异的东西的'展示'"[①]。约翰逊相信,对艺术的理解不能脱离对这些艺术的创作者的理解,不能把他们的艺术当作纯粹艺术或作为一种感知材料,而忽略它们在表征创作者的经验、思想和情感诉求方面的意义,不能弱化甚至取消创作者的主体性。在思想上,美国黑人在他们对基督教精神的"言说"中超越了他们所接触到的人们"实践"基督教的语言,这是一种有着强烈的主体性的言说,一种在言语中行动的言说。美国黑人灵歌对世界宗教音乐的贡献是艺术性的,同时也是思想性的。

第二节　美国非裔文化:突破界限的"和声"

在我们的文化生活中,世俗文化与宗教文化、大众文化与高雅文化之间的绝对界限常常隐含着价值的高低比较。然而,美国非裔文化颠覆和突破这些文化界限的价值"等级",将世俗文化与宗教文化、大众文化与高雅文化糅合,营造丰富和谐的文化"和声"。约翰逊笔下的原有色人从小接受的是古典音乐教育,有着黑人的音乐天赋,他学习音乐理论,演奏钢琴、电子风琴等乐器,并且在礼拜等宗教仪式和慈善义演等世俗活动上表演。

美国非裔文化对文化的世俗与宗教的界限的超越主要表现在音乐上。虽然美国非裔的世俗音乐和宗教音乐在语言、情感表达的方式等方面存在

---

① James Weldon Johnson, "Preface" to Book One, James Weldon Johnson, James Rosamond Johnson (eds.), The Book of American Negro Spirituals (Two Books in One). New York: The Viking Press, 1969, p. 29.

不同,但它们之间没有绝对的界限,反而相互借鉴、互动活跃。黑人灵歌兼具宗教音乐和民歌的特点,拉格泰姆既是通俗音乐也汲取了灵歌的崇高和庄严。约翰逊认为:

> 虽然灵歌一般被归在"宗教歌曲"的大类下,但它们并非在狭窄的意义上是宗教的,它们尽管有宗教的来源和用途,但并非崇敬的歌曲。黑人在灵歌中确实表达他的宗教期盼和恐惧、信仰和怀疑,也表达他的神学和道德观点,发出他的训诫,这类歌曲组成了大部分灵歌。但在很大一部分灵歌中,黑人超越了宗教的严格界限,涉及族群的一切经验。①

信仰基督教已成为许多美国非裔生活的一部分,他们祈祷、忏悔、皈依宗教,他们熟悉圣经故事、信仰基督教精神。他们把自己的生活经验和对现实的思考与基督教的精神和美德融合,在宗教信仰中理解世俗生活,在世俗生活中探索人类的崇高精神和价值追求。黑人灵歌和拉格泰姆充分体现了这种创造性的融合。

虽然灵歌突破了世俗音乐和宗教音乐的界限,却没有意图表现幽默或打趣逗乐。约翰逊批评灵歌在滑稽剧舞台上被"喜剧化"的现象,因为灵歌的主题和精神是严肃的,它的哲学"从不低于人的心灵最崇高和最纯洁的动机"②。不同的黑人音乐形式之间的互动突破世俗音乐与宗教音乐的严格界限。一方面,拉格泰姆影响了宗教音乐,福音歌曲从拉格泰姆中借鉴了切

---

① James Weldon Johnson, "Preface" to the Second Book of Negro Spirituals" (1926), James Weldon Johnson, James Rosamond Johnson (eds.), The Book of American Negro Spirituals (Two Books in One). New York: The Viking Press, 1969, p. 12.

② James Weldon Johnson, "Preface" to Book One" (1925). James Weldon Johnson, James Rosamond Johnson (eds.), The Book of American Negro Spirituals (Two Books in One). New York: The Viking Press, 1969, p. 13.

分音的曲调[①];另一方面,一些音乐家们以更轻松的心情接受黑人创造的这种音乐,在拉格泰姆、爵士乐和布鲁斯中把它发展成了美国的流行音乐[②]。约翰逊解读拉格泰姆和黑人灵歌对宗教音乐和世俗音乐之间的严格界限的突破,揭示了黑人文化打破文化的价值界限,赋予艺术更广阔的表达空间。

美国非裔文化在展现艺术家个人的才能和创造力之外,常常以集体表现的方式凸显主题。以黑人灵歌为例,领唱和会众的呼和应揭示艺术家和大众之间没有绝对的界限,艺术更多地体现着交流和互动。黑人音乐是高雅的艺术,也是大众的艺术。它在带给人们崇高和优雅的精神体验的同时,往往激发演唱者和听众发出身体语言,全身心地投入到它的审美体验和情感体验中。以黑人灵歌为例,它常常是多声部的和声,一方面让听众想象领唱接下来的歌词,另一方面形成合唱与领唱之间的呼应,让集体的声音和个体的声音此起彼伏,赋予灵歌对话的活力。

美国非裔文化在平衡理性的同时,给予情感表达更多的自由和空间。它的一个突出的特点是富于情感和想象力,这与黑人种族情感丰富,而且对情感反应敏锐的性格有关。[③] 美国非裔文化平等地看待理性和情感在人类生活中的价值,不为二者划分界限,重视人的理性和情感的自由表达。美国非裔音乐通过精细复杂的节奏表达情感变化获得极大的成功便是一个很好的说明。美国非裔音乐独特的节奏不仅实现了高雅艺术和大众艺术的融合,而且为美国的通俗音乐表达奠定了基础。

---

① James Weldon Johnson, "Preface," The Book of Negro American Poetry. New York: Harcourt, Brace and Company, 1922, pp. xiv-xv.

② James Weldon Johnson, "Preface" to the Second Book of Negro Spirituals" (1926), James Weldon Johnson, James Rosamond Johnson (eds.), The Book of American Negro Spirituals (Two Books in One). New York: The Viking Press, 1969, p. 22.

③ James Weldon Johnson, "Preface" to the Second Book of Negro Spirituals" (1926), James Weldon Johnson, James Rosamond Johnson (eds.), The Book of American Negro Spirituals (Two Books in One). New York: The Viking Press, 1969, p. 13.

第三节 重构种族身份:文化个性与文化融合

美国非裔的种族身份在历史和文化上被建构。福柯认为主体是在话语中被建构的,而美国非裔常常被作为客体来建构,主导文化话语似乎否定了他被作为主体来建构的"可能性"。如何克服美国文化中的肤色偏见是美国非裔在文化生活和文化创造中不得不面对的问题。

在展望种族的未来时,约翰逊认为,"如果照我的想法,黑人会保持他的种族身份,有不受阻碍的自由来发展他自己的才能……很可能,在塑造最终的美国人时,黑人将把他自己的才能与其他群体的才能融合,而非最大限度地独立发展他的才能;他将为美国的肤色增添一些色彩,为美国的头发增添一点永恒的、看得见的卷曲"[①]。美国非裔文化与美国文化的融合已经而且正在发生,美国非裔的许多文化创造在很大程度上已渗透到美国的生活和文化中。约翰逊倡导美国非裔文化在积极融入美国文化、世界文化的同时彰显自身的特色。原有色人的音乐理想和创作生动地诠释了约翰逊的观点。他先是把他的古典音乐的知识融入拉格泰姆,改编古典音乐的一些选段以创作拉格泰姆;后来受德国音乐家的启发更新灵感,立志要把拉格泰姆变成古典音乐。两个方向相反的音乐转化,一个是要彰显黑人音乐的特色,另一个则是要将黑人音乐融入世界音乐。约翰逊借用原有色人的音乐理想和创作,通过音乐这一隐喻表达了他的文化主张——黑人文化应该在更加广阔的视野上发展它的文化特色,与美国文化和世界文化互动。

约翰逊把音乐作为美国非裔文化与美国文化融合的一个典型例子,他认为这种融合尤其体现在黑人灵歌上。"圣经的故事点燃了黑人诗人的想

---

① James Weldon Johnson, Along This Way: The Autobiography of James Weldon Johnson. Boulder: Da Capo Press, 2000, pp. 411-412.

象力,这些诗人向他们的大众歌唱,传播坚定的信仰。"①黑人灵歌结合美国非裔的生活经验,在保留非洲音乐的"呼应"结构的基础上发展了它的旋律及和声,表达《圣经》最原初的信仰和美德。约翰逊主张,"青年人要让黑人的文化传统成为未来的美国文明的一个基本要素。美国非裔的民间音乐有一天会为黑人作曲家提供素材,黑人作曲家通过这些音乐不仅表达黑人种族的灵魂,也表达美国的灵魂"②。至于约翰逊对文化个性的关注,早在原有色人对伴奏和独奏的好恶中得以体现。原有色人不喜欢伴奏,他坦言自己从来不是一个好的伴奏者,因为他"阐释的思想总是带着强烈的个性"③。约翰逊歌颂美国非裔民间艺术家"为自己和族群表达"的精神,正是这一精神促使他们创造出个性鲜明的作品。美国非裔文化个性鲜明,对语言、色彩和声音重视,运用超自然因素,充满动态和音乐性等,在约翰逊的《布朗执事的鬼魂》("The Ghost of Deacon Brown")、《一首班卓琴歌》("Banjo Song")、《兔兄,你最聪明》("Brer Rabbit,You's de Cutes' of 'Em Al")等诗歌中已有所体现。约翰逊认为,美国非裔文化个性的发展基于美国非裔的生活经验和黑人民间文化,这两个因素是美国非裔文化表征美国非裔和保持种族特色的关键。

现代美国非裔的种族身份不是封闭静止的,它被文化塑造着。原有色人最后放弃了继续为他的百万富翁朋友提供娱乐消遣的"美差",拒绝继续扮演"娱乐者"的角色,而是前往南方腹地搜集黑人音乐的素材,建构自己独立自主的"黑人音乐家"的身份。音乐让原有色人从被"幼儿化"的文化生活

---

① James Weldon Johnson, "Preface" to Book One" (1925), James Weldon Johnson. James Rosamond Johnson (eds.), The Book of American Negro Spirituals (Two Books in One). New York: The Viking Press, 1969, p. 20.

② James Weldon Johnson, "The Larger Success" (1923), James Weldon Johnson, The Selected Writings of James Weldon Johnson: Volume II Social, Political, and Literary Essays, Sondra K. Wilson (ed.). New York and Oxford: Oxford University Press, 1995, pp. 57-58.

③ James Weldon Johnson, The Autobiography of an Ex-Colored Man. Boston: Sherman, French & Company, 1912, p. 27.

中觉醒,认识到"我是一个男人,不再是一个男孩,我现在做的只不过在浪费我的时间和滥用我的才华。我拿我的才能做什么? 我走完现在的道路之后,前面的未来是什么样的?"① 正是在不断融于美国文化和发扬美国非裔文化个性的进程中,美国非裔不断重构着他的种族身份。可以说,他的种族身份在被文化塑造,与此同时,他的种族身份也参与着文化的形成与发展。

约翰逊在他的诗歌《唐克》("Tunk",1917)中讲述了一个滑稽的悲剧故事,讽喻美国占主导地位的文化对美国非裔的渗透和误导。这首诗的灵感来源于约翰逊在佐治亚的乡村学校教书时遇到的一个不好学的学生。"Tunk"是这个学生的名字"唐克",也暗含"敲击"的含义。诗歌中的训导者称呼唐克"darkey",明显受到占主导地位的文化的影响,他让唐克受教育的目的是让他过上闲散的生活,像白人那样"轻轻松松",这样的教育目的无疑是错误的。这位训导者或许是唐克的父亲或母亲、老师或长辈,他不仅将白人的生活方式作为标准,把白人社会塑造和传播的关于黑人的刻板化形象当作自我形象,还要把这种标准和自我形象灌输给他的孩子。究竟是谁应该被"敲击"、谁应该觉醒,是唐克还是这位训导者,答案不言自明。约翰逊在这首诗中通过故意使用种族化的表征进行反表征,借用反讽呼吁美国非裔应该批判性地"阅读"美国文化,重新在文化中审视他的自我形象。

约翰逊的作品通过文化的表征和反表征质询"美国文化"这一概念,反思美国非裔及其文化在美国文化中被公众看待的方式,以及美国非裔看待他自己和他的文化的方式。正是在文化的表征和反表征中,美国非裔塑造着他和他的文化在美国社会和世界"显现"的方式,建构他的文化身份。

---

① James Weldon Johnson, *The Autobiography of an Ex-Colored Man*. Boston: Sherman, French & Company, 1912, p. 139.

文化在本质上是阐释性的[①],而文化表征脱离不开它的社会历史语境。约翰逊的作品的文化表征与反表征为我们提供了一个继续思考"应该从人种学还是人类学的理念来认识人"的问题。我们不禁想问,这样一种认识人的理念,即把对人类的认识局限在对他进行科学性的简化,忽略他作为物质的、语言的和文化的存在的复杂性,何以继续被纳入人类的文化叙事。这一理念及其实践何以继续参与着知识的话语建构?约翰逊的作品以表征和反表征参与文化叙事,是对文化叙事背后的权力关系的质询。

---

① Stuart Hall, "The Work of Representation," Stuart Hall (ed.), Representation: Cultural Representations and Signifying Practices. London, Thousand Oaks and New Delhi: SAGE Publications Ltd, 1997, p. 42.

第四部分

约翰逊与美国非裔现代文学

　　约翰逊在种族、语言和文化三个维度上运用独特的表征策略进行了创造性的文学书写，他不仅为美国非裔文学贡献了富于创造性和超越性的作品，而且对美国非裔文学的传统和主体性的建构展开了深刻探索，并对它的发展方向进行思考。约翰逊观察到 19 世纪末至 20 世纪初的美国非裔文学在艺术性上的局限和它在美国文学和世界文学中所处的边缘地位，鼓励美国非裔作者超越对欧美文学经典的盲目模仿，创造真正的黑人文学。他结合社会时代语境继续探索美国非裔文学传统的建构，而且观察到黑人的现代生活对文学表征提出了新的需求和挑战，美国非裔文学因此迫切需要向现代文学发展。他是哈莱姆文艺复兴的先驱和重要作家，他的"以文艺促进种族发展"的主张为哈莱姆文艺复兴精神的形成做了准备，他的小说所塑造的觉醒的原有色人是"新黑人"的雏形。

第十章

约翰逊论美国非裔文学传统的建构

约翰逊在思考美国非裔文学传统的建构时,聚焦两个关键问题——"美国非裔文学的创作意图是什么",以及"如何形成美国非裔文学的'常态'"。想要形成美国非裔文学的常态,被美国非裔文学自身的以及它被占主导地位的文化设置的传统表达模式需要突破。美国非裔文学是美国文学的一个组成部分,但它应该有自己独特的表达方式。

第一节 传统的缺位:19 世纪末至 20 世纪初 美国非裔文学的生态景观

由于社会历史的原因和美国文化艺术发展的大环境,黑人文学长期被种种带有种族偏见烙印的传统、惯例和禁忌紧紧包裹,而它的创作意图也往往陷于"为娱乐和迎合白人观众"的牢笼中,较少表现真实的美国黑人和他们的生活及文化,较少为黑人和黑人种族表达。这种情况延续到 19 世纪末至 20 世纪初,这个时期的美国非裔文学仍然受到种族偏见思想对其文学表征的束缚,这也与许多黑人作家和艺术家为满足市场需求,弱化或放弃他们为黑人发声的意愿有关。显然,这样的黑人文学缺乏自主的创作意识,它的表现方式因此难免单一和刻板化，所取得的艺术效果也往往落入平庸。一些美国非裔文学作品遵循占主导地位的文化为黑人文学设置的种种传统和惯例，继续重复和传播关于黑人的刻板化形象，加强公众对美国非裔的偏见和冷漠，给他在社会、经济、文化等领域的发展带来消极作用。约翰逊敏锐地观察到此时的美国非裔文学所面对的困境以及它所揭示的美国非裔文学缺乏传统的现实，并力图引起广大的黑人作者对这些问题的关注，倡导黑人作者有意识地打破这种阻碍黑人艺术正常发展的"生态环境"。

美国非裔文学在美国文学中的边缘地位表现在它往往被美国文学界定为"局外人"，它的许多优秀的作品因此难以进入各类美国文学选集中。正是美国非裔文学在美国文学话语中的无形性（invisibitility）启发约翰逊倡导黑人作者积极创作，以提升美国非裔文学作品的数量和艺术性，形成文学常态。约翰逊曾指出在黑人作者创作的作品中纯文学的作品数量很少，只有当黑人文学作品在数量和艺术性上积累到一定程度，才有可能出现世界级的黑人作家。文学常态是孕育优秀的黑人作家和文学作品的重要环境，也是建构美国非裔文学的传统的必要条件。

直至19世纪末，黑人在美国主导文化和艺术中常常被作为舞台布景、摆设或者典型人物，很少被作为主题素材或主要人物。约翰逊认为，美国非裔文学需要更多地把黑人及其生活作为主题素材，积极建构它的文学传统和主体性。无论是建构它的文学传统还是它的主体性，美国非裔文学都需要提升它的艺术性，这主要基于当时的美国非裔文学中的纯文学作品数量较少的现实。约翰逊评价有黑人血统的保罗·邓巴是"第一个表现出在诗歌素材和诗歌技巧上的高超才能的人，第一个达到透视他自己的种族的高度的人，第一个客观看待它的幽默、它的迷信和它的缺点的人，第一个在一种纯文学的形式中表达这些东西的人"[1]。他连续用了多个"第一"来突出

---

[1] James Weldon Johnson，"Preface," The Book of Negro American Poetry. New York: Harcourt, Brace and Company, 1922, p. xxxiii.

邓巴在美国非裔诗歌史上的重要地位,而且通过强调"透视种族"和"纯文学的形式"揭示他的文学理念——美国非裔文学应该表征美国黑人种族、为美国黑人种族表达,而且应该具有文学性和艺术性,而非纯粹的政治宣传。

第二节　超越模仿:创造真正的黑人文学

19 世纪末至 20 世纪初的"许多黑人作家模仿文雅的维多利亚文学传统,不能表现黑人的内在精神和生活"[①]。约翰逊认为黑人作者不应该仅仅发挥"模仿"的作用。文学语言是美国非裔自我表达的一个重要媒介,如果黑人作者满足于模仿和复制,他又如何能够创造出表达自我的作品呢? 就约翰逊的个人文学创作来看,他在创作生涯的早期也曾采用维多利亚文学的十四行诗的诗歌形式,但在 20 世纪初便开始放弃在维多利亚文学传统下创作诗歌,转向采用现代形式,并结合美国非裔的种族文化背景创作关于黑人的和为黑人表达的文学作品。约翰逊在文学上的转向揭示了他想要摆脱模仿,创作真正的黑人文学的努力。正是基于他的个人创作实践和他对美国非裔文学现状的思考,他主张美国非裔作者超越模仿,创造真正的黑人文学。这一方面是因为黑人文学有着重要的政治和艺术意义,另一方面是因为只有超越模范,黑人文学才能迎来新生。

黑人文学不是天鹅绒手套,它看似柔软和缺乏力量,却具有重要的政治、文化和艺术意义。约翰逊将发展黑人文艺作为积极交流和促进政治和文化进步的有效方式,发展文艺对黑人争取自由与平等的事业意义重大,黑人通过文学和艺术创造展现自己同样出色的智慧和创造力,从而改变社会公众的心态和提高他们自身的地位。

---

① August Meier, Negro Thought in America, 1880—1915: Racial Ideologies in the Age of Booker T. Washington and Ann Arbor: University of Michigan Press, 1988, p. 267.

　　超越模仿是主动操控表征的表现。美国非裔作者盲目地模仿和重复维多利亚文学传统、模仿白人作家对黑人的带有种族偏见的书写方式，实际上是一种被动的表征，而非主动的表征。模仿难以真实、全面地表现美国非裔的生活经验和他的思想情感。约翰逊相信，超越模仿能够为黑人文学带来新的生机，促进它的主体性的建构。他观察到 19 世纪末至 20 世纪初的纽约黑人文学和艺术在发展态势上有两个核心，一个是还原黑人的真实经验本身，另一个是寻找一条自我认同的新道路[①]。还原黑人的真实经验是要批判地对待欧美文学传统长期以来对美国非裔的带有种族偏见色彩的表征，觉察到这些表征的失真和消极影响，并创造蕴含种族意识的作品。寻找自我认同的新道路则是要建构黑人文学的主体性和传统，通过文学促进美国非裔对他的黑人自我的理解。

---

　　① Sondra K. Wilson, "Introduction," James Weldon Johnson, Black Manhattan. New York: Da Capo Press, Inc., 1991, pp. xii-xiv.

第十一章

约翰逊论美国非裔文学的发展方向

约翰逊对美国非裔文学发展方向的思考聚焦于两个方面：美国非裔文学向现代文学的发展，以及黑人文化与美国非裔原创文学之间的联系。

第一节　美国非裔文学走向现代文学

美国非裔的现代生活向美国非裔文学提出了新的需求和挑战，美国非裔文学如果要走向现代文学，则需要在对美国非裔的表征上重新编织语言符号、概念和指称的人和事物之间的关系。约翰逊对美国非裔走向现代文学的阐释强调两个方面：一是美国非裔文学在创作意图上应该积极表征现代黑人的现代生活，二是美国非裔文学在创作实践上应该兼收并蓄，广泛汲取世界文学的现代文学技巧。

美国非裔文学走向现代文学就是要通过表征现代黑人的现代生活，进一步打破美国社会占主导地位的文化关于美国非裔的刻板化形象，将美国非裔及其生活经验本质化、简化和自然化①，似乎把美国非裔的社会文化形象固定在历史中。美国非裔现代文学通过表征现代黑人的现代生活，打破这种固定，表现新的时代和社会语境下的美国非裔的真实形象和生活经验。

在约翰逊看来，美国非裔现代文学不应囿于传统的写作模式和表现手法，而应该兼收并蓄，汲取世界现代文学的艺术技巧，同时在与世界文学的交流和对话中继续发展。他既不完全赞成科尔·鲍勃的"以追求艺术效果，无论是否与黑人有关"的艺术创作主张，也不同意维尔·M.库克的"黑人艺术家应该避开'白人的样式'"的观点。②前一个观点主张黑人艺术家创造具有普遍价值、能与白人艺术家的作品媲美的非裔文学，但忽略了黑人艺术所处的种族和文化语境；后者建议黑人艺术家回避白人艺术创作的样式，创造"原创"艺术，不但是对文学的"肤色界限"的默认，而且忽略了不同文学之间的相互联系。约翰逊阅读过鲁本·达里欧、格特鲁德·斯坦因、詹姆斯·乔伊斯、沃尔特·惠特曼、爱伦·坡等现代主义作家的作品，对世界现代文学比较了解。他强调文学空间的开放性，认为文学在表现同一个主题时方式可以多种多样。创作技巧上的兼收并蓄并不妨碍美国非裔文学的主体性和独特性，就像美国黑人音乐的节奏无论如何多变，总是不失它的重音或重拍。

约翰逊没有明确界定过"现代"一词，但评价过一些美国非裔作家的现代性。他认为芬顿·约翰逊是"超现代派"，安妮·斯潘塞是"最现代的非裔

---

① 斯图亚特·霍尔认为刻板化作为一种表征活动，会带来本质化、简化主义和自然化的影响，从而建构"他者性"和排斥被刻板化的对象[Stuart Hall, "The Spectacle of the 'Other'," Stuart Hall (ed.), Representation: Cultural Representations and Signifying Practices. London, Thousand Oaks and New Delhi: SAGE Publications ltd, 1997, p. 257.]。许多关于美国非裔的刻板化形象划分类型和界线，把占主导地位的文化对他的想象和假设，以及某些个别现象固定和自然化为美国非裔和他的生活经验的本质，往往将他的人性简化为他的黑肤色、他的"滑稽逗乐、喜爱唱歌跳舞、道德低下和容易犯罪的"性格，以及他的缺乏思想等"特征"。

② James Weldon Johnson, Along This Way: The Autobiography of James Weldon Johnson. Boulder: Da Capo Press, 2000, p. 173.

女诗人,她的诗行常常晦涩隐秘"①。这些作家的作品对主题的处理比较间接和复杂,与之前的一般采用直接叙事和抒情的作品明显的不同。约翰逊在他的小说《原有色人》和自传《一路走来》中运用现代文学技巧,创作了两部在美国非裔文学史上具有里程碑意义的现代作品。《原有色人》体现出一种文学体裁的杂糅性,约翰逊在这部小说中"把散文作为一种创作媒介,它的自由、灵活、宽广(综合)以及它提供的克服技巧难点的各种方法都让他兴奋,类似于行动自如的那种兴奋"②。小休斯顿·贝克在定义黑人现代主义的风格时强调黑人作者对形式的主体性的掌控。③《一路走来》是美国非裔现代文学中一部开拓性的作品,它作为一个表征,表达自传作者对自由行动的诉求——自由表达、自由写作、自由叙述等。散文风格在约翰逊创作小说时给予他的"类似于行动自由的兴奋感"延续到了他的自传创作。《一路走来》采用散文风格,更加自由地调控作品的形式,表现出一种开阔的风格,对传统的美国非裔自传和美国自传均有所超越。

《原有色人》和《一路走来》的现代性主要体现在它们深刻地探讨了人类现代生活的一个重要问题,即一个个体如何以主体性的人的身份在社会中存在。《原有色人》把"种族冒充"作为一种社会现象来反映和探讨,它超越了把美国的种族问题限于美国非裔或美国的视野,而是把它作为一个人类的存在的问题、一个自我与他人的联系的问题。原有色人作为美国非裔文学和美国社会文化中的一个重要原型和隐喻,也是人类存在的一个现象,对它的思考可以超越时间和空间。

《一路走来》拒绝碎片式的存在,而是赞美独立完整的内心生活。约翰

---

① James Weldon Johnson, "Preface," The Book of Negro American Poetry. New York: Harcourt, Brace and Company, 1922, p. xliv.

② James Weldon Johnson, Along This Way: The Autobiography of James Weldon Johnson. Boulder: Da Capo Press, 2000, p. 238.

③ Jacqueline Goldsby, "Introduction," The Autobiography of an Ex-Colored Man: Authoritative Text, Backgrounds and Sources Criticism, Jacqueline Goldsby (ed.). New York and London: W. W. Norton & Company, 2015, p. xxxiii.

逊曾在《美国黑人，现在怎么办？》中有力地宣告"我有我的内心生活"[1]，他相信人的精神力量对他塑造生活的重要意义，"每个人都有可能过一个闪耀的人生"。在 20 世纪初美国的种族隔离的社会语境下，这句宣告呼吁黑人同胞不要让他们的灵魂被《吉姆·克劳法》隔离，不要将种族偏见内化。当回忆自己得知《戴尔反私刑法案》在参议院未获通过的感受时，他表示，"他们杀害的是我们的身体，我们保有我们的灵魂"[2]。与杜波依斯在《黎明的黄昏》中的诗意的抒发——"我有我'内心的岛屿'（island within），它是一个美丽的国度"[3]不同，约翰逊在《一路走来》中表现的主人公的内心生活不只是拥有一个美丽的"心灵家园"，而是一个独立完整的内心世界，它将外界的入侵和伤害隔离于心灵之外，保有一个独立的自我。

　　《一路走来》的主人公自我意识强烈，他在他的生活中积极地发挥着人的主体性，他想要抓住自己真实的内心渴望的意识比传统的美国自传中的主人公更加强烈。正如他在大学毕业典礼上题为"人类的命运"的演讲中表达的决心和理想——超越种族界限和限制。[4] 他的一生都在为此奋斗，并在很大程度上实现了这一理想。他在后来的外交生涯中，面对种族偏见和政党之争，曾主动递上辞呈，拒绝了一切留任美国驻科林托领事的可能，以主体性的人的身份把握自己的命运。不仅如此，自传的主人公意识到人的存在是主体间性的，他把他在社会中的存在与其他个体的存在联系在一起。在和大学室友亨利·M.波特一起旁听一个被控偷猪的黑人在法庭上接受

---

① James Weldon Johnson, Negro Americans, What Now? New York: The Viking Press, 1935, p. 103.

② James Weldon Johnson, "The Larger Success" (1923), James Weldon Johnson, The Selected Writings of James Weldon Johnson: Volume II Social, Political, and Literary Essays, Sondra K. Wilson (ed.). New York and Oxford: Oxford University Press, 1995, p. 41.

③ W. E. B. Dubois, Dusk of Dawn: An Essay Toward an Autobiography of a Race Concept. New York and Oxford: Oxford University Press, 2007, p. 18.

④ James Weldon Johnson, Along This Way: The Autobiography of James Weldon Johnson. Boulder: Da Capo Press, 2000, p. 121.

审判之后,他为美国的种族偏见所导致的司法暴力,以及司法暴力中表现出的"他者即地狱"的主体间的关系感到沉痛:

> 我们无须听太久,辩护就是敷衍了事,公诉人并不假装在时间和精力方面竭尽全力;他的讲话实质就是,"陪审团的先生们,我无须告诉你们这个黑鬼是有罪的;你们和我一样清楚,你们要做的就是做出有罪的裁决"。"有罪"的裁决立即就做出了。我目睹的并非真正公正的审判过程,而是马戏表演、幸灾乐祸;法庭上的白人,至少是那些长途跋涉进城找乐子的白人是那么高兴。他们挤在闷热难闻的房间里,看着和嘲笑那些也陷入法网的男人、女人和孩子,那兴致勃勃的样子就像罗马百姓看到祭品被投向狮子时狂喜叫喊那样。①

如此这般"他人即地狱"的主体间的关系是存在矛盾和问题的,自传的主人公肯定的是一种尊重每一个个体的主体性的主体间关系,"我没有感到自己需要'宗教'这个词所表达的一般意义上的宗教。我从其他资源获得了生活的精神价值,而非崇拜和祈祷……我相信,重要的是我如何对待我自己,如何对待我的同伴。我认为,我能够对自己和对他人实践自己的一套行为方式,这套方式构成一种合适的宗教,一个可以理解精神性、美和宁静快乐的宗教"②。自传主人公对于人的主体性和主体间关系的理解,实际上基于他对美国的种族现实和西方现代文明的反思。

第二节 黑人文化:黑人原创文学的根基

正如原有色人对黑人民间音乐(尤指拉格泰姆和奴隶歌曲)的热情——

---

① James Weldon Johnson, The Autobiography of an Ex-Colored Man. Boston: Sherman, French & Company, 1912, p. 115.

② James Weldon Johnson, Along This Way: The Autobiography of James Weldon Johnson. Boulder: Da Capo Press, 2000, p. 413.

"我决心去到南方腹地,生活在人们中间,畅饮我得到的第一手灵感。我对我要使用的浩瀚素材感到欣喜若狂"①那样,约翰逊发掘和赞美黑人文化,他认为美国非裔的黑人文化背景具有独特的价值。黑人文化是历史与社会积淀的结果,是无数黑人先辈的智慧、情感与创造力的结晶,也是美国非裔进行文化生活和艺术创作的重要资源,需要得到有意识的肯定和维护。他还注意到一些优秀的美国黑人艺术家继承黑人文化传统精髓,致力于创造出黑人"有意识的艺术"。

约翰逊在《原有色人》中塑造了一位黑人文化的寻根者——那位向往黑人文化,并前往南方寻找黑人民间艺术第一手资料的原有色人。从小接受欧洲音乐教育的原有色人被美国黑人音乐的魅力深深吸引,受到启发去寻找黑人音乐的素材,创造伟大的音乐。原有色人对黑人文化的喜爱和追寻颇具寓意,他的文化寻根者的形象代表着许许多多想要从黑人文化中获取灵感和力量的美国非裔艺术创作者。约翰逊始终关注如何把美国非裔丰富的文化转化为文学和艺术,他认为黑人文化是黑人原创文学的根基,黑人作家应继承和汲取黑人文化的精髓,从而创造富于艺术性和黑人特色的原创文学。

约翰逊汲取旧时黑人牧师的民间布道、拉格泰姆音乐、灵歌和黑人民俗,创作了许多既富于艺术价值又彰显黑人文化特色的文学和艺术作品。约翰逊的诗集《上帝的长号》吸收了黑人民间布道的语言特点和节奏,它的通俗歌曲则巧妙地融合了黑人的民间故事和习俗。《动物大会》("The Animal Convention", 1902),《当南瓜灯开始游荡》("When De Jack O' Lantern Starts to Walk About",1901)和《没时间争论》("Dis ain' t no Time for an Argument",1906)分别运用了"兔兄"和鬼魂的民间故事。第一首作品表现机智的"兔兄"的斗争哲学——小人物在面对斗争时应该懂得适应环

---

① James Weldon Johnson, The Autobiography of an Ex-Colored Man. Boston: Sherman, French & Company, 1912, p. 139.

境并为自己创造有利条件;第二首作品告诫黑人小孩,当南瓜灯开始游荡时,鬼魂会发出奇异的光,蹿到他们的周围,因此他们得躲在被子下面不要偷看;第三首作品则叙述了老摩西·詹金斯带着猎狗捕捉负鼠和梦见自己挖金子时,遇到的令人啼笑皆非的"囧事"——爬上树捉负鼠却碰到熊,梦见自己去挖金子却挖出了恐怖的鬼魂。老摩西遇到了熊和鬼魂,虽然被吓破了胆,却仍然在思索解救自己的办法——卧倒和打长途电话讨论。作品生动地表现了美国非裔的幽默与智慧。黑人文化是黑人原创文学生长的土壤,它为黑人原创文学提供素材、语境和灵感,赋予它黑人文化的精神和个性,而黑人的原创文学在汲取黑人文化的营养的同时,也在不断丰富着它的内容和含义。

第十二章

约翰逊与哈莱姆文艺复兴

著名的美国非裔文学批评家亚瑟·P.戴维斯在他的《从黑塔开始：美国非裔作家(1900—1960)》中把约翰逊、杜波伊斯、麦凯、图默、阿兰·洛克同列为"新黑人"文艺复兴的"耕耘者"[①]。约翰逊对哈莱姆文艺复兴的贡献基于他对美国文化和艺术的种族偏见和肤色界限的批评。他对哈莱姆文艺复兴的贡献表现在他不仅通过文学和文化的引介和批评助推哈莱姆文艺复兴的发展，而且以他的文学创作反映"新黑人"的精神。

斯特林·布朗评价约翰逊，"通过他对黑人诗歌和音乐的解读，通过他对黑人作家的相关问题的阐述，通过他自己的创造性的作品，詹姆斯·韦尔登·约翰逊在推进黑人艺术事业方面比他的任何一位前辈都要成功"[②]。查尔斯·约翰逊认为约翰逊"诠释了美国'文艺复兴者'这个词最真实、最高贵和最纯粹的含义"[③]。约翰逊作为哈莱姆文艺复兴的奠基人的贡献表现在三个方面：一是他提出的"以文艺促黑人的发展"的观点是哈莱姆文艺复兴的精神内核；二是他在小说中塑造的原有色人是"新黑人"的雏形，原有色

[①]　Arthur P. Davis, From the Dark Tower: Afro-American Writers (1900 to 1960). Washington: Howard University Press, 1974.

[②]　Sondra K. Wilson, "Introduction," James Weldon Johnson, Black Manhattan. New York: Da Capo Press, Inc. , 1991, p. xiv.

[③]　Charles Johnson, "Foreword," James Weldon Johnson, The Essential Writings of James Weldon Johnson, Rudolph P. Byrd (ed.). New York: The Modern Library, 2008, p. ix.

人的自我觉醒和独立自主是"新黑人"的主要特点;第三,他通过文学、文化批评,尤其是他发表在《纽约世纪报》的专栏上的文章,发掘和肯定优秀的黑人作家和作品,并把他们的一些作品收入《美国黑人诗集》,吸引公众对黑人文学的关注。

他不仅鼓励黑人和白人作家创作以美国黑人为主题、表现黑人的真实经验的作品,而且经常为一些黑人作家提供经济等方面的个人帮助。1922年,约翰逊出版《美国黑人诗集》时,哈莱姆文艺复兴尚未形成,这本诗集为后者作了先导。他在这本诗集中介绍的近 20 位诗人中就有在哈莱姆文艺复兴中享有盛名的克劳德·麦凯、杰西·福塞特等。1931 年,约翰逊在《美国黑人诗集》的修订版中增补的 W. E. B. 杜波依斯、兰斯顿·休斯、康蒂·卡伦、阿纳·邦当、格温朵琳·贝内特、斯特林·布朗等,同样也是为哈莱姆文艺复兴做出贡献的作家。

在约翰逊之前,已有一些美国学者作家提出积极发展黑人的文化和艺术的主张。亚历山大·克鲁梅尔认为,黑人文化如果在"世界文化中不占有一席之地,会被降格为'劣等'"[1],文化成就是关乎种族尊严和地位的重要因素之一。与约翰逊同时代的黑人领袖杜波依斯直接指出"文化成就是种族统一和团结的基础"[2]。擅长写混血儿小说的非裔作家查尔斯·切斯纳特强调文学为黑人争取平等的意义。切斯纳特生活的时代弥漫着强烈的种族憎恨,切斯纳特认为"文学有职责为黑人争取平等的事业开路,减轻白人对黑人的肤色偏见"[3]。从 1925 年发行的《调查画报》的哈莱姆专刊中不难发现,书中收录的大多数文章和文学作品都有着挖掘历史和重新发现黑人

---

[1] Alexander Crummell, "Civilization the Primal Need of the Race" (1897), The American Negro Academy Occasional Papers, No. 3., Washington, D. C.: The American Negro Academy, 1898, p. 4.

[2] August Meier, Negro Thought in America, 1880—1915: Racial Ideologies in the Age of Booker T. Washington and Ann Arbor: University of Michigan Press, 1988, p. 267.

[3] Charles Chesnutt, Journals, 29 May 1880, Charles Chesnutt Collection, Fisk University Library.

文化与艺术的主题。这本专刊中的文章后来被收入哈莱姆文艺复兴运动的宣言——阿兰·洛克编写出版的《新黑人》(*The New Negro*，1925)。

"挖掘历史"和"重新发现黑人的文化与艺术"这两个主题在约翰逊的小说《原有色人》中有比较集中的体现。原有色人看到黑人刻板化的社会角色对黑人文学提出了挑战，"黑人处在一个伟大的喜剧演员的位置，他放弃了更轻松的角色来表演悲剧。无论他可以把更深的情感刻画得多好，公众仍不愿意放弃他的旧形象。他们甚至谋划把他逼回喜剧。这提供给未来的黑人小说家和诗人机会，给予评论家一些新的、不为人所知的东西，在描绘种族中的那些努力打破传统的狭窄限制的同胞的生活、理想、奋斗和情感"[①]。"喜剧演员"的刻板化的社会角色始终隐藏着美国非裔的深刻悲剧，邓巴在他的诗歌《我们戴着面具》("We Wear the Mask"，1896)中表达过将脸孔藏于面具后面的喜剧演员的悲伤——他们戴着咧嘴大笑和撒谎的面具，遮住脸庞和双眼，笑着，心里却在撕扯和流血，嘴角流露无数微妙的表情，于是他们愤怒地宣告，索性就让世界看到他们戴着面具的样子[②]。约翰逊的观点与邓巴借由这首诗传递的信息不同，他主张美国非裔知识阶层帮助美国非裔"摘掉"他的那副"喜剧演员的面具"，同时呼吁美国白人了解这副面具后面的真实的美国黑人。约翰逊不仅在《原有色人》中发起重新发现黑人的文化与艺术的呼吁，而且在哈莱姆文艺复兴时期编写和出版《美国黑人灵歌集》《美国黑人灵歌集 第二部》，发掘美国非裔的黑人艺术传统。

约翰逊的文化批评思想中贯穿着一个重要的意图，即扭转和纠正黑人作为美国文化他者的被扭曲的形象与被边缘化的地位。约翰逊观察到

---

① James Weldon Johnson, The Autobiography of an Ex-Colored Man. Boston: Sherman, French & Company, 1912, p. 164.

② Paul L. Dunbar, The Complete Poems of Paul Laurence Dunbar. New York: Dodd, Mead and Company, 1922, p. 71.

20世纪初期"美国黑人文学作品在黑人和白人之中引起了比以前多的回响"①,这为以文学促进消除种族偏见提供了有利的客观环境。约翰逊注重美国非裔文学对美国非裔的发展和美国种族关系的重要影响,他的作品体现着明确的"以文艺促发展"的思想。"我们通过艺术可以发现解决我们的问题的一些最重要方面的最便利的方法,它是冲突摩擦最少的道路。我们可以抽象地辩论黑人有思想和崇高的理想,他的灵魂能敏锐觉察到精神反应最细微的差别,但无法说服那些争辩的人。艺术却可以证明。"②约翰逊认为一个民族的思想、创造力和伟大与它所创造的文学和艺术相关,"衡量每个民族的伟大的基本标准是它们创造的文学和艺术的数量和水准……在改变公众对黑人种族的心态和提高黑人种族的地位方面,没有什么会比通过黑人文学和艺术创作表现他具有同等水平的思想做得更多"③。美国非裔能够通过艺术成就重塑形象、展现他的天赋和贡献,使民众认识到他是美国生活中的一支活跃的和重要的力量。"他是被创造之物,也是造物主。美国非裔的才能不仅是明显的和实在的,而且是精神上的和审美的,他是美国共同文化宝库的贡献者。他在参与铸造美国文明。以上这些因素都在促进美国民众以一种全新的角度看待他,并有助于在世界范围内改变'黑人'(Negro)这个词的众多含义"④。

文学和艺术对促进美国非裔的进步和改善美国的种族关系有着重要的意义。"不夸张地说,一个一流的美国黑人诗人或剧作家或小说家;即一个

---

① James Weldon Johnson, "Race Prejudice and the Negro Artist" (1928), James Weldon Johnson, The Selected Writings of James Weldon Johnson: Volume II Social, Political, and Literary Essays, Sondra K. Wilson (ed.). New York and Oxford: Oxford University Press, 1995, p. 399.

② James Weldon Johnson, "The Larger Success" (1923), James Weldon Johnson, The Selected Writings of James Weldon Johnson: Volume II Social, Political, and Literary Essays, Sondra K. Wilson (ed.). New York and Oxford: Oxford University Press, 1995, p. 59.

③ James Weldon Johnson, "Preface," The Book of Negro American Poetry. New York: Harcourt, Brace and Company, 1922, p. vii.

④ James Weldon Johnson. Black Manhattan. New York: Da Capo Press, 1991, pp. 283-284.

能够吸引世界的注意力和认可的人要比十个美国黑人百万富翁在打倒反对黑人的偏见方面做得更多"①，"以艺术来寻求种族问题的解决的优势在于，以最少的摩擦提供巨大的和快速的进步，它还提供了一个大多数人愿意站在上面的共同平台"②。约翰逊认为艺术比经济上的富有能为消除种族偏见做得更多，这在一定程度上解释了他为什么把原有色人的结局设计为"为了微薄的汤粥舍弃了更有价值和意义的东西"。约翰逊对文学与种族的关系、文学与民族的伟大之间的关系的阐释，也许会被一些政治家、经济学家和社会学家们诟病过于理想化。而且，单纯强调文艺在推动种族发展中的作用，显然有些片面。但是，我们应该认识到，约翰逊在种族发展和调和种族关系两个问题上的焦点主要在于，通过文学和艺术从意识和无意识的层面启发人们消除种族偏见。

如果说约翰逊的"以文艺促发展"的主张为哈莱姆文艺复兴的精神的形成奠定了基础，那么他塑造的觉醒的原有色人则是"新黑人"的一个生动的雏形。

《原有色人》"作为现代主义文学的早期实验之一，它在美学方面的创新把美国非裔小说创作置于世界'文学—历史'的体系"③。1932 年，约翰逊在菲斯克大学教授创造性写作和现代小说两门课程时，曾把《原有色人》作为一个现代小说文本和丹尼尔·笛福的《鲁宾孙漂流记》(*Robinson Crusoe*, 1719)、本韦努托·塞利尼的《本韦努托·塞利尼的自传》(*The Autobiogra-*

---

① James Weldon Johnson, "When Is a Race Great?" (1918), James Weldon Johnson, The Selected Writings of James Weldon Johnson: Volume I The New York Age Editorials (1914-1923). Sondra K. Wilson (ed.). New York and Oxford: Oxford University Press, 1995, p. 273.

② James Weldon Johnson, "Race Prejudice and the Negro Artist" (1928), James Weldon Johnson, The Selected Writings of James Weldon Johnson: Volume II Social, Political, and Literary Essays, Sondra K. Wilson (ed.). New York and Oxford: Oxford University Press, 1995, p. 398.

③ Jacqueline Goldsby, "Introduction," Jacqueline Goldsby (ed.), The Autobiography of an Ex-Colored Man: Authoritative Text, Backgrounds and Sources Criticism. New York and London: W. W. Norton & Company, 2015, p. xiv.

phy of *Benvenuto Cellini*，1728)一同布置给学生阅读和研讨。[1] 作为现实主义经典作品，《鲁宾孙漂流记》体现了英国资产阶级的创造和开拓精神，以及他们敢于同恶劣的环境进行英勇斗争的精神；《本韦努托·塞利尼的自传》则是雕塑家本韦努托·塞利尼对他的多面的人生经历和意大利社会现实的描绘，以幽默讽刺著称。《原有色人》和这两部作品的共同点是都塑造了敢于超越环境的限制、独立自主的英雄人物，而且都富于质询和批判的色彩。

原有色人从美国的种族现实中觉醒，认识到种族偏见的残酷和荒谬，他没有接受被限于肤色界限的命运，而是独立自主，凭借他的白皙的肤色冒充白人，用白人的方式取得物质上的成功。他曾在纽约的黑人文化聚集区当过拉格泰姆的演奏者，但他终究放弃了扮演黑人作为娱乐者的传统角色，而是选择了需要自力更生的商业买卖。原有色人对职业的选择与放弃体现出他在建构身份认同的过程中发挥了主体性。他的独立自主甚至表现在他对外语的认知上——"学习外语让他意识到，只要付出一点努力就能取得一项像音乐那样杰出和有价值的成就。他决心让自己尽可能多地成为语言学家"[2]。而且，原有色人对上层黑人的描述总少不了受过教育的和经济上富裕的。原有色人虽然不是一个完美的"新黑人"，但他的身上表现了"新黑人"的觉醒、经济地位的提高、独立自主和超越局限力争发展的精神，确实是"新黑人"的一个雏形。这是哈莱姆文艺复兴强调的教育和财富积累。小亨利·路易·盖茨称赞约翰逊"是一个重新创造自我的天才，一个真正的文艺复兴者。他的小说思考种族的意义，预示了20世纪20年代的哈莱姆文艺复兴的许多重要主题。如果哈莱姆文艺复兴时期有一位真正的文艺复兴

---

[1]　Jacqueline Goldsby，"Introduction，" Jacqueline Goldsby（ed.），The Autobiography of an Ex-Colored Man：Authoritative Text，Backgrounds and Sources Criticism. New York and London：W. W. Norton & Company，2015，p. xi.

[2]　James Weldon Johnson，The Autobiography of an Ex-Colored Man. Boston：Sherman，French & Company，1912，p. 129.

者,那就是约翰逊"①。《原有色人》是"预言了'新黑人'文艺复兴的一部小说"②,它蕴含的多重主题和它对"新黑人"精神的诠释为哈莱姆文艺复兴奠定了思想基础。

约翰逊不仅是哈莱姆文艺复兴的奠基人之一,而且对它做了深刻的解读。"《黑人曼哈顿》在哈莱姆文艺复兴的历史中占有一个永恒的地位。"③约翰逊在他的这部非小说作品中记叙了20世纪20年代至30年代的哈莱姆文艺复兴运动,他认为哈莱姆文艺复兴"更像是一场突然的觉醒,一场瞬间发生的改变"④。他把这场运动在文学领域的繁荣景观称为一场黑人文学运动——即"黑人文学文艺复兴"(Negro literary renaissance),这场运动是有思想且富于创造力的黑人作品的"大爆发"⑤。"20世纪20年代至30年代,美国出现了很多有才华、有创造力的作家和艺术家。黑人为美国的共同文化宝库做出了贡献,尤其是他的民间艺术。"⑥约翰逊对哈莱姆文艺复兴时期的文学和艺术的记述和解读涉及诗歌、小说、戏剧、音乐、绘画等体裁,引介邓巴、切斯纳特、杜波依斯、图默、沃尔特·怀特、杰西·福塞特、内拉·拉森、埃里克·沃尔龙德、兰道夫·费什、华莱士·瑟曼、麦凯、泰勒·戈登等美国非裔作家。约翰逊注意到黑人灵歌在这一时期"又重新流行起来",并且得到一些新的阐释,大众对它的接受不同于以往,大众对灵歌"有更高的评价和更真正的鉴赏,50年(1880)前,白人观众会带着对可怜黑人的同情而被感动,现在(1930)怜悯的成分少了,更多的是对黑人种族创造才

①　Henry L. Gates, Jr. , Life Upon These Shores: Looking at African American History, 1513-2008. New York: Alfred A. Knopf, 2013, p. 229.

②　August Meier, Negro Thought in America, 1880—1915: Racial Ideologies in the Age of Booker T. Washington and Ann Arbor: University of Michigan Press, 1988, p. 270.

③　Robert E. Fleming, James Weldon Johnson. Boston: Twayne Publishers, 1987, p. 86.

④　James Weldon Johnson, Black Manhattan. New York: Da Capo Press, 1991, p. 260.

⑤　Sondra K. Wilson, "Introduction," James Weldon Johnson, Black Manhattan. New York: Da Capo Press, Inc. , 1991, p. xiii.

⑥　James Weldon Johnson, Black Manhattan. New York: Da Capo Press, 1991, pp. 260, 284.

能的钦佩"①。这表明,美国大众对黑人文化与艺术的接受和理解发生了一定的变化,从把它们当作娱乐消遣和欠缺艺术性的"杂耍"到欣赏它们所体现的黑人的创造才能,这在美国大众对黑人的文化接受心理方面并不是一个简单的变化。

约翰逊在《一路走来》中描绘哈莱姆文艺复兴在文学界的景象:

> 1922年末,克劳德·麦凯出版了他的《哈莱姆阴影》……接着,吉恩·图默出版了《甘蔗》,该书包括了关于黑人生活的一系列现实主义故事,穿插着非常美丽的原创抒情诗。奇怪的是,他从来没有进一步发展他的这一特点;然而,这本书给评论家们留下了深刻印象,仍被称为现代美国散文的最佳作品之一。安妮·斯宾塞的非凡诗歌引起了关注;还有其他诗人的初期作品,黑人"文学复兴"正在进行……1924年,杰西·福塞特出版其小说《有混乱》,讲述了有智慧的和富裕的北方黑人的生活。几乎是同时,沃尔特·怀特的小说《火石中的火》出版,从一个侧面反映了南方的生活,引起广泛评论和激烈争议。这一时期,W.E.B.杜波依斯主编的《危机》、查尔斯·S.约翰逊主编的《机会》多年来颁发了许多文学奖。《机遇》的颁奖典礼每次都设晚宴,有两三百人参加,其中的很多是白人作家及其他的文学爱好者。1924年和1925年,康蒂·卡伦和兰斯顿·休斯的诗集问世,紧随其后的是内拉·艾姆斯和鲁道夫·费希尔的小说,以及其他十几位作家的散文集和诗集。主要的出版社敞开他们的大门,重要的杂志给这些作家版面——黑人"文学复兴"正如火如荼。②

在记叙哈莱姆文艺复兴的文学繁荣的同时,约翰逊注意到哈莱姆文艺

---

① James Weldon Johnson, Black Manhattan. New York: Da Capo Press, 1991, p. 278.

② James Weldon Johnson. Along This Way: The Autobiography of James Weldon Johnson. Boulder: Da Capo Press, 2000, pp. 375-376.

复兴时期的文学除了"仍然缺少描写一战黑人的小说"①外，对黑人在哈莱姆等城市的现代生活缺乏足够的表现：

> 哈莱姆也有戏剧价值；但极少被触及。白人和黑人小说家写的故事把哈莱姆局限为一个游乐场，忽略或没有认识到起作用的那些根本的和残酷的力量，以及为了对付这些力量所做出的努力。当然，这可以理解；生活绚丽多姿、异国情调的方面为小说家们提供了更容易和更迷人的任务。然而，哈莱姆生活更严酷的方面为能够探讨它的作家提供了独特丰富的场域。在这些方面背后的是真实的喜剧和真实的悲剧、真实的胜利和真实的失败。这个场域很可能正等待着某个黑人作家。②

约翰逊肯定哈莱姆文艺复兴对提升黑人形象和黑人的种族意识的意义，也为哈莱姆文艺复兴时期文学没有充分地表现黑人的现代生活经验感到遗憾。

《纽约世界》杂志的哈利·萨尔皮特曾指出，"1900 年代还没有哈莱姆，小说(《原有色人》)里的黑人文化区的描绘是前瞻性的"③。约翰逊在《原有色人》中用黑白素描预言性地勾勒了黑人文化聚集区的景象，后来在《黑人曼哈顿》这部兼具历史和社会文化评论两方面价值的作品中用色彩描画了 20 世纪前 30 年的世界的黑人"圣城"——哈莱姆。这部作品全面生动地描绘了自17 世纪荷兰人在新阿姆斯特丹建立殖民地至 20 世纪 20 年代哈莱姆文艺复兴运动时期，美国非裔在纽约的生活，包括他的政治斗争、文化生活、文学和音乐等艺术的发展，展现了 20 世纪 20 年代的哈莱姆的多面形象。

---

① James Weldon Johnson. Black Manhattan. New York: Da Capo Press, 1991, p. 276.

② James Weldon Johnson, Along This Way: The Autobiography of James Weldon Johnson. Boulder: Da Capo Press, 2000, pp. 380-381.

③ Jacqueline Goldsby, "Introduction," The Autobiography of an Ex-Colored Man: Authoritative Text, Backgrounds and Sources Criticism, Jacqueline Goldsby (ed.). New York and London: W. W. Norton & Company, 2015, p. lii.

哈莱姆的形象之一是美国种族问题的一个实验室。它不仅是美国最有趣的社区之一，而且是"种族问题的一个大规模的实验室，集中体现了种族问题的剧烈和顽固，从那里人们能够发现大量的事实"[①]。约翰逊眼里的哈莱姆并非尤妮斯·R.亨顿（Eunice R. Hunton）所称的"一个现代贫民窟"[②]，这场实验的"外部效果是重塑公众情绪与舆论"[③]。

哈莱姆的形象之二是美国非裔进入现代城市生活的重要标志。哈莱姆是美国和美国非裔的现代生活的一个集中反映，它的俱乐部文化、音乐和戏剧都体现着城市生活的节奏。约翰逊在《黑人曼哈顿》里将纽约描绘为，"一座居于白人曼哈顿心脏的黑人城市"[④]，而哈莱姆则是黑人之都，"世界的黑人圣城"（black mecca of the world）[⑤]。"哈莱姆给了纽约黑人住上现代公寓的第一次机会，栖居之所的改变加快了美国黑人进入现代城市生活的节奏，这个黑人社区有着'快乐'和'幽默感'两个重要特征。自1917年，哈莱姆人开始为自己生活的这个黑人社区感到自豪"[⑥]。

哈莱姆的形象之三是美国非裔的思想、文化和艺术中心。它是20世纪初美国非裔文化艺术繁荣的重要场域和见证者。哈莱姆的形成既象征了美国非裔争取自由与权利、寻求自我认同和发展民族文化的奋斗历程，又见证了美国非裔在戏剧、音乐等艺术领域的进步。"黑人文学文艺复兴"的发生把哈莱姆作为美国乃至世界黑人思想和文化中心的影响力推向了又一个高潮，"这是充满故事和歌舞的哈莱姆形成的时代；是哈莱姆的异国情调和感官刺激的声名传遍世界的时代；是哈莱姆作为欢笑、歌唱、舞蹈和原始激情之地，作为新黑人文学和艺术中心闻名的时代；是它在伟大城市的地标名单

---

① James Weldon Johnson, Black Manhattan. New York: Da Capo Press, 1991, p. 281.

② Eunice Roberta Hunton, "Breaking Through," Survey Graphic 53 (March 1925), p. 684.

③ James Weldon Johnson, Black Manhattan. New York: Da Capo Press, 1991, p. 283.

④ Sondra K. Wilson, "Introduction," James Weldon Johnson, Black Manhattan. New York: Da Capo Press, 1991, p. vii.

⑤ James Weldon Johnson, Black Manhattan. New York: Da Capo Press, 1991, p. 3.

⑥ James Weldon Johnson, Black Manhattan. New York: Da Capo Press, 1991, pp. 231-232.

中确立地位的时代。哈莱姆的享誉世界是作家们的杰作"①。透过对哈莱姆文艺复兴的观察,约翰逊注意到黑人文化和艺术已经渗透入美国生活——"黑人的宗教音乐:灵歌;他的世俗音乐:种植园歌曲,拉格泰姆,布鲁斯,爵士乐和劳动号子;他的民间文学:雷姆斯大叔系列故事和其他种植园故事;以及他的舞蹈。这些或多或少都融入、渗透到了全民的日常生活。雷姆斯大叔系列故事甚至被挪用,被稍作修改,作为睡前故事出现在日报上。"②。

约翰逊和他的妻子格蕾丝长期生活在哈莱姆,他对这个黑人文化中心十分了解,他没有把哈莱姆书写为一座光辉无瑕的黑人社区,而是对它乃至纽约黑暗肮脏的一面毫不遮掩。哈莱姆暗藏着人的许多恶习和罪恶,它的真实面孔显露着堕落和腐朽、阴影和黑暗。而且,哈莱姆对黑人而言并非没有偏见和剥削的"天堂","他们为在白人文明漩涡中生存进行着严酷的日常斗争"③。原有色人曾在第六大街的黑人区放浪形骸,从南方重返纽约后却故意避开那里,感到它"仿佛染上了瘟疫一样"④。"纽约的黑人都市圈构成了著名的老油水区的一个部分,自然滋生了许多总是存在的恶习,主要是赌博和嫖娼"⑤,甚至哈莱姆的黑人教堂虽在改善黑人处境方面作用重大,但也不乏干着下流勾当的"害群之马"。原有色人曾在纽约第23街到33街的第六大道周边区域活动,在他看来,纽约的黑人文化聚集区既是放浪形骸的黑人文化中心也是赌徒的中心。⑥ 置身当时的时代,约翰逊指出哈莱姆在

①　James Weldon Johnson, Along This Way: The Autobiography of James Weldon Johnson. Boulder: Da Capo Press, 2000, p. 380.

②　James Weldon Johnson, Black Manhattan. New York: Da Capo Press, 1991, pp. 260-261.

③　James Weldon Johnson, Along This Way: The Autobiography of James Weldon Johnson. Boulder: Da Capo Press, 2000, pp. 380-381.

④　James Weldon Johnson, The Autobiography of an Ex-Colored Man. Boston: Sherman, French & Company, 1912, p. 189.

⑤　James Weldon Johnson, Black Manhattan. New York: Da Capo Press, 1991, p. 74.

⑥　James Weldon Johnson, The Autobiography of an Ex-Colored Man. Boston: Sherman, French & Company, 1912, pp. 101, 110.

各方面的发展并不平衡，"它还缺乏很多东西，经济发展还没有跟上政治、职业界和艺术界的进步"[1]。

约翰逊除了解读哈莱姆的多面形象，还对休斯、麦凯、卡伦等哈莱姆文艺复兴时期的非裔诗人进行评论。作为一位诗人和文学批评家，约翰逊非常关注20世纪前三十年美国非裔诗歌的发展。他在《黑人曼哈顿》中指出美国非裔诗歌的两个比较明显的趋势。第一个趋势出现在一战刚结束时，一些黑人诗人努力挣脱陈旧素材和传统表达方式，积极创作为黑人大众发声的诗歌，他们"鄙弃黑人诗歌的传统方言和陈旧老套的素材，完全摆脱感伤和幽默的限制，也不使用白人滥用的诗歌题材。他们力图表达当时的黑人大众的感受和思想，以及他们想要听到的东西。这些黑人革命诗人的诗歌主调是觉醒、抗议和质疑，有时甚至是绝望。他们的崛起是对之前的伤感与哀求风格的反叛"[2]。这一时期的许多美国非裔诗歌具有强烈的种族意识。第二个趋势发生在一战结束后的五六年，"一群更年轻的黑人诗人的崛起是对战后诗人'宣传'的反叛，其中一些诗人通过假装彻底忽略'种族'用来围困他们的障碍来逃避'种族'。这种自我催眠（auto-hypnosis）的过程常常产生出虚张声势的，更糟糕的是夸夸其谈的诗歌"[3]。克劳德·麦凯是第一个趋势中的代表诗人，而兰斯顿·休斯和康蒂·卡伦作为战后更年轻的一代诗人，并没有陷入第二个趋势，成为"逃避种族的诗人"。

约翰逊对兰斯顿·休斯、克劳德·麦凯和康蒂·卡伦这三位优秀的"反叛"诗人的评论和解读，不仅是前辈作家对后辈作家的评介，而且考察这些作家及其作品所体现的美国非裔文学的创造力。他高度评价克麦凯没有"让种族问题的纯粹争论的阶段抑制他的艺术感，展示了他作为诗人的力

---

[1]　James Weldon Johnson, Black Manhattan. New York：Da Capo Press，1991，p. 282.

[2]　James Weldon Johnson, Black Manhattan. New York：Da Capo Press，1991，pp. 263，267.

[3]　James Weldon Johnson, Black Manhattan. New York：Da Capo Press，1991，p. 267.

量、广度和技艺"①,他是"带来'黑人文学文艺复兴'的重要力量之一。他的声音洪亮有力,是一位技巧高超、题材多样、擅长十四行诗的真正的诗人"②。约翰逊在《一路走来》中指出麦凯的诗歌对 1919 年种族暴力的深刻揭露,"这些大屠杀从克劳德·麦凯那里[《如果我们必须死》("If We Must Die"),1919]发出了最后的、挑衅的绝望哭喊",而"他的诗集《哈莱姆阴影》(*Harlem Shadows*,1922)使他成为最优秀的现代美国诗人之一"③。

约翰逊认为,休斯和卡伦没有刻意逃避"种族",以摆脱种族的重压对诗歌艺术的束缚,他们"进一步推动了黑人文学运动"④。有意识的艺术需要黑人作家继承黑人民间文化与艺术的传统,不仅是形式,还有理念。黑人民间文化和艺术是黑人性的美丽和力量的组成部分,它们不仅是美国非裔的内心生活的丰富叙事,而且是他们的存在的重要部分。约翰逊赞扬休斯是一位有意识的艺术家和世界主义者,他"在诗歌形式和诗歌主题方面都是反叛的,以一种愤世嫉俗和讥讽的幽默保证了他的最好的诗歌效果……休斯在处理种族主题时,很少感伤,从不悲惨可怜。他的诗歌中有悸动和眼泪。作为一位有意识的艺术家,他在很大程度上采用民间吟游诗人和布鲁斯创造者的哲学。那种哲学选择用笑来忍住哭泣"⑤。卡伦的诗歌的深度和美正在于他的诗歌的种族主题,他"具有正当理由因受到种族对艺术的限制而烦恼,因为他是一个真正的抒情诗人。他最好的诗歌源于种族的主题,而且渗透着这个主题。他能够深化和拔高这些经验,因此他的种族意识的诗歌

---

① James Weldon Johnson, "Preface," The Book of Negro American Poetry. New York: Harcourt, Brace and Company, 1922, p. xliii.

② James Weldon Johnson, Black Manhattan. New York: Da Capo Press, 1991, pp. 264, 266.

③ James Weldon Johnson, Along This Way: The Autobiography of James Weldon Johnson. Boulder: Da Capo Press, 2000, pp. 341, 375.

④ James Weldon Johnson. Black Manhattan. New York: Da Capo Press, 1991, p. 267.

⑤ James Weldon Johnson, Black Manhattan. New York: Da Capo Press, 1991, pp. 271-272.

成了美丽的东西"①。约翰逊在分析卡伦的《传统》("Heritage", 1925)等诗歌时称赞他的诗歌的幽默、力量和情感的延绵。

约翰逊将麦凯作为积极摆脱文学传统和惯例的限制、为黑人发声的反叛诗人,把休斯和卡伦作为种族的革命诗人,他们不但不盲目地逃避种族责任,而且擅于将黑人的种族经验转化为诗歌的力量,并且汲取黑人的民间文化和艺术提升诗歌的艺术性。约翰逊对这三位诗人的评论和解读反映了他对美国非裔文学的创作意图和表现方式、它的创作目标(艺术或政治宣传),以及它与"种族"的关系等问题的思考。约翰逊对这些问题的思考为哈莱姆文艺复兴的文学探索营造了氛围。

约翰逊曾在《黑人在新文明中的位置》("The Negro's Place in the New Civilization", 1920)中指出黑人并不是只有丛林和野蛮,没有历史和文化背景的人类。他通过从人类文明在尼罗河和地中海沿岸的起源追溯人类文明的历史,一方面强调黑人种族对人类文明的贡献,一方面批判西方现代文明是建立在武力之上的文明形式。他对西方现代文明的本质和黑人种族的文化背景的思考延伸至他对美国非裔文学的发展方向的考量。面对美国非裔文学缺乏传统和主体性的现实,他主张美国非裔作者通过积极创作为黑人同胞发声和具有文学价值的作品来形成文学常态,并运用世界现代文学的表现手法和技巧促进美国非裔文学走向现代文学。面对以工业主义和帝国主义为特征的现代文明,美国非裔对它的反应、感受和反思应该通过文学的语言进行表达。

约翰逊通过小说与非小说创作为美国非裔文学的传统和主体性的建构做出了卓越贡献。他在文学创作中实践自己打破、纠正黑人刻板化形象和运用现代表现形式的文学主张。约翰逊开启了美国非裔现代主义文学创作

---

① James Weldon Johnson, Black Manhattan. New York: Da Capo Press, 1991, p. 267.

的先河[1]，他的文学思想和作品是对美国非裔现代文学的开拓性的贡献，并为哈莱姆文艺复兴和黑人美学奠定了基础。

约翰逊的文学创作是植根于黑人文化的艺术"介入"。同时，他就美国非裔文学的传统和主体性的建构，以及美国非裔文学走向现代文学两个重要问题，对包括美国非裔文学的创作目的和表现范式、美国非裔文学与"种族"和黑人文化之间的关系等一系列问题做了深刻的思考，他的思考将继续为今天的美国非裔文学带来启发。

---

[1]　Katherine Biers，"Syncope Fever：James Weldon Johnson and the Black Phonographic Voice，" Representations，Vol. 96，No. 1 (Fall 2006)，p. 99.

第五部分

表征与书写：约翰逊的种族融合思想及多元文化观

约翰逊的作品关注人类被压迫的处境,它在种族、语言和文化层面上的表征与反表征富于对话性,蕴含着约翰逊的世界主义(cosmopolitanism)思想。"世界主义"作为一个表述,在西方始于公元前4世纪由第欧根尼(Diogenes)创立的希腊犬儒派哲学和公元前3世纪受犬儒学派影响的斯多葛派,旨在将个体自我视为"世界公民"。在美国非裔思想界,"世界主义"作为一个批评术语,则是描述美国种族话语中的一种思想立场。在美国非裔作家和哲学家的积极推动下,世界主义植根于人类日常生活的现实,是一种重估价值与范式,并与文化身份和话语的种种矛盾做斗争的意图和精神①。虽然美国非裔世界主义思想是美国世界主义思想传统的一部分,但它有着自己的独特性,尤其是对跨种族和跨文化交往的强调。在美国非裔文学史上,一些重要的作家公开描述自己或被评论家们界定为世界主义者,这在一定程度上反映出美国非裔文学与世界主义思想之间的紧密联系。文学为美国非裔作家的世界主义理想提供了一个广阔的试验场,将关于世界公民社会的种种思考情境化,而作家们对世界主义的积极探讨则有助于丰富和发展这一思想②。

作为20世纪最重要的非裔作家之一,约翰逊虽从未宣称自己是一位世界主义者,但他的文学创作和文学、文化批评却蕴含着富有世界主义理想色彩的思考,这些思考构成他的文学、文化思想的重要部分。这些思考包括他对种族偏见的剖析和对人性普遍性的阐释,以及以发展文艺促进美国非裔进步和跨种族理解的主张。

约翰逊把自己置身于种族问题的局内人和局外人的双重位置,自然经历了许多理性和情感的冲突,而他想要创作"有力量的和有效力(促进黑人

---

① Tania Friedel, Racial Discourse and Cosmopolitanism in Twentieth-Century African American Writing. New York: Routledge, 2008, pp. 1, 5, 15.

② Tania Friedel, Racial Discourse and Cosmopolitanism in Twentieth-Century African American Writing. New York: Routledge, 2008, pp. 1-2, 9-10.

争取平等和进步)"①的作品的意图总是占上风。他的作品虽然少了一些酣畅淋漓的情感宣泄,但在主题的丰富性和作品的思想性上实现了超越。这些作品通过在种族、语言和文化层面上的表征和反表征探讨了多重主题,在通过表征生产和更新意义的同时,形成了丰富的对话空间。正如黑人灵歌运用"呼—应"的对话结构促进领唱者和合唱者、歌唱者和听众进行交流,约翰逊的作品通过表征和反表征启发美国黑人和白人之间的跨种族对话。从约翰逊的作品对美国种族关系和美国非裔文化的表征和解读中,我们可以进一步解析约翰逊的种族融合思想以及他主张的"不同文化平等共生"的多元文化观。约翰逊的种族融合思想和多元文化观基于美国的种族现实和美国非裔的历史与文化,并且在他的文学创作和文学、文化批评中得以表现和延伸。

约翰逊的作品重新审视种族和文明这两个范畴,质疑人类的种族之间和文学体裁之间的界限,他的文学在一定程度上解构这些界限的可靠性。约翰逊在《黑人曼哈顿》中明确批评文化偏狭主义(parochialism),反对美国社会占主导地位的文化企图以一种模式统一文化的普遍主义。作为一位族裔作家,约翰逊植根于美国非裔族群的种族历史和文化,有着倡导跨种族交往、以多元文化丰富人类文明的世界主义思想。

---

① Robert E. Fleming, James Weldon Johnson. Boston: Twayne Publishers, 1987, p. 107.

第十三章

约翰逊对美国种族关系的解读

约翰逊对美国种族关系的解读基于种族,又超越种族。作为一位种族意识强烈的美国非裔作家,约翰逊在他的作品中探讨"种族"和表征美国非裔及其生活经验。他的作品对黑人性做了一定程度的表现。但是,约翰逊并不局限于描绘和思考黑人的存在处境,而是把种族问题和种族关系置于人类生活的语境下,在作品中反映人性之美、思考种族融合。

"约翰逊所理解的美国非裔传统是基于这种传统能够讲述全世界被压迫的民族,特别是黑人民族具体面对的人类处境。"[①]他的艺术作品和评论文关注美国非裔在政治、司法、教育、文化和艺术等领域受到的种族偏见和种族隔离。约翰逊在作品中表现 19 世纪末至 20 世纪初美国非裔在意识和精神上的变化,表现美国非裔的"黑人性"。

美国非裔的黑人性植根于他们的生活经验和精神世界。约翰逊的作品基于黑人真实生活,有着强烈的求真意识,力图把公众视野聚焦到黑人真实的人性和生活上。他表现的黑人性主要有两个方面:一是美国非裔作为一个族群的共同意识的标记和认同;二是美国非裔与世界其他地区(如加勒比

---

① Sondra K. Wilson, "Introduction," James Weldon Johnson, The Selected Writings of James Weldon Johnson: Volume I The New York Age Editorials (1914—1923). Sondra K. Wilson (ed.). New York and Oxford: Oxford University Press, 1995, p. 3.

地区、尼加拉瓜和委内瑞拉等南美洲国家等)的非裔同胞的认同。

在约翰逊的作品中,美国非裔感情丰富,崇尚精神的愉悦,而且富于艺术天赋。早在20世纪初创作《黑人曼哈顿》时,约翰逊对美国追求经济利益的物质主义发展道路已做过批判,但在实际生活中,黑人的生存方式常常不得不遵循这一道路。他认为,"黑人的感情更丰富,精神更饱满;我们对感情的震颤更有回应;我们有一大笔欢笑、音乐和歌唱的天赋;简而言之,我们没有白种人那么物质主义,却天生比他们更具艺术天赋"①。约翰逊的《懒惰》("Lazy",1917)等诗歌生动地表现了黑人热爱自然、乐观洒脱的生活哲学。在这首诗歌中,诗人不想成为一匹整日劳作的"骡子",而是享受与浪花所象征的自然融为一体。他想要过的生活是充满生命力的,而非对物质的无止境的追求。

约翰逊认为"美国非裔的非洲背景不能被忽略"②。美国的种族问题之所以被界定为"黑人问题"主要源于"一个黑人等于整个黑人种族"的种族偏见思想,这一思想观念与非洲人在人类文明史上长期被降格的地位相联系,这恰恰说明在探讨美国非裔的存在处境时,不能忽略他的非洲背景。而且,美国非裔与世界其他地区的非裔同胞虽在具体处境上各有不同,但都面对着种族偏见和种族压迫。约翰逊认为,美国非裔对世界其他地区的非裔同胞的认同是他的黑人性的重要体现。

约翰逊的作品表现的"黑人性"强调美国非裔真实的生活经验和人性,以及美国非裔与世界非裔同胞之间的认同和联系这两个方面,这在20世纪以来的许多非裔艺术家和思想家身上得以延续。他们在使用这个词时,重

---

① James Weldon Johnson, "A Poetry Corner" (1915), James Weldon Johnson, The Selected Writings of James Weldon Johnson, Volume I The New York Age Editorials (1914—1923), Sondra K. Wilson (ed.). New York and Oxford: Oxford University Press, 1995, p. 222.

② James Weldon Johnson, "Native African Races and Culture" (1927), James Weldon Johnson, The Selected Writings of James Weldon Johnson: Volume II Social, Political, and Literary Essays, Sondra K. Wilson (ed.). New York and Oxford: Oxford University Press, 1995, p. 253.

视用它来表征黑人的真实和自然。名词后缀"-ness"在英语构词法中一般被放在形容词后构成抽象名词,通常表示性质、状态、程度等。然而,这些非裔艺术家和思想家用"黑人性"(Blackness)描述"性质"并非是种族主义、种族偏见思想对黑人及其文化的"定性",而是表达了他们对这个词的意图和希冀,"黑人性"表现黑人的真实、自然,以及黑人丰富的精神和情感世界。在当今的非裔文学、艺术和思想界,"黑人性"愈来愈成为一个丰富、厚重的语义场和话语圈。许许多多的作家、艺术家和思想家对"Blackness"进行自己的阐释,他们的阐释不断丰富着"Blackness"作为一个词语和一个思想观念的内涵。左拉·尼尔·赫斯顿、托尼·莫里森、阿兰·洛克等美国非裔作家都曾通过他们的文学作品和批评对"Blackness"做出了自己的解读。约翰逊的作品并未对黑人性做过定义,他对黑人性的理解体现出的求真和对话的态度正是黑人性的意向所在。

作为一位杰出的美国非裔作家和民权领袖,约翰逊有着强烈的种族意识。在亚特兰大读书期间,约翰逊已开始在各种辩论和研讨活动,以及《消除黑人的等级制度的无能的最佳方法》(1892)等论文中批判种族等级制度。"等级制度的无能"主要是指种族偏见下美国黑人在社会文化生活中受到的忽略、降格和限制。他在纽约最早的黑人报刊《纽约世纪报》(*New York Age*)的专栏"观点与评论"("Views and Reviews",1914—1924)中发表评论抨击私刑、政府的就业歧视,以及黑人在教育、军队等领域受到的暴力的和不公正的对待。面对"种族",年轻时的约翰逊也曾经历过痛苦的思想挣扎,也曾忧郁苦闷地寻找出路,这从他在大学时期创作的诗歌中可见一斑。要从种族偏见的社会环境中突围,仿佛是无法抵达的海市蜃楼,他感到自己"在炙热的沙漠上追赶,望着海市蜃楼里的绿洲和水波粼粼的海滨窒息垂死"[①],种族关系的现实让他感到孤独、疲惫、焦虑和苦涩[②]。然而,即使只是

---

① James Weldon Johnson, Complete Poems. New York: Penguin Books, 2000, p. 133.
② James Weldon Johnson, Complete Poems. New York: Penguin Books, 2000, p. 183.

海市蜃楼,即使已经焦渴难耐,"燃烧的渴望不能被毁灭",他仍要继续追逐。大学时期是约翰逊的种族意识深化的重要时期,他"对黑人作为一个'种族'……作为一个分类,美国社会中被划定的一个部分的认识"①始于他在佐治亚的乡村学校教书的经历,自那之后他始终思考着种族问题和民主之间的矛盾,以及黑人个体与黑人种族之间的关系——"在亚特兰大大学,我很快就洞察到种族偏见的各种表现,了解到美国的种族问题。事实上,我正是在这一时期受到了'种族'奥秘的启蒙。我认为教育对我来说主要意味着:为迎接作为一名黑人的生活任务和急需做准备;履行因为我的种族所带来的特殊职责;理解美国民主在黑人公民身上的运用"②。他在 NAACP 任职期间为反对种族暴力、维护美国非裔已取得的公民权利和参与黑人争取平等完整的公民权利做了大量工作,他的社会政治活动深化了他对"种族"的现实的了解,同时也增强了他的种族责任感。

他与杜波依斯在美国非裔争取平等和权利的问题上立场一致——不让渡任何一项合法权利。约翰逊对黑人种族的存在处境的关注不限于美国非裔的存在处境,还包括身处在种族主义意识形态和新殖民主义影响下的拉丁美洲、南美洲和西印度群岛的非裔同胞的存在处境。他的《海地的自决》系列文章(1920)和他在《纽约世纪报》上发表的多篇文章严厉批评美国占领海地的非正义性和帝国主义的暴行。

约翰逊强烈的种族意识,除了表现在他通过社会文化评论对种族偏见的批判、他为黑人教育和在担任 NAACP 秘书期间为反对种族偏见和暴力及维护黑人的公民权利所做的工作、他对黑人文化和艺术的考古和解读,还主要表现为他的文学思想和文学创作。随着约翰逊对美国的种族偏见和美国非裔的现实的了解加深,他更清晰地认识到"种族"对他的文学创作的意

---

① James Weldon Johnson, The Autobiography of an Ex-Colored Man. Boston: Sherman, French & Company, 1912, p. 119.

② James Weldon Johnson, Along This Way: The Autobiography of James Weldon Johnson. Boulder: Da Capo Press, 2000, p. 66.

义。他在《啊！默默无闻的黑肤色诗人》一诗中刻画了为种族表达的黑人民间诗人的形象，他们不去盲目地"歌唱王者的英雄事迹，不颂扬血腥的战争，也不欢庆尚武的胜利"，而是"赞美一个种族，从树林岩石到耶稣基督"①。约翰逊认为，为黑人同胞表达和歌唱既是美国非裔艺术家的崇高使命，也是他们进行创作的重大源泉。在他看来，美国非裔作者只有直面"种族"，才有可能真正地超越"种族"。约翰逊对美国非裔文学与"种族"的关系做了创造性的阐释，而且创作了许多探讨种族主题、反映美国非裔存在处境的作品。

以《原有色人》为例，约翰逊对美国种族关系中的"奴役和剥削"的阴影的观察反映在原有色人对他的白人"恩主"的感受上——

> 他有时会坐三四个小时听我弹奏，眼睛几乎闭着，很少有动作，除了点一只新烟，从不对音乐作评价。起初，我常常想他睡着了，会暂停弹奏。音乐的停止总是唤醒他吩咐我弹这首或那首；我很快知道直到他从椅子上起来，说道"行了"，我的任务才被认为是完成了。这个男人聆听的耐力时常超过我表演的耐力，但我不肯定他是否一直在听。我有时因为疲劳和困倦无精打采，几乎要超人的努力才能让我的手指保持活动；事实上，我觉得我有时一边打瞌睡一边弹奏。那些时候，这个男人神秘地静坐在那里，几乎是隐藏在味道浓烈的香烟烟雾中，让我充满了一种超自然的恐惧。他就像某位严厉、缄默和不安的暴君，对我有一种超自然的力量，他无情地驱使我，直到筋疲力尽。但这些感受极少有；而且，他如此慷慨地支付我酬劳，我可以忘记许多。②

这段描述意味深刻，反映了美国黑人与白人之间的种族关系中仍存在着"奴役和剥削"的阴影。原有色人的白人"恩主"利用他在经济上对原有色

---

① James Weldon Johnson, Fifty Years and Other Poems. Boston: Cornhill Company, 1917, pp. 7-8.

② James Weldon Johnson, Along This Way: The Autobiography of James Weldon Johnson. Boulder: Da Capo Press, 2000, pp. 118-119.

人的资助,拥有可以无情地"驱使"和"剥削"他的"特权",尽管是对他的艺术才能的"剥削"。原有色人和他的白人"恩主"之间的友谊并不同于真正的自由平等关系。白人"恩主"并不像原有色人所说的"完全免除了偏见",他在与原有色人的相处中不乏家长制作风,而且总是保持着一定的距离。

在看待人与世界的关系上,约翰逊与弗雷德里克·道格拉斯和 W. E. B.杜波依斯有着相似点,他们的立场和思想都有着世界主义的精神,即呼吁人类超越种族和其他形式的差异。但是,约翰逊的世界主义视角更为广阔,他在《美国黑人,现在怎么办?》中思考作为社会存在的人有意识地打开自我的世界,与他人交流的重要性。他认为种族偏见的消除和友好的跨种族交往"需要双方都有一定的世界主义精神和智慧。一个个体在他所归属的群体的严格限制内生活是容易的;这个个体懂得他所归属的群体的语言,它的词语和思想的语言,懂得一切会出现的问题及它们的答案;这个个体不需要发展他自己。社会和思想交往甚至在世界主义的边缘也是一件很费力的事情;那就是为什么人类偏向狭隘主义的一个原因"[①]。

约翰逊主张美国非裔作者在基于种族的同时塑造超越种族的、具有普遍的真实和美的东西,融合美国黑人读者和白人读者两个读者群。然而,美国非裔作者要在他的创作中将美国黑人读者和白人读者融合为一个读者群,虽然就当时的黑人文学创作环境(美国的"吉姆·克劳"式的种族隔离严重和黑人文学界出现关于"黑人戏剧的宗旨是政治宣传还是艺术"的争论)而言,这是极难做到的,约翰逊的主张仍然反映了一种打破自我隔离、主动交流的积极姿态。

在种族关系的问题上,保罗·邓巴、查尔斯·切斯纳特等早期美国非裔作家主张种族混合,总是呼吁人们理解人性是普遍的,"我们是普通的人类,有着普通的人类个体所有的自然欲望。我们不承认天生的劣等性,憎恶一

---

① James Weldon Johnson, Negro Americans, What Now? New York: The Viking Press, 1935, pp. 81-82.

切基于种族歧视的对权利和机遇的否定"①。约翰逊同样强调人性的普遍性，例如他在歌曲《我的唯一》（"My One and Only"，1906）中表现人类在爱情中的甜蜜是相似的，"你可以游览遍一切的造物／你会发现在每个国家／在每个地方，爱情都是一样，／虽然它的名字不同／虽然在苏格兰它是吞吞吐吐／在德国它是喃喃而语／在西班牙它是轻声细语／故事却是一样"②。他对人性的普遍性的强调即通过文学表现人性之美，而且蕴含着道德批评，他呼吁发展和实践人类共同的美德。

约翰逊认为人的道德进步是完善人性的重要方面。他赞美"上帝的父爱和人类的同胞情谊"③，并认为发展和实践人类共同的美德不仅是改善黑人处境的重要方式，更是人类自我发展的重要方面。约翰逊对通过人的道德发展来消除种族偏见的强调与他对政治的深刻了解不无关系。他对美国政府也曾抱有过希望，但随着他对美国政治的认识的加深，政党们"利益至上"的本质和对黑人的偏见使他彻底放弃了依赖美国政府改变美国的种族关系、消除美国非裔受到的偏见的幻想。他在晚年退出政治活动的表现揭示了他对政治的失望与厌恶。"实际上，我看不出政治经济革命曾经改变过人们的心灵；它们仅仅改变了同样的人类特征和情感运行的界限。如果那种改变明天在美国发生，黑人不会发现自己的地位奇迹般地被提高了，而是仍旧处于社会阶层较低的一端，仍然需要工作和不懈地斗争以求在那个阶层中崛起。唯一一种能对美国黑人的地位产生直接的重要影响的革命是道

---

① Helen M. Chesnutt, Charles Waddekk Chesnutt: Pioneer of the Color Line. Chapel Hill: University of North Carolina Press, 1952, p. 311.

② Don Cusic, James Weldon Johnson: Song Writer. Nashville: Brackish Publishing, 2013, p. 135.

③ James Weldon Johnson, "The Race Problem and Peace" (1924), James Weldon Johnson, The Selected Writings of James Weldon Johnson: Volume II Social, Political, and Literary Essays, Sondra K. Wilson (ed.). New York and Oxford: Oxford University Press, 1995, p. 68.

德革命——给道德思想和行为一个向上的推力"①。人在克服他的道德弊病的路途中没有捷径可走,"人类一直在为他的道德弊病寻找某一种宗教或者道德的学说来抚慰他的良心和镇定他的不朽灵魂的恐惧。类似的,美国黑人也在寻找一种万灵丹,以治疗他作为一个种族的所有弊病……没有魔法,没有捷径。我们必须发展和实践一切的共同的美德,拥有一切使一个民族伟大的共同力量"②。约翰逊对人类共同的美德的强调反映了他对人作为道德性的存在的认识。他在个体与他人的联系中考量人性之美,认为每一个人都有实现他的潜力的权利,人类对未来的理解应该"包括利他主义的精神,为他人服务的崇高精神"③。

查尔斯・约翰逊称赞约翰逊形成了"广阔的精神信仰"④,这种"广阔的精神信仰"源于他总是尽力理性和客观地理解种族现实。约翰逊在《一路走来》中坦承,"我很高兴我尽可能晚地了解了种族现实,我对它的理解或多或少是客观的。作为一个美国黑人,我觉得一生中最幸运的事是在童年时期,我的成长避开了对白人种族的过度恐惧和敬仰"⑤。他的广阔的精神信仰除了表现在他理性地以局内人和局外人的双重视角理解美国的种族现实,在个体与他人的联系中考量种族问题和人性的提升问题,也表现在他主张美国非裔积极通过艺术和文化的发展来架构黑人和白人两个种族之间理解的桥梁。

---

① James Weldon Johnson, Along This Way: The Autobiography of James Weldon Johnson. Boulder: Da Capo Press, 2000, p. 411.

② James Weldon Johnson. "Where Is a Race Great," James Weldon Johnson, The Selected Writings of James Weldon Johnson: Volume II The New York Age Editorials (1914—1923). Sondra K. Wilson (ed.). New York and Oxford: Oxford University Press, 1995, p. 267.

③ James Weldon Johnson, "The Larger Success" (1923), James Weldon Johnson, The Selected Writings of James Weldon Johnson: Volume II Social, Political, and Literary Essays, Sondra K. Wilson (ed.). New York and Oxford: Oxford University Press, 1995, p. 53.

④ Charles Johnson, "Foreword," James Weldon Johnson, The Essential Writings of James Weldon Johnson, Rudolph P. Byrd (ed.). New York: The Modern Library, 2008, p. lx.

⑤ James Weldon Johnson, Along This Way: The Autobiography of James Weldon Johnson. Boulder: Da Capo Press, 2000, p. 78.

读者在阅读《原有色人》时往往会思考,促使原有色人从南方逃到纽约的是私刑所象征的种族偏见和种族暴力,是作为黑人的身份与命运,还是种族偏见下白人与黑人之间扭曲的关系。通过比较这部小说的手稿(1910—1911)和1912年的初版,我们可以发现手稿中的结局是原有色人没有向妻子坦白自己的黑人血统和他的种族冒充行为。然而,在1912年的初版中,他向妻子坦白了一切并获得了她的接受。约翰逊对小说结局的修改表达了他对种族融合的希望和信仰,他相信爱是跨越种族鸿沟的一个重要因素。约翰逊在《美国黑人,现在怎么办?》的结论中指出,"我尝试展现的是对我们来说最符合逻辑、最可行和最有价值的选择,是沿着这条让我们成为这个国家不可或缺的一部分的道路走下去,在同等条件下拥有其他公民被赋予的权利和保证"[①]。美国非裔"不应该放弃在这个国家的权利"[②],换言之,不该放弃美国人的身份,因为他已经与美国的历史和文明紧紧联系在一起——

> 他在违背意愿的情况下被带到这里,被彻底切断了与故乡文化的联系,尽管他在别的一些人看来可能很原始野蛮,尽管他遭遇重重阻碍,他也从没背对着光。无论他有什么样的缺点,无论他进步得有多慢,无论他的成就有多让人失望,他从未有过走下坡路的念头。他总是面向阳光,继续往前和往上奋斗,为我们国家的共同繁荣和荣耀尽他微薄的贡献。他把他自己织入了这个国家的经纱。他是第一个踏上这个国家土地的人,比清教祖先们还要早,他在语言、习俗、思维方式和宗教

---

① James Weldon Johnson, Negro Americans, What Now? New York: The Viking Press, 1935, p. 98.

② James Weldon Johnson, "Saluting the Flag" (1916), James Weldon Johnson, The Selected Writings of James Weldon Johnson: Volume I The New York Age Editorials (1914—1923). Sondra K. Wilson (ed.). New York and Oxford: Oxford University Press, 1995, p. 24. 约翰逊在这篇文章中评价得梅因公立学校的一个11岁小男孩(赫伯特·埃文斯)因拒绝向国旗敬礼受到法院裁决的案子。赫伯特拒绝向国旗敬礼的理由是"我没有国家,它属于白人"。

上都成了完完全全的美国人。①

美国非裔既是美国历史的一部分,也是书写美国历史的主体之一,甚至是在战争时期,"黑人始终作为这片土地,这个国家的历史、传统、习俗、语言和宗教的一部分,与当初在普利茅斯和詹姆斯敦登陆的那群人站在一起"②。约翰逊与其他一些同样支持种族融合的美国非裔作家的不同在于,他的种族融合立场不但明确,而且在他的艺术创作和社会政治活动中体现出高度的一致性。约翰逊呼吁人们超越种族及其他形式的差异,"为共同的人性和正义战斗"③。他在社会政治活动中参与黑人争取平等和公民权利的斗争,促进白人和黑人同胞之间的理解,并通过文学揭露种族偏见的荒谬与暴力,表现种族混合的现实。

在约翰逊看来,美国非裔"正努力从他的身份政治中把连字符删掉"④。美国非裔融入美国社会既是族群(the African American)的融入,也是美国非裔个体(African American individuals)的融入。约翰逊站在跨种族的视角思考种族融合,他观察到种族偏见既限制黑人也限制白人,南方白人的"大部分精神努力不得不经过一条狭窄的隧道,他作为人和公民的生活,他的许多经济活动,他的一切政治活动都不可逾越地被总是出现的'黑人问

---

① James Weldon Johnson, "The Larger Success" (1923), James Weldon Johnson, The Selected Writings of James Weldon Johnson: Volume II Social, Political, and Literary Essays, Sondra K. Wilson (ed.). New York and Oxford: Oxford University Press, 1995, p. 56.

② James Weldon Johnson, "Pure Americans" (1917), James Weldon Johnson, The Selected Writings of James Weldon Johnson: Volume II Social, Political, and Literary Essays, Sondra K. Wilson (ed.). New York and Oxford: Oxford University Press, 1995, p. 31.

③ James Weldon Johnson, "The Larger Success" (1923), James Weldon Johnson, The Selected Writings of James Weldon Johnson: Volume II Social, Political, and Literary Essays, Sondra K. Wilson (ed.). New York and Oxford: Oxford University Press, 1995, p. 55.

④ James Weldon Johnson, "Why Should a Negro Fight?" (1918), J James Weldon Johnson, The Selected Writings of James Weldon Johnson: Volume II Social, Political, and Literary Essays, Sondra K. Wilson (ed.). New York and Oxford: Oxford University Press, 1995, p. 35.

题'所限制着"①。种族问题是悲剧性的,这种悲剧性甚至表现在俱乐部的
黑人演员身上,他正在"表演他的嘴巴有多大,逗得人们大笑,他却在心里怀
揣着成为悲剧演员的炽热理想;毕竟他在一出悲剧中确实扮演了一个角
色"②。种族问题的悲剧性不仅表现在黑人身上,在许多颇为戏剧性的种族
接触的场景中同样可见。约翰逊在自传中记叙了黑人在剧院、旅馆、餐馆等
公共生活场所中受到的种族歧视。一日,他和妻子、好友进入剧院落座后,
售票处的一个人从后面一排拍拍他的肩膀,要求查看他的戏票:

> "你有这些座位的票吗?"他问道。
>
> "是的。"我回答。
>
> "可以让我看看吗?"
>
> "当然。"
>
> 我把票拿给他看,展示座位号,但紧紧地用拇指和食指捏在手中。
>
> "我想看看它们。"
>
> "你是正在看它们啊。"
>
> "你不会以为我要偷走它们吧?"
>
> "我不想给你机会。"③

约翰逊在事后回忆到"如果我递给他票,他会拿着它们一溜烟跑回售票
处,然后回来告诉我们票出了错,我们只得放弃我们的座位。我决定不遭受
那样的不公正和羞辱,所以紧紧捏着我的票……回顾我的整个人生,那样的

---

① James Weldon Johnson, The Autobiography of an Ex-Colored Man. Boston: Sherman, French & Company, 1912, p. 73.

② ames Weldon Johnson, The Autobiography of an Ex-Colored Man. Boston: Sherman, French & Company, 1912, pp. 102-103.

③ James Weldon Johnson, Along This Way: The Autobiography of James Weldon Johnson. Boulder: Da Capo Press, 2000, pp. 200-201.

经历似乎无足轻重,但在当时却充满了悲剧的元素"①。这类戏剧性的种族接触无疑反映了种族偏见带来的双重降格。

约翰逊对美国非裔的未来是乐观的,正如他在《黑人曼哈顿》中表达的,黑人虽然还有很远的路要走,但在他的黑人公民的基本公民权得到保证的环境下,他能够也将会取得更多的进步。② 他反对马尔库斯·加维的放弃争取种族平等、"回到非洲"的观点,也不主张建立"国中之国"的"自我隔离",他坚定地主张种族融合并对它的前景感到乐观。尽管在他所处的年代,种族隔离和种族偏见非常严重,他也没有因眼前的阴暗局势灰心,没有失去对美国非裔成为美国的一个不可或缺的组成部分的信心和希望。约翰逊于 1934 年出版的《美国黑人,现在呢?》是对杜波依斯当时在《危机》上发表的一系列倡导经济隔离的社论的回应。杜波依斯当时认为对隔离可以采取一个积极的对待方式,在经济上隔离可能取得更多的进步。约翰逊在这本书中根据美国 20 世纪 30 年代种族关系的真实图景,理性地分析当时黑人大众面对的局势,并在比较了黑人的五条可能的出路——迁出美国、斥诸武力、革命、进行分离或融合之后,指出黑人的未来不是要继续陷入"憎恨白色或黑色"的牢笼,种族融合是黑人最理想的出路。

约翰逊相信"黑人将把他的特质与其他族群的人们的特质融合,共同塑造最终的美国人民……融入未来的美利坚民族……我的希望是黑人在这个过程中不仅会被吸收,而且通过他自身的进步与发展,将在平等的伙伴关系的基础上加入进来"③。约翰逊对美国的种族融合的希望和乐观与他经历和观察到的跨种族交往不无关系。约翰逊的一生中有过许多正直、开明和公正的白人朋友,包括他的邻居,曾经在他的母亲卧病时哺育过他的"白人

---

① James Weldon Johnson, Along This Way: The Autobiography of James Weldon Johnson. Boulder: Da Capo Press, 2000, p. 201.

② James Weldon Johnson, Black Manhattan. New York: Da Capo Press, 1991, p. 284.

③ James Weldon Johnson, Along This Way: The Autobiography of James Weldon Johnson. Boulder: Da Capo Press, 2000, p. 412.

妈妈"麦克利里夫人,他儿时的白人玩伴伦德兄弟和鲍伯·贝利,他的挚友——文化修养很高的 T. O. 萨默斯医生,白人中学的校长麦克贝思先生,曾教授他法律的白人律师托马斯·A. 莱德维特,敢于给黑人机会施展才能的音乐剧制作人弗洛伦兹·齐格菲尔德,他的宽容开明的硕士导师布兰德·马修斯,以及他在推进反私刑法案时期遇见的一些开明的白人国会成员等等。约翰逊和麦克利里夫人、布兰德·马修斯等白人朋友长期保持着情感的联系。他笔下的原有色人也与一些白人朋友结下了友谊——他的白人钢琴老师跟他的母亲熟识的公立学校的女老师和资助他游历欧洲的白人"恩主"等。约翰逊与他的正直、开明和公正的白人朋友之间的跨种族交往使他往往尽可能客观地从跨种族的视角来理解美国的种族问题,思考种族融合的意义和前景。

美国非裔在美国社会的发展走向是一个交织着政治、历史、经济、文化等多种因素的问题,时至 21 世纪的今天,分离还是融合仍然尚无定论。约翰逊主张的种族融合不只是对美国的种族关系的思考和希冀,也是对一个宏大的人类问题的反思,即人在主体间性中的存在。

第十四章
约翰逊的多元文化观

约翰逊是"首位在白人大学教授美国非裔文学的黑人教授。如果他还活着,美国非裔文学研究应该会始于 20 世纪 30 年代。1938 年之前纽约大学的院长乔治·佩恩(George Payne)正跟他进行一个特别项目,该项目授权约翰逊代表纽约大学在全国其他大学教授黑人文学"[①]。约翰逊在菲斯克大学和纽约大学时,曾教授有关内战后的美国作家、美国文学中的黑人、黑人文学、黑人的文化贡献的课程,致力于把美国非裔文学介绍给美国的文学爱好者和研究者。他积极介绍和探讨美国非裔文学,力图促进美国非裔文学与美国,乃至世界的其他文学的平等对话。他主张多元文化的平等共生,认为不同的文化之间可以通过相互借鉴和交流得以丰富和发展。

约翰逊对文化偏狭主义的批评和对"文化"这一概念的思考可以在《原有色人》中找到痕迹。在这部小说中,原有色人的白人"恩主"的"一切动作都带着一种难以说明但确定无误的文化的印记……他让我成为一个文雅的人"[②]。原有色人的白人"恩主"象征着崇尚物质主义的欧美文化,他在生活

---

① Sondra K. Wilson, "Introduction," James Weldon Johnson, Complete Poems. New York: Hudson, 2000, p. xviii.

② James Weldon Johnson, The Autobiography of an Ex-Colored Man. Boston: Sherman, French & Company, 1912, pp. 113, 140.

态度、价值观和道德上对原有色人的影响有着文化规训的色彩。小说中描绘的雪茄制作过程象征着去差异性的文化偏狭主义——"制作雪茄的顶级艺术在于对每一份填充物和每一块包装纸都得精挑细选。他(工厂里的一个制烟能手)一天能做一百根雪茄,每一根雪茄都不能在大小或形状,甚至在重量上被看出差异"①。就像雪茄的制作要求每一根成品都不能在大小、形状和重量上被看出差异,文化偏狭主义不能容纳差异,而是意图用统一的文化模式规约差异。

约翰逊在他的《黑人是白人文化的威胁吗?》一文中继续批判这种思想。这篇文章虽然主要是回应白人作者约翰·鲍威尔在《纽约世界》上发表的关于盎格鲁—撒克逊优越性的文章,但约翰逊不仅条理分明地一一驳斥鲍威尔关于血统纯洁论、盎格鲁—撒克逊文明、传统的美国道德和原则,以及与黑人血统的混合导致文化衰落的论点,批评鲍威尔等持种族优越论者对多元文化共生的反感和恐惧是不必要的,还表达了他对"文化"的概念和黑人的贡献的见地。鲍威尔谴责外语报刊导致美国变成多语言的"寄宿地",约翰逊却主张"最好鼓励人们把他们的文化传统带到美国,让我们从他们的歌曲、舞蹈、文学和习俗中受益"②,认为文化规训是对社会和个体的生命的"扼杀"。约翰逊对"文化"持一种开放性的理解,他认为"文化的概念并非一成不变,而是处于不断的发展中。文化是一个交流的过程和结果,而非个人或某一个群体的所属物"③。

音乐是约翰逊的多元文化观的一个重要隐喻。在美国占主导地位的文

① James Weldon Johnson, The Autobiography of an Ex-Colored Man. Boston: Sherman, French & Company, 1912, p. 68.

② James Weldon Johnson, "Is the Negro a Danger to White Culture" (1923), Sondra K. Wilson ed., In Search of Democracy: The NAACP Writings of James Weldon Johnson, Walter White, and Roy Wilkins (1920—1977). New York and Oxford: Oxford University Press, 1999, p. 107.

③ James Weldon Johnson, "Is the Negro a Danger to White Culture" (1923), Sondra K. Wilson ed., In Search of Democracy: The NAACP Writings of James Weldon Johnson, Walter White, and Roy Wilkins (1920—1977). New York and Oxford: Oxford University Press, 1999, p. 106.

化中,以肖邦、贝多芬的作品为代表的欧洲古典音乐和以拉格泰姆、爵士乐、布鲁斯为代表的美国黑人音乐之间有着鲜明的界限。原有色人在两种音乐之间的摇摆象征着这种鲜明的界限所带来的困惑。当原有色人在纽约的黑人文化聚集区领略到由黑人演奏者弹奏的拉格泰姆的魅力之后,他试着把古典音乐改编成拉格泰姆,因此成受人欢迎了纽约的拉格泰姆演奏者。与他的白人"恩主"游历欧洲时,他曾听到一个德国钢琴演奏家把拉格泰姆弹奏得像古典音乐,他由此立志要去美国南方搜集黑人音乐的素材,为把黑人音乐发展为美国音乐、世界音乐贡献自己的力量。而当原有色人来到南方时,他被南方的种族偏见和种族暴力的残酷和非理性深深震撼,又从南方逃离到北方,最后毅然走上有意识的"冒充"之路,而且从向往黑人音乐和文化回归到向往肖邦的音乐。音乐的内容和形式是丰富多元的,若要在这些内容和形式中确定一个最权威或者最优秀的,则是对这种丰富和多元性的忽略或排斥。社会文化对音乐的"等级观念"隐喻着它对文明的"等级观念"。

约翰逊的多元文化观实际上贯穿他的整个文学轨迹,他"把他的叙事推入一个复杂的和开放的多元主义"[①]。约翰逊质疑"文明"作为一个知识范畴的意义。约翰逊的《五十年》在创作之初原有 41 个诗节,约翰逊为了保持诗歌的艺术效果删除了后面的 15 个诗节,如果让他把这 15 个诗节单独写成一首诗,他会"质疑专制的所谓的白人文明对所谓的原始文明的优越性"[②]。约翰逊认为"现代帝国主义策略基于黑人天生劣等论……最大的错误是认为因为人们不同就意味着他们在这个方面或那个方面是劣等的;这

---

① Gordon E. Thompson, The Assimilationist Impulse in Four African American Narratives: Frederick Douglass, James Weldon Johnson, Richard Wright, and LeRoi Jones. New York: The Edwin Mellen Press, 2011, p. 142.

② James Weldon Johnson, Along This Way: The Autobiography of James Weldon Johnson. Boulder: Da Capo Press, 2000, p. 291.

完全看你使用的衡量标准是什么"①,他反对种族主义、帝国主义和殖民主义的"不同等于劣等"的文化衡量标准。约翰逊总是从生活见闻中思考文明的意义,例如他对海地一个名叫"岬角"的民屋的观察:

> 这些小屋建造精巧,用薄木条折叠在较重的柱子周围,里面和外部涂上黏土,整个屋子盖着一个茅草房顶。一个木屋通常有两间或两间以上卧室。地板通常用硬黏土铺成。几乎每个小屋的外墙都会刷成白色、蓝色、粉色或黄色。屋内的每个小房间都很整洁,周围的院子每天都打扫。花朵、美丽的灌木丛或藤蔓随处可见。南方的小木屋的屋内和周围几乎总是污秽肮脏的。然而,那些无疑真心想看到海地人进步的美国人认为,如果他们住在美国人建的有玻璃窗和前廊的小房子里,而不是住在这些本地小屋里——这些小屋很好地适应了他们的需求和周围的环境,他们会从本质上得到提高。②

多元文化的平等共生与民主的发展不可分离。在约翰逊看来,"解放奴隶根本不是民主的一步,而是一个人道主义的行为"③。他介绍和阐释美国非裔为美国的生活和文化做出的贡献,不是简单地为美国非裔的才能和贡献正名,更重要的是基于他对文化差异和文化多样性的尊重。美国非裔文化的"出席"和参与不仅能够还原黑人的经验本身,积极建构黑人的社会文化形象,而且有助于促成一个更加包容和丰富的美国文化。这一更加包容和丰富的美国文化作为生活的语境,将提供给美国非裔个体更多的有尊严

---

① James Weldon Johnson, "The Race Problem and Peace" (1924), James Weldon Johnson, The Selected Writings of James Weldon Johnson: Volume II Social, Political, and Literary Essays, Sondra K. Wilson (ed.). New York and Oxford: Oxford University Press, 1995, pp. 65-66.

② James Weldon Johnson, Along This Way: The Autobiography of James Weldon Johnson. Boulder: Da Capo Press, 2000, pp. 349-350.

③ James Weldon Johnson, "The Hour of Opportunity" (1917), James Weldon Johnson, The Selected Writings of James Weldon Johnson: Volume II Social, Political, and Literary Essays, Sondra K. Wilson (ed.). New York and Oxford: Oxford University Press, 1995, p. 29.

和有生活意义的选项。

约翰逊的多元文化观不仅倡导多元文化的平等共生,而且强调不同文化之间的相互理解。白人在歌唱黑人灵歌和布鲁斯歌曲之前"应该先感受,然后才能唱……在唱这些歌曲时感受它们的能力比任何艺术技巧都重要"①,同样地,先去"感受"其实也是解决美国白人难以抓住黑人音乐的"swing"的问题的关键。就像白人如何才能更好地鉴赏和运用黑人音乐的问题一样,人们在对待不同的文化时应该先去感受和理解这种文化。原有色人弹奏钢琴的独特方式隐喻了这一点,他"是在阐释一首音乐;总是用感情在弹奏。不像孩子那样数着节拍弹或炫耀技巧"②。正如人们对音乐的理解,归属于不同种族和有着不同文化背景的人们在交往中需要有"真诚地理解"的意愿和行动。

桑德拉·K.威尔逊曾任约翰逊的文学遗产执行人,她评价道,约翰逊"是一个政治、社会和文化梦想家。我越研究约翰逊,对他的影响必须被纳入 21 世纪的美国主流思想的信仰就越强烈"③。约翰逊的世界主义思想有着强烈的怀疑和批判的精神,勇于超越传统和限制。约翰逊自认是一位不可知论者,"14 岁时就总是怀疑……独自追问着,质疑着,追问和质疑比顽抗深刻;我必须自己摆脱困境"④。约翰逊曾称赞白人外科医生 T.O.萨默斯和作家兰斯顿·休斯为世界主义者。约翰逊读大学之前曾给萨默斯医生当过助理,他认为这位"文化反叛者"慷慨开明,和他的相处"不带有任何的

---

① James Weldon Johnson. "Preface" to Book One, James Weldon Johnson, James Rosamond Johnson (eds.), The Book of American Negro Spirituals (Two Books in One). New York: The Viking Press, 1969, p. 29.

② James Weldon Johnson, The Autobiography of an Ex-Colored Man. Boston: Sherman, French & Company, 1912, p. 24.

③ Sondra K. Wilson, "Introduction," James Weldon Johnson, The Selected Writings of James Weldon Johnson: Volume I The New York Age Editorials (1914—1923). Sondra K. Wilson (ed.). New York and Oxford: Oxford University Press, 1995, pp. 4, 6.

④ James Weldon Johnson, Along This Way: The Autobiography of James Weldon Johnson. Boulder: Da Capo Press, 2000, p. 30.

种族差别，他们在思想上是平等的"①。约翰逊把萨默斯医生当作"绅士的典范和知心朋友"②。他称赞休斯是一位世界主义者主要是因为休斯在文学创作中表现出的反叛精神，休斯的诗歌往往突破传统、充满美国非裔的生活哲学。在约翰逊看来，萨默斯和休斯的共同点在于他们的反叛精神、他们的勇于质疑和超越传统的精神，这种精神正是世界主义的立场和思想需要的。约翰逊的世界主义思想正是在他不断的质疑和超越中形成，他超越"种族"和传统，质疑种族偏见，质疑民主现实，质疑"文明"的概念，质疑人们建构思想的习惯。

约翰逊在他的一生中经历过许多的种族偏见和"吉姆·克劳"式的种族隔离。在作为斯坦顿学校的校长参观白人中学的办学情况时，他曾遭遇"愚蠢的种族偏见"，"许多白人家长感到愤怒和忧虑，教育局甚至要开会调查此事，追究责任"③。他参加佛罗里达州的律师从业资格考试时，曾被一名南方贵族出身的白人考官百般为难，后者当众宣布"我忘不了他是个黑鬼。我可没法在这儿看着他被录取"④。他甚至险些成为私刑的受害者。在约翰逊看来，种族问题并非基于一种天生的种族憎恶，他以跨种族的视角思考和解读种族问题作为一个社会建构的实质，以及种族问题背后的人类心理。正如约翰逊的感慨，"想到我的生活多少次以一种粗略和瞬间的方式影响到另一个人的生活，然后想想那样的联系是如何开启我生活中的重要阶段的，我便感到很奇妙"⑤，他的世界主义思想关注人的主体间的联系。

---

① James Weldon Johnson, Along This Way: The Autobiography of James Weldon Johnson. Boulder: Da Capo Press, 2000, p. 95.

② James Weldon Johnson, Along This Way: The Autobiography of James Weldon Johnson. Boulder: Da Capo Press, 2000, p. 99.

③ James Weldon Johnson, Along This Way: The Autobiography of James Weldon Johnson. Boulder: Da Capo Press, 2000, p. 127.

④ James Weldon Johnson, Along This Way: The Autobiography of James Weldon Johnson. Boulder: Da Capo Press, 2000, p. 143.

⑤ James Weldon Johnson, Along This Way: The Autobiography of James Weldon Johnson. Boulder: Da Capo Press, 2000, p. 389.

　　同许多的黑人同胞一样,约翰逊取得成功和为种族做贡献的空间非常受限,约翰逊捍卫着他的内心生活,捍卫着他的精神的健全和诚实,形成了世界主义思想。他力图以客观的、跨种族的视角解读种族问题、人的存在、人性和文化。正是种族偏见和种族隔离的痛苦经历激励他超越种族和阶级的局限,深刻地反思美国非裔的处境、种族知识的本质,以及人与他人之间的联系对人的主体性的意义。就像音乐往往把不和谐的声音转化为延绵持续的艺术整体,约翰逊的世界主义思想有一种寻求"平衡"的精神,探索着一个丰富、包容的人类世界。这种精神贯穿了他的种族融合思想和多元文化观。

结　语

　　"约翰逊在布克·华盛顿和五六十年代的民权领袖之间架起了一座桥梁,引领了自切斯纳特至图默以来的文学传统,是一位真正的种族和文化探索家。在他的关于黑人自由的广阔视野中,他拒绝将个人与政治脱离,将存在与物质经济分离,将精神生活与社会生活分隔。"①他将自己置身于人类生活的许多方面,并在这些方面中以语言、思想和行动描绘他作为一个人、一个美国黑人的存在的轮廓。约翰逊的一生跨越了两个世纪,经历了美国的南方重建、种族隔离、黑人北迁等历史时期,对美国南方和北方的种族现实都比较了解。在他所处的时代,种族偏见和种族隔离非常严重,各种形式的"吉姆·克劳"式种族隔离随处可见,而北方也并非像南方黑人所想象的那样是谋求生存的"天堂"。面对如此严峻的现实,作为民权领袖的约翰逊毕生都致力于提高黑人的自信心和政治权利意识,加强黑人同胞的凝聚力,鼓励他们为争取平等的公民权和幸福的生活奋斗。

　　约翰逊对美国种族问题和黑人文化传统的理解,对美国非裔的主体性、美国非裔文学的传统和主体性的建构,以及美国非裔文学走向现代文学的思考深刻且具有现代意义。他对美国非裔文学的考察不限于个别作家和作

---

①　Henry Louis Gates, JR. & Cornel West, The African-American Century: How Black Americans Have Shaped Our Country. New York: Touchstone, 2002, p. 62.

品,而是以历时与共时结合的方式全面观照它的发展脉络,并且敏锐地观察到美国非裔文学传统的"缺位"和黑人作者积极创作族群需要的文学的紧迫性。约翰逊是哈莱姆文艺复兴的奠基人,他强调发展文学和艺术对美国非裔争取自由与平等的事业意义重大,并相信文学是美国非裔积极与美国和世界交流的一个重要媒介。他的小说、诗歌、自传等文学作品对文学传统既有继承亦又超越,在美国非裔文学史和美国文学史上具有开拓性的意义。他塑造的原有色人是美国非裔文学和文化中的一个重要原型。

针对美国主导文化和美国艺术传统对美国非裔的表征,约翰逊不仅通过社会和艺术评论质询、抗议种族化的表征,而且通过文学和艺术创作抗议种族化的表征建构和传播的关于美国非裔的那些虚假陈旧、歪曲丑化和片面单一的刻板化形象,积极地表征美国非裔真实和丰富的生活经验与内心世界。约翰逊的作品对美国的种族化的表征进行反表征。它通过批评美国黑人方言作为美国非裔诗歌语言的效力和影响,创新美国非裔诗歌的语言;通过对美国非裔小说和自传、美国自传传统的超越,在文学的语言和表现模式等方面积极地从表征的范式上对种族化的表征进行反表征,并且在理念和范式上对美国非裔的文学表征做了一定的创新。

约翰逊的作品建构开放的文本,通过表征和反表征在反映美国非裔及其生活经验的同时,表现美国非裔对"种族"和他的存在处境的思考。约翰逊的作品解读和对美国非裔的存在处境反思分为三个层面,即他被美国公众看待的方式、他在世界上"显现"的方式以及他看待他的自我的方式。约翰逊的作品的表征和反表征是对"黑人"作为一个社会文化命名的质询,它批评美国占主导地位的文化表征黑人及其经验的范式,以及它对黑人艺术和文化缺乏客观和严肃的态度。美国的种族化的表征系统对美国非裔的刻板化形象的塑造和传播是用知识制造知识的客体,这是一个认识论的谬误,它把安东尼奥·葛兰西和理查德·戴尔讨论的文化优势和文化霸权现象表现得更为显著。表征既是我们用来阅读他人思想和意识的符号"游戏",更是我们进行自我表征的有意义的活动。

在美国的社会文化中，"黑人的存在被过分地裁定为纯粹的外在，他的内心的紧张与焦虑往往不被关注"①。约翰逊的作品表现美国非裔的内心生活，探讨他的黑肤色身体中的心理和思想。它们通过表征美国非裔真实和丰富的生活经验，颠覆占主导地位的文化关于他的刻板化形象；并且通过对诗歌语言的创新创造新的语言表征范式，从语言的视角思考美国非裔文学的创作意图和它的主体性的建构。作为言说者和作者的美国非裔通过语言的表征标记他的存在，建构他的主体性。表征在本质上体现关联性，语言表征的核心是"事物、概念和符号之间的关系"②，而"意义是个狡猾的家伙，随着语境、用法和历史环境的变化和转变，它从来不是最终固定的，它往往摆脱或'延迟'与绝对真理的汇合，它总是被协商和改变以和新的情境共鸣"③。表征体现"关联性"的本质和意义的不确定性，为美国非裔文学通过语言的表征与反表征生产更多关于美国非裔及其经验的意义提供了机遇。

正如约翰逊对布鲁斯的界定，"布鲁斯是黑人个体思考他的处境和周围的环境之间的关系的哲学表达……布鲁斯包含没有受过教育和地位较低的黑人大众对他们面对的现代生活的严峻环境的判断"④，约翰逊的作品把美国非裔的存在置于美国非裔与他人、与他周围的环境的关系中考量，反思美

---

① Lewis R. Gordon, What Fanon Said: A Philosophical Introduction to His Life and Thought. New York: Fordham University Press, 2015, p. 77.

② Stuart Hall, "The Work of Representation," Stuart Hall (ed.), Representation: Cultural Representations and Signifying Practices. London, Thousand Oaks and New Delhi: SAGE Publications Ltd, 1997, p. 19.

③ Stuart Hall, "Introduction," Stuart Hall (ed.), Representation: Cultural Representations and Signifying Practices. London, Thousand Oaks and New Delhi: SAGE Publications Ltd, 1997, p. 9.

④ James Weldon. Johnson, "Preface" to the Second Book (1926), James Weldon Johnson, James Rosamond Johnson (eds.), The Book of American Negro Spirituals (Two Books in One). New York: The Viking Press, 1969, p. 20.

国非裔的主体性和他的主体间性的存在。约翰逊对美国非裔存在哲学的贡献在于,他勾勒了许多关于人的存在与语言、与真实和与历史的关系的问题。

约翰逊总是站在思想和行动的前线,他在 NAACP 的工作给予他行动的机会,写作和艺术创作则为他提供了思考和表达的渠道。如果说约翰逊的社会活动是较为激进的行动,那么他的文学和艺术创作则是语言的行动,同样富于战斗力和调和意义。约翰逊的作品不仅为早期的黑人民权运动营造了大众舆论[①],而且表现了约翰逊超越种族和传统的种族融合思想、多元文化观和世界主义思想。

约翰逊的自传的名字《一路走来》语带双关,约翰逊超越"种族"的限制的道路充满艰辛,他为黑人文学和黑人事业奋斗的理想没有得到完全的实现,而美国非裔争取平等和完整的公民权、完全融入美国的事业亦尚未完成。一路走来,美国非裔已经走了很远,但仍需继续前行。

在今天的世界,后种族和后殖民的时代尚未真正来临,因为种族偏见和种族问题仍然存在,人们关于优越与劣等、文明与落后的二元对立关系的想象还在继续。约翰逊把种族问题视为一个随着时代和社会的变迁,始终处于变化当中的现象。的确,它在今天的人类生活中已经呈现出新的趋势和样态。然而,关于种族偏见和种族问题的诸多因素仍在发挥作用,约翰逊的作品和思想为我们继续思考和克服这些因素带来了更多的启发。尽管他的一些主张和观点过于理想化,例如文学和艺术的发展促进黑人事业的发展,以及他倡导的黑人同胞保持"精神的健全"的主张等,但他对种族关系、美国非裔的存在处境、美国非裔文学的主体性和传统以及美国文化的理解和思考超越了时代和"种族"的局限,对美国非裔文学和世界非裔思想做出了贡

---

① Sondra K. Wilson, "Introduction," James Weldon Johnson, The Selected Writings of James Weldon Johnson: Volume I The New York Age Editorials (1914—1923). Sondra K. Wilson (ed.). New York and Oxford: Oxford University Press, 1995, p. 4.

献。作为一位有着世界主义思想的作家和文学文化批评家，他处理种族问题的跨种族视角，他基于种族关系的对"人"的概念的探讨、对人的主体性和主体间联系的思考丰富了存在哲学思想。

参考文献

Aristotle. *The Poetics*. Trans. , Fyfe, W. Hamilton, Cambridge: Harvard University Press, 1953.

Asante, Molefi Kete. *100 Greatest African Americans: A Biographical Encyclopedia*, Amherst, New York: Prometheus Books, 2002.

Adelman, Lynn. A Study of James Weldon Johnson, *The Journal of Negro History*, Vol. 52, No. 2, 1967, pp. 128-145.

Bigsby, C. W. E. *The Second Black Renaissance: Essays in Black Literature*, Westport: Greenwood Press, 1980.

Burt, Daniel S. ed. , *The Chronology of American Literature*, *America's Literary Achievements From the Colonial Era to Modern Times*, Boston and New York: Houghton Mifflin Company, 2004.

Biers, Katherine. Syncope Fever: James Weldon Johnson and the Black Phonographic Voice, *Representations*, Vol. 96, No. 1, Fall, 2006, pp. 99-125.

Braithwaite, William Stanley. The Poems of James Weldon Johnson, *Boston Evening Transcript*, 1917, p. 9.

Charles Chesnutt. *Journals*, 29 May 1880, Charles Chesnutt Collection, Fisk University Library.

Crummell, Alexander. Civilization the Primal Need of the Race (1897), *The American Negro Academy Occasional Papers*, No. 3., Washington, D. C.: The American Negro Academy, 1898, pp. 3-6.

Chesnutt, Helen M. *Charles Waddekk Chesnutt: Pioneer of the Color Line*, Chapel Hill: University of North Carolina Press, 1952.

Chinitz, David E. *T. S. Eliot and the Cultural Divide*, Chicago and London: The University of Chicago Press, 2003.

Cruz, Jon. *Culture on the Margins: The Black Spiritual and the Rise of American Cultural Interpretation*, Princeton: Princeton University Press, 1999.

Cusic, Don. *James Weldon Johnson: Songwriter*, Nashville: Brackish Publishing, 2013.

Davis, Arthur P. *From the Dark Tower: Afro-American Writers* (1900 *to* 1960), Washington: Howard University Press, 1974.

Derrida, Jacques. *Positions*, Chicago: University of Chicago Press, 1972.

Douglass, Mary. *Purity and Danger*, London: Routledge & Kegan Paul, 1966.

Dyre, Richard. ed. , *Gays and Film*, London: British Film Institute, 1977.

Dubois, W. E. B. *Dusk of Dawn: An Essay Toward an Autobiography of a Race Concept*, New York and Oxford: Oxford University Press, 2007.

Dunbar, Paul Laurence. *The Life and Works of Paul Laurence Dunbar*, ed. , Wiggins, Lida K. , Naperville, Ill. , Memphis, Tenn. , J. L. : Nichols & Company, 1907.

——. *The Complete Poems of Paul Laurence Dunbar*, New York: Dodd, Mead and Company, 1922.

Evans, Brad., Henry A. Giroux. *Disposable Futures: The Seduction of Violence in the Age of Spectacle*, San Francisco: City Lights Books, 2015.

Fleming, Robert E. *James Weldon Johnson*, Boston: Twayne Publishers, 1987.

Fredrickson, George. *The Black Image in the White Mind*, New York: Harper and Row, 1971.

Friedel, Tania. *Racial Discourse and Cosmopolitanism in Twentieth-Century African American Writing*, New York: Routledge, 2008.

Fauset, Jessie. Review of the Autobiography of an Ex-Colored Man, *The Crisis*, November 1912.

Gordon, Lewis R. African-American Existential Philosophy, in eds., Lott, Tommy L., John P. Pittman, *A Companion to African-American Philosophy*, Malden: Wiley-Blackwell, 2006, pp. 33-47.

Graziano, John. The Use of Dialect in African-American Spirituals, Popular Songs, and Folk Songs, *Black Music Research Journal*, Vol. 24, No. 2, 2004, pp. 261-286.

Gates, Henry L. Jr. *Life Upon These Shores: Looking at African American History*, 1513-2008, New York: Alfred A. Knopf, 2013.

Gates, Henry Louis Jr., Cornel West. *The African-American Century: How Black Americans Have Shaped Our Country*, New York: Touchstone, 2002.

Gilbert, David. *The Product of Our Soul: Ragtime, Race, and the Birth of the Manhattan Musical Marketplace*, Chapel Hill: The University of North Carolina Press, 2015.

Goldsby, Jacqueline. ed. , *The Autobiography of an Ex-Colored Man: Authoritative Text, Backgrounds and Sources Criticism*, New York and London: W. W. Norton & Company, 2015.

Gordon, Lewis R. ed. , *Existence in Black: An Anthology of Black Existential Philosophy*, New York: Routledge, 1997.

Gordon, Lewis R. *An Introduction to Africana Philosophy*, Cambridge: Cambridge University Press, 2008.

——. *What Fanon Said: A Philosophical Introduction to His Life and Thought*, New York: Fordham University Press, 2015.

Hall, Stuart, Bram Gieben. eds. , *Formations of Modernity*, Oxford: Polity in association with Open University, 1992.

Hall, Stuart. ed. , *Representation: Cultural Representations and Signifying Practices*, London, Thousand Oaks and New Delhi: SAGE Publications Ltd, 1997.

Henderson, Steven Evangelist. *Understanding New Black Poetry*. William Morrow, 1973.

Huggins, Nathan Irvin. *Black Odyssey: The Afro-American Ordeal in Slavery*, New York: Vintage Books, 1977.

Hunton, Eunice Roberta. Breaking Through, *Survey Graphic*, 53, March, 1925, p. 684.

Johnson, James Rosamond. ed. , *Rolling Along in Song: a Chronological Survey of American Negro Music*, New York: The Viking Press, 1937.

Johnson, James Weldon, James Rosamond Johnson. eds. , *The Books of American Negro Spirituals* (Two Books in One), New York: The Viking Press，1969.

Johnson, James Weldon, Walter White and Roy Wilkins. *In Search of Democracy: The NAACP Writings of James Weldon Johnson, Walter White, and Roy Wilkins* (1920-1977), ed. , Wilson, Sondra K. New York: Oxford University Press，1999.

Johnson, James Weldon. *Along This Way: The Autobiography of James Weldon Johnson.* Boulder: Da Capo Press，2000.

——*Fifty Years and Other Poems*，Boston: Cornhill Company，1917.

——*God's Trombones: Seven Negro Sermons in Verse*，New York: The Viking Press，1927.

——*James Weldon Johnson: Writings*，New York: The Library of America，2004.

—— *Saint Peter Relates an Incident of the Resurrection Day*，New York: The Viking Press，1930.

——*The Selected Writings of James Weldon Johnson: Volume I The New York Age Editorials* (1914-1923), *ed.* , Wilson, Sondra K. , New York and Oxford: Oxford University Press，1995.

——*The Selected Writings of James Weldon Johnson: Volume II*，*Social, Political, and Literary Essays*，*ed.* , Wilson, Sondra K. , New York and Oxford: Oxford University Press，1995.

—— *Black Manhattan*，New York: Da Capo Press，1991.

——*The Autobiography of an Ex-Colored Man*，Boston: Sherman, French & Company，1912.

——*Complete Poems*，New York: Penguin Books，2000.

——*Negro Americans, What Now?*，New York: The Viking

Press, 1935.

——Self-Determining Haiti, New York: *The Nation*, Vol. 111, July-December, 1920, pp. 236-238, 265-266, 345-347.

——*The Essential Writings of James Weldon Johnson*, ed. , Byrd, Rudolph P. , New York: The Modern Library, 2008.

——ed. , *The Book of American Negro Poetry*, New York: Harcourt, Brace & World, Inc. , 1958.

——ed. , *The Book of Negro American Poetry*, New York: Harcourt, Brace and Company, 1922.

Kostelanetz, Richard. *Politics in the African-American Novel*, Westport: Greenwood Press, 1991.

Larkin, Lesley. *Race and the Literary Encounter: Black Literature from James Weldon Johnson to Percival Everett*, Bloomington: Indiana University Press, 2015.

Long, Richard A. A Weapon of My Song: The Poetry of James Weldon Johnson, *Phylon*, Vol. 32, No. 4, 1971, pp. 374-382.

Levy, Eugene. *James Weldon Johnson, Black Leader, Black Voice*. Chicago: The University of Chicago Press, 1973.

Meier, August. *Negro Thought in America*, 1880-1915: *Racial Ideologies in the Age of Booker T. Washington*, Ann Arbor: University of Michigan Press, 1988.

Millican, Arthenia B. *James Weldon Johnson: In Quest of an Afrocentric Tradition for Black American Literature*, Ph. D. diss. , Louisiana State University at Baton Rouge, 1971.

Mitchell, W. J. T. Representation, in eds. , Lentricchia, Frank, Thomas McLaughlin, *Critical Terms for Literary Study*, Chicago and

London: The University of Chicago Press, 1995, pp. 11-22.

Monteiro, George. James Weldon Johnson: A Durable Fire, *The Sewanee Review*, Vol. 115, No. 2, Spring, 2007, pp. xlvi-xlviii.

Morrison, Toni. *Playing in the Dark: Whiteness and the Literary Imagination*, Cambridge, Mass.: Harvard University Press, 1992.

Ostrom, Hans, J. David Macey, Jr. eds., *The Greenwood Encyclopedia of African American Literature*, Vol. III, Westport: Greenwood Press, 2005.

Palmer, Colin A. ed., *Encyclopedia of African-American Culture and History* (2nd ed.), Vol. 4, Detroit: Macmillan Reference USA, 2006.

Price, Kenneth M., Lawrence J. Oliver. eds., *Critical Essays on James Weldon Johnson*, New York: G K Hall & Co, 1997.

Ricœur, Paul. *From Text to Action: Essays in Hermeneutics*, II. Trans. Blamey, Kathleen, John B. Thompson, Evanston: Northwestern University Press, 1991.

Radano, Ronald. *Lying Up a Nation: Race and Black Music*, Chicago: The University of Chicago Press, 2003.

Smith, Valerie. *Self-Discovery and Authority in Afro-American Narrative*, Cambridge: Harvard University Press, 1987.

Thaggert, Miriam, *Images of Black Modernism: Verbal and Visual Strategies of the Harlem Renaissance*, Amherst and Boston: University of Massachusetts Press, 2010.

Thompson, Gordon E. *The Assimilationist Impulse in Four African American Narratives: Frederick Douglass, James Weldon Johnson, Richard Wright, and LeRoi Jones*, New York: The Edwin Mellen Press,

2011.

Wideman, John Edgar. *My Soul Has Grown Deep：Classics of Early African-American Literature*, New York：Ballantine Books, 2002.

Yarborough, Richard. Strategies of Black Characterization in *Uncle Tom's Cabin* and the Early Afro-American Novel, in eds.，Sundquist, Eric, *New Essays on Uncle Tom's Cabin*, Cambridge：The University of Chicago Press, 1986, pp. 45-84.

Obama, Barack H. October 16, 2011. *We Will Overcome* (Remarks at the Martin Luther King, Jr. Memorial Dedication). Washington, D. C. Accessed 10/08/2016.

＜ https：//obamawhitehouse. archives. gov/blog/2011/10/16/president-obama-martin-luther-king-jr-memorial-dedication-we-will-overcome＞

Papers of the NAACP Part II：Personal Correspondence of Selected NAACP Officials, 1919-1939. *Papers of the NAACP*. Bethesda：University Publications of America, Inc. , 1982, Beinecke Rare Book and Manuscript Library, Yale University, FILM MISC 960.

Correspondence, 1896-1972 James Weldon Johnson, *James Weldon Johnson and Grace Nail Johnson Papers*, Beinecke Rare Book and Manuscript Library, Yale University, JWJ MSS 49.

夸梅·安东尼·阿皮亚:《认同伦理学》,张容南译,南京:译林出版社,2013 年。

黄卫峰:《哈莱姆文艺复兴》,北京:外语教学与研究出版社,2006 年。

黄卫峰:《美国黑白混血现象研究》,苏州:苏州大学出版社,2015 年。

罗良功:《论美国非裔诗歌中的声音诗学》,《外国文学研究》,2015 年第1 期。

庞好农:《种族越界与心理流变——评约翰逊〈一个前有色人的自传〉》,

《英美文学研究论丛》，2015 年第 1 期。

谭惠娟，等：《论拉尔夫·埃利森的文化批评思想》，《文艺研究》，2014年第 1 期。

单子坚：《哈莱姆文艺复兴文学概述》，《外国文学研究》，1992 第 3 期。

张德文：《论〈一个前有色人的自传〉的滑稽模仿技巧》，《英美文学研究论丛》，2011 年第 2 期。

附　　录

附录 1　詹姆斯·W.约翰逊生平大事年表①

1871 年 6 月 17 日　　詹姆斯·维尔登·约翰逊(詹姆斯·威廉·约翰逊)
　　　　　　　　　出生在佛罗里达的杰克逊维尔,父亲是詹姆斯·
　　　　　　　　　约翰逊,母亲是海伦·路易丝·迪耶·约翰逊。

1884　　约翰逊随父母去纽约,这次旅行唤醒了约翰逊一生对城市生
　　　　活的热情。

1886　　中学时期的约翰逊在杰克逊维尔遇见了弗雷德里克·道格
　　　　拉斯。

1887　　约翰逊进入亚特兰大大学预科班。

1890—1894　　约翰逊在亚特兰大大学取得学士学位,并被任命为斯
　　　　　　　坦顿学校校长。1891 年,利用暑假时间在佐治亚州亨
　　　　　　　利县教书。

---

① 注:参考桑德拉·K.威尔逊(Sondra K. Wilson)在《寻找民主:詹姆斯·韦尔登·约翰逊、
沃尔特·华特和罗伊·威尔金斯的 NAACP 文章(1920—1977)》(1999)和杰奎琳·戈兹比(Jacque-
line Goldsby 在《〈一个原有色人〉:权威文本、背景和批评》(2015)中梳理的约翰逊生平年表。

1893　　约翰逊在芝加哥世界博览会上遇见保罗·劳伦斯·邓巴。

1894　　约翰逊发表毕业演说《人类的命运》,并随亚特兰大的四重唱组合在新英格兰地区巡演。

1895　　约翰逊创办《美国日报》,它是美国非裔拥有和出版的第一份日报。

1896—1898　　约翰逊跟随托马斯·勒道斯律师学习法律,1898 年成为首位通过州律师资格考试的美国非裔。

1896　　约翰逊把斯坦顿学校发展成佛罗里达州的第一个黑人公立中学。

1900　　约翰逊与弟弟詹姆斯·罗萨蒙德·约翰逊为纪念亚伯拉罕·林肯诞辰,共同创作歌曲《放声歌唱》,这首歌在美国广为流传,成为黑人的民族之歌。

1901　　约翰逊当选佛罗里达州教师协会的主席。

1902—1910　　约翰逊与他的弟弟罗萨蒙德、好友鲍勃·科尔组成"科尔与约翰逊兄弟"三人创作小组。他们创作了 200 多首通俗歌曲的歌词,取得热烈反响,其中有许多歌曲被搬上百老汇的舞台。在陪同罗萨蒙德和科尔巡演歌舞剧时,他周游美国和欧洲。

1903—1906　　约翰逊在哥伦比亚大学跟随著名的文学批评家布兰德·马修斯学习现代小说和戏剧,并开始创作《一个原有色人的自传》。

1904　　约翰逊加入布克·T.华盛顿建立的全国商业联盟,在亚特兰大大学接受荣誉学位时遇见当时在该校任教的 W.E.B.杜波依斯。

1906—1910　　约翰逊在黑人共和党俱乐部的政治活动引起了布克·T.华盛顿的关注,后者推荐他担任美国的驻外领事。约

　　　　　　翰逊先后在委内瑞拉的卡贝略港和尼加拉瓜的科林托担
　　　　　　任领事职务。他在拉美完成《一个原有色人的自传》的
　　　　　　创作。

1910　　约翰逊在纽约与格蕾丝·纳尔结婚。

1912　　约翰逊将他的中间名更改为更富文学色彩的"维尔登";匿名
　　　　　　出版《一个原有色人的自传》,《原有色人》是最早的由美国非
　　　　　　裔创作的第一人称叙事小说之一。

1914　　约翰逊辞去领事职务,回到美国,担任《纽约世纪报》的社论编
　　　　　　辑,并负责专栏"展望与回顾"。他在同年成为美国作曲家、词
　　　　　　作家及音乐出版商协会的创建人之一。

1915　　约翰逊加入 NAACP,英译西班牙大歌剧《戈雅之画》的
　　　　　　剧本。

1916　　约翰逊担任 NAACP 的外勤秘书,在全国各地广泛组织分会
　　　　　　和反私刑抗议活动。

1917　　约翰逊组织 NAACP 在纽约的静默抗议游行,抗议美国一些
　　　　　　大城市爆发的种族暴力。这是美国历史上最大规模的反私刑
　　　　　　游行。同年,约翰逊出版他的第一部诗集《五十年及其他诗
　　　　　　歌》。

1920　　约翰逊担任 NAACP 的执行秘书,致力于捍卫黑人的选举权
　　　　　　和继续组织反私刑抗议。同年,他在《国家》(*The Nation*)上
　　　　　　发表《自决的海地》系列文章,批评美国对海地的军事干涉。

1922　　约翰逊编写出版《美国黑人诗集》。

1925　　约翰逊和弟弟罗萨蒙德合作编写出版《美国黑人灵歌集》。同
　　　　　　年,他获得 NAACP 颁发的斯平加恩奖章。

1926　　约翰逊和弟弟罗萨蒙德合作编写出版《美国黑人灵歌集 第二
　　　　　　部》。

1927   约翰逊出版《上帝的长号》,再版《一个原有色人的自传》。同年,他的诗集《上帝的长号》获得哈蒙金奖(Hammon Gold Medal)。

1930   约翰逊辞去 NAACP 的执行秘书的职务,并于同年出版《黑人曼哈顿》和诗集《圣彼得讲述复活节的一件事》。

1931   约翰逊被 NAACP 任命为该组织的副主席和理事会成员,成为首位担任该职的美国非裔;接受菲斯克大学的邀请,开始担任该校的亚当·K.斯彭斯创造性写作课程的教授。同年他修订出版《美国黑人诗歌集》。

1933   约翰逊出版自传《一路走来》,并于同年获得"W.E.B.杜波依斯黑人文学奖"。

1934   约翰逊担任纽约大学的客座教授,成为纽约大学的首位美国非裔教员,于同年出版《黑人美国人,现在怎么办?》。

1935   约翰逊再版《圣彼得讲述复活节的一件事》。

1938 年 6 月 26 日   约翰逊在缅因州的威斯卡西特遭遇车祸去世,享年 67 岁。

1938 年 6 月 30 日   他的葬礼在哈莱姆的塞勒姆卫理公会教堂举行。

1941   格蕾丝·纳尔·约翰逊和凡·卡尔·维克顿在耶鲁大学图书馆成立詹姆斯·韦尔登·约翰逊美国黑人艺术与文学纪念收藏馆,它迄今保存着许多杰出的美国非裔的珍贵资料。

附录 2　多重对话的建构：
"科尔与约翰逊兄弟"三人创作团队通俗音乐研究

19 世纪末至 20 世纪初是美国通俗歌曲的一个繁盛时期,由美国非裔开创的拉格泰姆音乐(Ragtime)风靡一时,成为美国生活的重要元素;与此同时,美国非裔歌曲创作者的作品凭借独特的节奏和韵律在这一时期颇受大众的欢迎,黑人歌曲几乎是音乐剧舞台上的一个不可缺少的部分。1899 年,三位美国非裔艺术家——当时在斯坦顿学校担任校长的詹姆斯·韦尔登·约翰逊(James Weldon Johnson,1871—1938)、在浸礼学院任教的约翰逊的弟弟詹姆斯·罗萨蒙德·约翰逊(James Rosamond Johnson,1873—1954)和早前已在纽约开始创作和表演音乐喜剧的鲍勃·科尔(Bob Cole,1868—1911)组成"科尔与约翰逊兄弟"三人组(Cole and Johnson Brothers Trio),在纽约的西 53 街的马歇尔旅馆租下房间,开始了他们的通俗歌曲和音乐喜剧的创作。

在三人组集中创作的七年(1899—1906)及之后偶尔的合作中,他们共创作了 150 多首歌曲[1],成为 20 世纪初美国最成功的通俗歌曲和音乐喜剧创作团队之一。这些歌曲除了在当时获得热烈反响、广泛流传之外,迄今获得的学术关注较少,学界尚无系统的研究成果。然而,对这些艺术经典的重新解读可以揭示它们重要的艺术价值和文化意义,帮助我们更充分地理解 20 世纪初美国通俗音乐的图景。

"科尔与约翰逊兄弟"三人组在创作上的融合度很高,詹姆斯·韦尔登·约翰逊指出,"在创作时,我们三个人有时就像一个人,难以具体指出这一部分是我们中的谁完成的。一般情况下,我们两两搭配,剩下的一个人作为评判和建议者"[2]19。在作品的署名上,为了避免让出版的活页乐谱上的署名"看起来头重脚轻"[2]19,科尔和约翰逊兄弟一般采用"代表性的署名",三人组的大部分歌曲实际上是三个人共同的创作。在分工上,詹姆斯·韦尔登·约翰逊主要写词,詹姆斯·罗萨蒙德·约翰逊作曲,而鲍勃·科尔兼写词和作曲。三人组的歌曲有的被用于他们自己创作的轻歌舞剧,如为詹姆斯·罗萨蒙德·约翰逊和鲍勃·科尔创作的戏剧《红月亮:一部红与黑的美国音乐剧》(*The Red Moon: An American Musical in Red and Black*,1908)创作的《滚动棉包》("Roll Them Cotton Bales");有的被百老汇的歌舞剧采用,如为当时垄断美国戏剧业的"克劳与厄兰格"公司从英国引进的《睡美人与野兽》创作的《无人在看除了猫头鹰和月亮》("Nobody's Lookin' But de Owl and de Moon")、《告诉我,黑肤色的少女》("Tell Me, Dusky Maiden")和《出来吧,黛娜,来草地上》("Come out, Dinah, on the Green"),为安娜·赫尔德的戏剧《小公爵夫人》创作的《双眼朦胧的少女》("The Maiden with the Dreamy Eyes")等[2]33, 45-6;有的被一些社会组织或机构采用,如《他没在闲逛吗?》("Oh Didn't He Ramble")后来被改编成耶鲁足球队之歌《他闲逛直到以利把他砍到》("He Rambled Till Old Eli Cut Him Down")和被新奥尔良乐队变成了一首迪克西兰爵士乐[2]142;有的被玛丽·卡西尔、梅·欧文、安娜·海尔德、伯特·威廉斯等著名的黑人和白人歌手采用,深受美国大众喜爱且流传到欧洲及世界其他地区,如《竹树下》("Under the Bamboo Tree")经百老汇著名歌手玛丽·卡西尔的演唱成为家喻户晓的名曲。三人组的通俗歌曲讲述小人物在日常生活中的小故事,既表征美国非裔的性格、精神和文化,又是一种对大众生活的"艺术介入",体现跨种族对话。

一

19世纪末至20世纪初,美国黑人音乐蓬勃发展,许多由黑人和白人创作者创作的黑人歌曲("coon" songs)①往往"采用拉格泰姆节奏,在歌词中加入黑人方言,把黑人固定为几种类型——逗人发笑的、喜剧的、懒惰的、无能的生物,他总是过度的和不道德的。这些歌曲以活页乐谱的形式出版的封面把黑人描绘为长着厚厚的大嘴唇、圆鼓鼓的眼睛,或者穿着花哨的人物,表明他们与社会格格不入"[2]13。这些歌曲在歌词中反复地塑造美国黑人的刻板化形象,盲目地迎合或传播了种族偏见对美国非裔的种种虚构的假设和界定,在一定程度上是对真实的黑人及其生活经验的降格和丑化。"科尔与约翰逊兄弟"三人组的通俗歌曲有意识地避免和打破这些由带有种族偏见的占主导地位的文化和黑脸滑稽剧、黑人歌曲等艺术形式建构和传播的刻板化形象,突破约束美国非裔艺术的惯例和禁忌,它们以小人物的小故事表征真实多面的美国非裔和他的生活,表现在他的黑肤色身体里活跃着的思想与情感。

爱情歌曲在三人组的通俗歌曲中占很大比例,讲述美国非裔多姿多彩的爱情故事。美国非裔的爱情大多是真挚热烈的。《我的安吉米玛·格林》("My Angemima Green", 1902)赞美以主人公的六月的新娘为代表的黑人女性的美丽和优雅,"聆听,我给你讲述我的安吉米玛/眼睛远比闪耀的星辰明亮/像天鹅一样优雅,样子极美/精致的气质和举止/如同鲜艳的向日葵 我的黑女王/她是我所见过的最精巧甜美的人儿/你会懂得我的所言/当你见到我的安吉米玛·格林"②[2]129。《竹树下》(1902)是早期拉格泰姆音乐的经典,它的曲调部分改编自《无人知晓我看见的烦恼》("Nobody Knows the Trouble I've Seen")这首流传甚广的黑人灵歌,描写的一位祖鲁和非洲公主之间的"丛林爱情"单纯炙热,歌词在朗朗上口的节奏中勾勒出灵动的画面。

---

①　19世纪末,黑人方言歌词(可追溯到早期的黑脸滑稽剧)被用来配上拉格泰姆旋律;这种新的体裁通常被称为黑人歌曲。它被在滑稽剧表演、轻歌舞剧和百老汇的舞台上演唱。许多黑人歌曲有着双重含义,在艺术手法上比较粗糙,没有润色,有时比较低俗。(John Graziano 2004:262; James Rosamond Johnson, "Introduction", 1937:14-5.)。

②　本文引用歌词的中文版出自本文作者的翻译。

竹树下

丛林里住着一位少女

黑色的皮肤但有皇家血统

有一次留下深刻印象

给一个玛塔博洛的祖鲁

每天早晨他都会

在竹树下

等待见到他的爱人

然后他会对她唱

如果你爱我,就像我爱你

我们同样爱彼此

我想说,就在今天

我要为你改姓氏

因为我爱你,真诚地爱你

如果你也爱我

一人像俩人生活,俩人像一人生活

在竹树下

以这样单纯的丛林方式

他每天像少女表达心意

唱出他想说的话

一天他捉住她,温柔地拥抱她

在翠绿的竹树下

他请求她成为他的女王

黑肤色的少女从未像现在羞怯

跟他一起歌唱

这个小故事奇异但真实

玛塔博洛常常讲述

这个祖鲁如何追求

他的丛林妻子，在热带的树荫

虽然场景距离数英里

此刻就在家中我敢说

你会每天听到某个祖鲁

滔滔不绝地唱着这些温柔的歌词。[2]173-4

　　这首歌将爱情仪式化，突出追求爱情的美好和纯真是人类共同的愿望。著名作家 T. S. 艾略特曾在他的诗体情节剧《斯威尼·安格尼斯特》(*Sweeney Agonistes*，1932)中借鉴《竹树下》来创作"冲突的碎片"部分的其中一首歌曲，质疑和反讽西方关于"文明"的概念和知识。"现代主义把非洲用作人类基本的本能和'黑暗的冲动'的贮藏库和象征，无论它的意图是什么，都从未逃脱过种族主义的幽灵。"[3]114艾略特的歌曲故意"俗化"《竹树下》原本浪漫的爱情，模仿西方人的一种稍欠高雅的、谈情说爱的方式"调情"，"在竹子下/竹子 竹子/在竹树下/俩人像一人生活/一人像俩人生活/俩人像三人生活/……告诉我在哪一片树林/你想与我调情/在木菠萝、榕树还是棕榈叶下？/或者竹住下？/哪一棵古树我都可以/哪一片树林都一样好"[3]114-16。歌词颠覆西方文化中的"白人性"和"文明"的神话，揭示野蛮和文明并非绝对范畴，歌曲"暗含性和暴力的意味，艾略特把原歌曲对种族差异的否定改编成了对西方例外主义的揭露"[3]117。他对《竹树下》的借鉴和戏仿以另一种方式表现了"人类情感的普遍性"这样一个主题，只不过他的处理更为直接和辛辣。《刚果情歌》("Congo Love Song"，1900)和《在竹树下》"都侧重于人类共有的经验和情感"[4]，它把故事背景设置在非洲的刚果河河岸,少女面对热烈的追求,却没有轻易答应她的追求者——一位充满男性气概的部落酋长,而是要考验他的真诚与耐心,一直让他唱着副歌"只要刚果河流入大海/只要竹叶长在竹子上/我的爱和忠诚将像海一样深/你不考虑只爱我一人吗?"[2]62。这里,"只要"的句式与莎士比亚的第十八首十四行诗的最后一行"只要人类能呼吸,眼睛看得见/这首诗便长存,让你的生命不朽"[5]有异曲同工之妙,只是前者歌颂爱情的永恒,后者赞美艺术的永恒。

在《无人在看除了猫头鹰和月亮》(1901)中,恋人的深情与周围的环境融为一体,他们知道"猫头鹰不会泄露我们的话语/你知道我们可以信赖月亮"[2]140。在"三人组的歌曲中,人与大自然的其他生命形式和无生命的事物之间往往有着千丝万缕的联系和互动。真挚热烈的爱情固然引人入胜,但深沉悲伤的爱情似乎更加动人心魄。《自从你离开》("Since You Went Away",1906)的主人公对离世的恋人有着苦涩的思恋,"对我而言一切似乎都不对/对我而言白昼似乎两倍长/对我而言鸟儿似乎忘歌唱/自从你离开/对我而言我似乎忍不住哀叹/对我而言我的喉咙似乎越来越干/对我而言我的眼睛似乎总含泪/自从你离开"[2]156,干净利落的节奏把情感烘托得更为强烈。爱情里也有趣味、背叛和贪婪。《钓鱼》("Fishing",1905)是一首趣味盎然的作品,歌唱者在告诉大家渔翁从早坐到晚也没钓上一条鱼不是因为运气差,而是没有使用合适的鱼饵,追求爱情就像钓鱼,男人追求女人,女人追求男人,不同的垂钓者喜爱不同类型的"鱼"——鲸鱼、金鱼、鳗鱼、鲦鱼或小龙虾,他们需要以不同的魅力打动对方,从而获得对方的真心。歌曲以调侃的语气阐述爱情哲学,充满生活气息。

如果说《蝈蝈、蟋蟀和青蛙》("The Katy-did, the Cricket and the Frog",1903)借动物喻人,表现了爱情的背叛和伤痛,那么《廷巴克图少女》("The Maid of Timbuctoo",1903)表现的则是爱情中的欺骗和贪婪,尽管美丽的廷巴克图少女门前的追求者络绎不绝,但她总是低垂着双眼叹息,不轻易接受心意，却把他们的戒指、珍珠等都归为己有。三人组的爱情歌曲打破黑人艺术不能表现严肃或浪漫的爱情情景的传统禁忌，展现美国非裔真实多面的爱情经验。

二

爱情自然不是美国非裔的生活的全部，他对大自然的热爱、对简单生活的渴望、对非洲家园的寻根和思恋，他的爱国精神、他的歌唱和舞蹈；他的成长的烦恼与亲人的分离的悲伤、为了物质生活的苦苦挣扎、生活在社会底层遭遇的阻碍和挫折，种族压迫和偏见给他带来的心理创伤等各种生活经验在三人组的作品中得到了创造性的表现。《沿着桑树湾》（"Down in Mulberry Bend"，1904）展现的是寻找纯真的心灵并没有因为物质生活的贫穷而变得麻木，"东边有一个地方／看着孩子们玩耍是件乐事／那儿的孩子数不胜数／似乎整条街道上都是他们／他们虽然是"贫穷"的孩子／度过的每一刻都是金色时光／我只想做一个快乐自由的小孩，跟他们一起在桑树湾"[2]79。《我的尼罗河上的城堡》（"My Castle on The Nile"，1901）和《沿尼罗河而下》（"Floating Down the Nile"，1906）两首歌曲在拉格泰姆的节奏中加强非洲元素，表达了主人公对非洲家园的思念和对非洲祖先的怀念，歌唱者或追溯自己的非洲血统，或追忆自己曾与恋人在尼罗河上漂流的往事，非洲的风土让他感到温暖。

三人组的作品通过戏剧性地呈现真实来回应历史与生活的严肃问题。《多问无益，因为你知道为什么》（"No Use In Askin' 'Cause You Know The Reason Why"，1901）讲述摩西·詹金为了帮助妻子阿曼达准备晚餐款待牧师偷了别人家的鸡，因此银铛入狱。出狱后他想痛揍牧师一顿，却被牧师打得鼻青脸肿，落荒而逃。"偷鸡"是奴隶制时期种植园里奴隶主常常责难奴隶的事由之一。作者把它"移到"20世纪黑人大众的日常生活中，摩西反复吟唱的那句"多问无益，因为你知道为什么"讽刺了黑人迫于种族压迫和偏见不得不采取一些"荒诞"之举的无奈。作者以摩西·詹金的困境责备他的道德堕落是肤浅的,应该思考导致出现这一现象的更深层次的原因。奴隶制曾给美国非裔带来沉重的物质和精神压迫,它虽已被废除,但种族偏见仍然存在和影响着人们的生活。《给我剩下的》("Gimme De Leavin's",1904)讲述一个底层黑人"倒霉的"生活经历,反映他在种族偏见的社会中遭遇的麻烦、遏制、背叛和劫掠。

给我剩下的(第1~2节)

我从未拥有我想在生活中拥有的

尽管我想我拥有我的那份麻烦和斗争

我从未有过机会看看我想看的东西

好东西在到我这儿以前就没有了

我越强烈地向往一件东西,它就离得更远

别人得到轻松的活儿,最艰难的工作却找上我

于是未来如果有一件好东西来到我的路上

也会像以往一样,与我擦身而过,我只想说

当你用完时给我剩下的

给我剩下的就好

人只想要下面的一点儿

我的那一点儿似乎越来越少了

我得到那点儿,不要更多

剩下的那些

给我剩下的[2]92

这位黑人"倒霉鬼"一无所有,绝望到恳求给他"剩下的",他的"倒霉"是

许多生活在社会底层的美国非裔的困境的一个缩影。歌曲《我有自己的麻烦》("I've Got Troubles of My Own", 1900)进一步戏剧性地刻画了这种困境。它以一个浸礼会执事的视角,通过赫齐卡亚·布朗、埃弗拉汉姆和阿贝·华盛顿三个黑人找执事诉苦求助的片段,揭示失业和贫穷给黑人大众带来的种种麻烦,包括交不起房租、没有了工资害怕妻子抱怨不敢回家、被妻子抛弃并带走了所有的东西等等。很多的黑人同胞不断地来找执事倾诉他们遭遇的麻烦和痛苦,说得他喘不上气、得不到片刻安宁,他不得不反复哀叹自己何尝没有这些烦恼。幽默滑稽的背后是冷峻的现实和烦乱的情绪,生活在社会底层的黑人大众被物质生活折磨得遍体鳞伤。三人组的歌曲往往在对历史和现实的严肃问题的回应中表征美国非裔的思想与情感。沉重的历史和冷峻的现实没有压垮美国非裔的精神,因为他拥抱"以笑声代替哭泣"的生活哲学。《抛开你的烦恼》("Lay Away Your Troubles", 1903)等歌曲呼吁黑人同胞倾听班卓琴声、痛饮苹果酱,以乐观和坚强的姿态面对苦难和烦恼。《男人,男人,男人》("Man, Man, Man," 1904)认为"女人是一切祸端的根源"的性别歧视的观点站不住脚,因为如果把男人调换到女人的位置,让他做女人日常操持的那些家务,他会把一切弄得一团糟。三人组的通俗歌曲对美国非裔的生活经验和思想情感的表征在广度上和深度上都是杰出的,真实为它们注入活力,幽默与戏剧性则扩展了它们的思想内涵。

三

"科尔与约翰逊兄弟"三人组的歌曲之所以成为经典还有一个重要的原因,即它们融入了美国非裔的民间文化和艺术传统,表征美国非裔的语言和文化特色。三人组汲取黑人方言、黑人民间故事和习俗以及黑人音乐,借鉴希腊神话等西方文学,赋予他们的作品多元文化的特点。"通过语言的表征在意义的生产过程中处于中心地位"[6]2,语言是美国非裔及其文化的重要标记,它打动心灵的力量可以超越歌唱和乐器产生的音乐。《这些情话我听起来很好》("Dem Lovin' Words Sound Mighty Good to Me",1905)喻指了这一理念。摩西·詹金斯的女孩没有上过学,虽然不知道摩西的情话到底是什么意思,但这些话语仍然让她高兴,爱开始在她的心里萌芽。《你好!我的露露》("Hello Ma Lulu",1905)的主人公用朴实甜蜜的话语打败了他的情敌"唱歌的萨米"和"弹奏班卓琴的乔",赢得他的女孩露露的真心。《桑博与黛娜》("Sambo and Dinah",1904)中的桑博虽然因为紧张,在对黛娜倾诉衷肠时结结巴巴,但那些断断续续、不讲章法的对话配上活泼的节奏,也有了独特的魅力。

　　詹姆斯·韦尔登·约翰逊曾批评传统的美国黑人方言对美国非裔的艺术创作的约束,他指出"被惯例化的黑人方言不自然:它的夸张的亲切,幼稚的乐观主义,被迫表现的滑稽性,伤感的情绪;它作为一种表达媒介仅限于两种情感,即感伤和幽默,因此使每一首诗要么悲伤要么滑稽"[2]29。实际上,约翰逊批评的并非作为语言的黑人方言本身,而是美国文化为黑人方言固定的表现模式。社会占主导地位的文化和黑脸滑稽剧等艺术形式把黑人方言的表现模式固定下来,那些模式带着深深的种族主义和种族偏见的烙印,因此一方面继续降格和丑化美国非裔的形象,另一方面又阻碍美国非裔艺术对美国非裔的表征。三人组有意识地跳出这些表现模式的条框,在词语的组合上注意避免过度的夸张、滑稽和伤感,而且巧妙地制造音乐般的节奏和韵律,《我的心之所属是玛丽亚小姐》("My Heart's Desiah is Miss Mariah",1901)和《时代的声音:林迪》("Sounds of the Times:Lindy",1903)都是很好的例子。《时代的声音:林迪》再现了拉格泰姆音乐的切分音节奏,以第一节为例:

> 'Way down in sunny Louisiana
>
> Down 'midst the fragrance of the banana
>
> Down where the air with perfume is laden

There lives a charming dusky eyed Maiden

And when the little stars are a-peeling

'Round to her cabin door softly creeping

I go with my old banjo

And I sing to her this little song[2]161

　　三人组在创作上虽然不能完全免于书写美国非裔的传统表现模式的影响，但他们"通过摆脱粗俗拙劣的打油诗提升了黑人歌曲这种通俗音乐"[7]。除了黑人方言和音乐，美国黑人的民间故事和习俗也是三人组歌曲的重要元素。例如，《动物大会》（"The Animal Convention"，1902）借用了黑人民间故事的原型人物之一兔兄来表现小人物通过智慧战胜庞大力量的生活哲学；《没时间争论》（"Dis ain't no Time for an Argument"，1906）则以借鉴黑人民间习俗中的鬼魂等超现实题材，以老摩西·詹金斯带着猎狗捕捉负鼠和梦见自己挖金子的情节作为故事线索，表现黑人的民间幽默和生活趣味。老摩西的心理和行为诙谐滑稽，他哭喊道，"'上帝啊，我一分钟都耽搁不了/……没时间争论/再明白不过/给我个机会卧倒/你可以拥有那棵树；/因为熊肉和负鼠肉，你看/对我来说味道不一样/没时间争论/熊先生再见'……'没时间争论/再明白不过/你说这些骨头属于你/我同意/如果你想跟我讨论这些骨头/我们可以打长途电话/没时间争论/鬼魂先生再见'"[2]73。老摩西没想到自己会遇见熊和鬼魂，在受到严重惊吓之际，竟还试图以卧倒装死的方式逃命，以打长途电话与人讨论的方式让自己冷静下来，实在滑稽有趣，充分体现了美国非裔的生活气息和趣味盎然的处事观。

　　西方文学是三人组歌曲的"调味剂"，他们偶尔会选取古希腊罗马神话等文学经典中的人物和故事，并结合美国非裔的历史文化创作一些蕴含多重意义的作品。《丘比特在闲逛或丘比特不理他们说什么》（"Cupid's Ramble or Cupid's Blind They Say"，1908）采用古罗马神话中的原型——爱神丘比特，运用黑人音乐的复调结构，在丘比特与女孩们的对话中揭露鲁莽调皮的丘比特的邪恶意图——他要把少女们变成他的奴隶,实施起奴隶制来。在古罗马神话中,丘比特一般被塑造为一位手拿弓箭、背部长有一对翅膀的调皮小男孩。他主管着神和人的爱情和婚姻,总是摆弄着他的弓箭,金头箭带来爱而铅头箭导致憎恨。歌曲中,丘比特伪装了自己,试探少女们对于他的奴隶制计划的反应。可是,少女们识破了丘比特的伪装,决定要提防这位盲目的、不计后果的"心灵赌徒"。丘比特与奴隶制时期残酷的奴隶主相似,他是个"暴君",随心所欲、反复无常。这首歌曲出乎意料地借用丘比特这样一个原本浪漫的意象,隐喻奴隶制和奴役体现的暴力。文化与意义的生产和交流有关,而意义又是一种对话[6]2-4。三人组的歌曲对美国非裔的语言和文化的表征参与意义的生产和交流,而意义可以促进不同种族和社会文化背景的群体之间的对话。

三人组的歌曲创作是对大众生活的艺术介入,体现着积极的跨种族对话的姿态。在创作生涯中,他们曾受到"克劳与厄兰格"公司为它从英国引进的多部戏剧创作歌曲的邀请,以"美国化"这些作品,如歌舞剧《睡美人与野兽》(*The Sleeping Beauty and the Beast*,1901)和《矮胖子》(*Humpty Dumpty*,1905)等[2]33,38。美国非裔艺术家通过他们的艺术"美国化"从国外引进的戏剧作品,这本身是文化融合的一个有意识或无意识的表现,而美国非裔艺术家"美国化"这些作品的艺术加工过程既融入了美国非裔艺术和思想,又表现美国文化的特质。

积极的跨种族对话的姿态在以爱情为主题的《我的克里奥美人》("My Creole Belle",1900)、歌颂爱国精神的《老国旗永不倒》("The Old Flag Never Touched the Ground",1907)和表现黑人音乐的《当乐队演奏拉格泰姆》("When the Band Plays Ragtime",1904)等作品中有不同的体现。在《我的克里奥美人》中,令主人公倾心的克里奥美人是兼有黑人和白人两种血统的混血姑娘,她的血统可以追溯到绚丽的西班牙和阳光灿烂的法国,她的身上流淌着拉格泰姆的血液。作为种族融合的隐喻,克里奥美人的身体之美——愉快自信的气质和奔放的步态象征着种族融合的美与和谐。这首歌曲被唱给白人听众，被唱给黑人听众，也被唱给黑白混血儿听众，蕴含鼓励多重对话的意图。《老国旗永不倒》是主人公对美国国旗的独白，表现黑人士兵的英勇无惧和爱国精神。在星条旗的召唤下，黑人士兵与白人士兵一样，为争取自由、平等，为捍卫民主的崇高理想奋勇战斗。然而，与这样激昂人心的画面形成鲜明反差的一个现实是，在美国历史上黑人士兵在军事方面常常受到歧视和不公正的待遇。主人公对古老的美国国旗的独白，实际上是与美国公众的对话，启发他们思考为何产生了这样的悖论。

老国旗永不倒

当"上战场！"的喊声响起

我们自豪地把它插到前线

亲爱的历史的荣光，我们跟随着你

枪声连连

炮火咆哮

枪林弹雨中

我们身边的同志一个个倒下

它也从未跌落尘土，我的小伙子们

我们如此热爱的老国旗[2]145

在《当乐队演奏拉格泰姆》中，音乐超越了种族和阶级，每一个人在拉格泰姆的音乐中都会跟随节奏"摇摆"，"每个人都歌唱/当乐队演奏拉格泰姆/它把你的脚放在弹簧上/当乐队演奏拉格泰姆/你感觉自己拥有翅膀/我宣布你已情不自禁/你会跟随它/当乐队演奏拉格泰姆"[2]180。拉格泰姆是由孟菲斯的圣路易斯和其他的密西西比河城镇的黑人钢琴演奏者开创的一种世俗音乐形式，是20世纪让美国闻名世界的一项艺术创造，被誉为"美国音乐"[8]。拉格泰姆作为一项文化和艺术交融的产物,为不同种族、民族和阶级的人们讲述多样的音乐和文化故事,让他们在它的旋律和节奏中感受自由和愉悦,体现着对话的广阔空间。

结　语

1911年,鲍勃·科尔罹患神经衰弱,在静养期间不幸溺水离世,三人组的合作至此终结。同时,这一年也标志着第一个黑人百老汇时代的结束。1912年后约翰逊兄弟虽然继续创作歌曲,但作品数量不多。[2]47在时代更迭和迅速变化的大众趣味的影响下,三人组的作品在经过了它们的流行期之后渐渐淡出人们的生活,但它们为音乐艺术留下的经典、为20世纪初的轻歌剧时代留下的历史文化意义被永恒地融入了大众的生活经验和精神记忆。回顾那些在活页乐谱的时代和之后没有得到充分欣赏和解读的通俗歌曲,我们往往能从它们呈现的真实和表达的思想与情感中,找回许多被我们忽略的关于生活的意义,发现我们常常漠视的一些现实。

詹姆斯·韦尔登·约翰逊曾在他的自传中回忆三人组当时创作歌曲的宗旨——在保持原汁原味的黑人民间元素的同时,为黑人歌曲带去一种更高的艺术性①。从他们的作品和大众的接受情况来看,这个目标的确实现了。三人组的作品的歌词纯朴自然、优雅活泼,蕴含着一种独特的情感和思想的感染力,情感的表达往往没有刻意的拖延和悬置,而是一气呵成地表现情感的递进、弱化或突变。除了纯朴优雅的风格,它们对美国非裔及其生活经验和文化的表征、所体现的跨种族对话的积极姿态打破了当时美国社会占主导地位的文化为美国非裔界定的"小丑式的、吵闹粗暴的"的刻板化形象,超越了20世纪初的黑人歌曲的艺术表现模式,为提高美国非裔艺术家作为严肃音乐的创作者的地位和引导大众客观理解美国非裔及其文化做出了贡献。

---

① James Weldon Johnson, Along This Way: The Autobiography of James Weldon Johnson. Boulder: Da Capo Press, 2000, p. 152-153.

参考文献

[1] Riis, Thomas L. "Bob" Cole: His Life and His Legacy to Black Musical Theater. *The Black Perspective in Music*, Vol. 13, No. 2, 1985: 141-142.

[2] Cusic, Don. *James Weldon Johnson: Songwriter.* Nashville: Brackish Publishing, 2013: 19; 19; 33, 45-6; 142; 13; 173-174; 62; 140; 156; 79; 92; 29; 161; 73; 33, 38; 145; 180; 47.

[3] Chinitz, David E. *T. S. Eliot and the Cultural Divide.* Chicago and London: The University of Chicago Press, 2003: 114; 114-116; 117.

[4] Levy, Eugene. *James Weldon Johnson: Black Leader Black Voice.* Chicago and London: The University of Chicago Press, 1973: 88-89.

[5] Shakespeare, William. *The Annotated Shakespeare: The Comedies, Histories, Sonnets and Other Poems, Tragedies, and Romances Complete.* Ed. A. L. Rowse. New York: Greenwich House, 1988: 1502.

[6] Hall, Stuart. Introduction. Stuart Hall, ed. *Representation: Cultural Representations and Signifying Practice.* London, Thousand Oaks and New Delhi: Sage Publications in association with the Open University, 1997: 2; 2-4.

[7] Harmon, Judith E. B. *James Weldon Johnson, a New Negro: A Study of His Early Life and Literary Career*, 1871—1916. Emory University, 1988: 103.

[8] Johnson, James W. "Preface to the Book of American Negro Po-

etry". James W. Johnson. *James Weldon Johnson: Writings*. New York: The Library of America, 2004: 690-691.

[9] Johnson, James Weldon. *Along This Way*. New York: Viking Press, 1933: 152-153.

[10] Graziano, John. The Use of Dialect in African-American Spirituals, Popular Songs, and Folk Songs. *Black Music Research Journal*, Vol. 24, No. 2, 2004: 261-286.

[11] Johnson, James R., ed. "Introduction." *Rolling Along in Song: a Chronological Survey of American Negro Music*. New York: The Viking Press, 1937.

后　记

> 上帝脚踏空地，
>
> 他环顾四周，自言自语：
>
> 我感到孤独——
>
> 我要为自己造一个世界。
>
> （詹姆斯·W.约翰逊,《创世》）

个体的存在是孤独的,如果没有其他个体的同在。对于个体在存在中感到的这种孤独,人们并不陌生。路易斯·R.戈登认为,著名的法国非裔思想家弗朗兹·法侬在讨论"自我—他人"的关系时,表达了一个重要的哲学人类学观点,"即人是一个有联系的实在。这意味着真正的人类活动总是超越它本身"①。的确,人类的存在是主体间性的,如果他不能理解这一基本的现实,那么他将永远被困于孤独和偏见之中。记得几年前我在研读导师谭惠娟教授的博士论文时,曾注意到她在致谢部分提到"生命的相依性",我当时的感悟并没有现在这么深。在阅读了一定数量的美国非裔文学作品和经历了更多世事之后,我感到对每一个人而言,认识和尊重"生命的相依性"是多么的重要！若是要对恩师当年的感悟做一点回应,我想说研究约翰

---

① Lewis R. Gordon. What Fanon Said: A Philosophical Introduction to His Life and Thought. New York: Fordham University Press, 2015, p. 127.

逊的作品帮助我更深刻地理解到,一个个人的主体存在不是自为的,而是建立在与其他个人的主体之间的联系之上。认识到这一联系是可贵的,而真正地容纳和尊重这一联系则更为可贵。"尊重"的英文"respect"源于拉丁语"respectus",最初的意义之一是"回望",这提醒人们在做判断和选择时要多回望,多思量,这是认识自己和他人的重要基础。

美国非裔文学探讨的种族偏见是人类的许多偏见中的一种。它所探讨的种族偏见在人们的生活中表现出的荒谬和不公、悲剧性和戏剧性,可以启迪我们重新思考偏见何以产生,何以渗透到生活的琐碎细节,又何以挥之不去、始终存在。如果可以,我们能够以怎样的思想和行动克服偏见,减少因它而产生的荒诞、冲突和悲剧?在这个问题上,美国非裔文学给我的生活带来的最大启发是,在认识事物和与他人相处时应有意识地减少和克服偏见。围绕着种族偏见的一个核心问题是人类应该如何对待"差异"。美国埃默里大学为了延续约翰逊对"差异"的思考,于2007年成立了"詹姆斯·W.约翰逊种族和差异研究所",致力于对种族和涉及人类差异的诸多问题的跨学科研究,侧重探讨社会差异是如何塑造人的身份和认知方式的。在21世纪的语境下,"如何对待差异"这个问题在学术研究和人类的现实生活中都在日益凸显着它的重要性。

美国非裔文学总是让人感到它有一种无限性。很多人认为美国非裔文学仅仅是美国非裔的文学,它表征着美国非裔这一群体的自我和生活。然而,当我们真正地用心去理解美国非裔文学之后,会感悟到它包含着无穷多的东西,它是人类的文学。因为在人类的生活中我们可以找到形形色色的"土生子""黑小子""原有色人"和"无形人",而如果我们去反思美国非裔文学所表现的关于人和社会的诸多问题,又会发现这些问题往往触及人类"存在于世"(existence in the world)的方方面面。我想,美国非裔文学的独特魅力正在于它的这种"无限性"。

对詹姆斯·W.约翰逊的作品的表征策略和文学书写的研究是对我多

年以来研究工作的一个总结,更是一个宝贵的起点,它指引我更深入地展开对约翰逊的文学与思想的研究,并继续探索美国非裔文学的广阔世界。

借此机会,谨向多年来给予我诸多关爱、支持和帮助的老师、前辈和亲友们致以衷心的感谢。

首先,感谢我博士时期的导师谭惠娟教授,感谢她多年来在学习、研究和生活各个方面给予我的关爱和帮助,感谢她在我的专著构思和撰写过程中提出宝贵的建议。读博期间,谭老师为我们讲授的文学翻译、美国非裔文学等课程引领我们遨游于文学创作与批评的自由天地,促使我不断磨砺自身的语言和研究能力,为我之后做研究奠定了重要基础。她是带我进入美国非裔文学研究领域的恩师,同时也是一位可亲可敬的长辈,她在治学和为人上对我的影响颇深。谭老师善良、豁达,我们总能从她身上发现许多生活中的小美好。师生情谊是世间的善缘之一,我毕生都会珍惜这份情谊。感恩吴笛教授、殷企平教授、施旭教授、何辉斌教授、沈弘教授和徐亮教授,感谢他们对我的专著撰写和研究工作给予的鼓励与指导。诚挚的谢意还要送给在我出国学习期间耐心指导和慷慨帮助过我的路易斯·R.戈登教授,他讲授的非洲流散文学和哲学的相关课程时常带给我思考的灵感。感谢浙江大学的何辉斌教授、沈弘教授、高奋教授、方凡教授、隋红升教授等老师在课堂上的传道解惑,感谢浙江大学外语学院的傅利琴、卢玲伟、沈晓华等老师在我读博期间对我的支持和帮助。感谢我的家人一路陪伴,他们的爱是我的力量之源。

提笔致谢,感慨万千。一路走来,我的每一点微小的进步都离不开每一位良师益友的关心和帮助。我感恩他们,更想把他们的善良继续传递!

李蓓蕾

2019 年 11 月 28 日